Laurent Vidal

# As lágrimas do Rio

O último dia de uma capital
20 de abril de 1960

Tradução
**Maria Alice Araripe de Sampaio**

martins fontes
selo martins

© 2012 Martins Editora Livraria Ltda., São Paulo, para a presente edição.
© Editions Flammarion, Paris, 2009.
Esta obra foi originalmente publicada em francês
sob o título *Les larmes de Rio* por Laurent Vidal.

*Todas as imagens do livro foram cedidas pelo autor.*

Publisher *Evandro Mendonça Martins Fontes*
Coordenação editorial *Vanessa Faleck*
Produção editorial *Danielle Benfica*
Preparação *Mariana Echalar*
Revisão *Flávia Merighi Valenciano*
*José Ubiratan Ferraz Bueno*
*Paula Passarelli*

Dados Internacionais de Catalogação na Publicação (CIP)
(Câmara Brasileira do Livro, SP, Brasil)

Vidal, Laurent
  As lágrimas do Rio : o último dia de uma capital : 20 de abril de 1960 / Laurent Vidal ; [tradução Maria Alice Araripe de Sampaio]. – São Paulo : Martins Fontes - selo Martins, 2012.

  Título original: Les larmes de Rio : le dernier jour d'une capitale, 20 avril 1960.
  ISBN 978-85-8063-048-0

  1. Brasil - História - 1954-1964  2. Kubitschek, Juscelino, 1902-1976  3. Rio de Janeiro (Brasil) - História - Século 20  I. Título.

| 12-02723 | CDD-981.53062 |
|---|---|

**Índices para catálogo sistemático:**

1. Brasil : Rio de Janeiro : Século 20 : História 981.53062

*Todos os direitos desta edição reservados à*
**Martins Editora Livraria Ltda.**
*Av. Dr. Arnaldo, 2076*
*01255-000 São Paulo SP Brasil*
*Tel.: (11) 3116 0000*
*info@martinseditora.com.br*
*www.martinsmartinsfontes.com.br*

*Para Isabel e Juliette,
com as mãos cheias de promessas...*

O leitor que se interessar em ler integralmente os poemas citados nesta obra poderá se reportar ao Caderno de poemas, que reúne, no fim do volume, uma seleção dos textos escritos entre fevereiro e abril de 1960, por ocasião da transferência da capital do Rio para Brasília.

# Sumário

Prólogo .................................................................................. 9

## I. Quando o poder deixa a cidade ................................ 15
1. A perigosa entrada em cena de Juscelino Kubitschek ............ 25
2. Juscelino como Jano ........................................................ 35
3. Ato I: a cortina se ergue... na Cinelândia ............................ 45
4. Ato II: quando a cidade entra em cena .............................. 61
5. Ato III: apelo aos cariocas ................................................ 83
6. Ato IV: quando Juscelino se desfaz dos últimos vínculos
   com o Rio ...................................................................... 97
7. Ato V: a porta das lágrimas ............................................ 113
8. De fora da cena, o herói e suas dúvidas .......................... 127

## II. Poética do acontecimento ................................... 131
9. Crônicas de uma partida anunciada ................................ 137
10. Na antecâmara do acontecimento ................................. 165
11. Um dia especial .......................................................... 169
12. Nas brumas do dia seguinte ......................................... 189

Epílogo .............................................................................. 223
Caderno de poemas ........................................................... 231

# Agradecimentos

Este livro deve muito ao entusiasmo apaixonado de Hélène Fiamma: deixo aqui o testemunho do meu profundo reconhecimento.

Meu pai e Renée Darmon acompanharam a gênese destas *Lágrimas*: eles foram os primeiros leitores, exigentes e impacientes. Agradeço-lhes calorosamente.

Didier Lamaison aceitou traduzir gratuitamente os poemas de Carlos Drummond de Andrade: o meu obrigado pela generosidade desse gesto.

Obrigado aos cariocas (de nascença ou de adoção) que aceitaram testemunhar sobre esse dia: Maria Estela Kubitschek, Maurício Chrysostomo, Jacques Boulieu, o coronel Affonso Heliodoro, Vanna e Milena (da livraria Leonardo da Vinci), tia Doquinha, Manoelina de Jesus, Milton Ribeiro, Beatriz Monteiro, Ferreira Gullar, Jayme Zettel, Italo Campofiorito, Monique de Coligny, Salomon e seu irmão Maurício Abreu, Juan e Fania Fridman, Marlice de Azevedo, Oscar Araripe, Antônio Torres, Alexei Bueno, Maria Elisa Costa...

Em La Rochelle, Rio de Janeiro e Paris, tive a oportunidade de apresentar algumas hipóteses de trabalho em seminários. Aos que me ouviram, questionaram e, algumas vezes, leram, deixo aqui o meu reconhecimento: Grégory Bériet, Rémy Lucas, Alain Musset, Sébastien Morillon, Guy Martinière, Charles Illouz, Mickaël Augeron, Catherine Augeraud, Luciana Wrege Rassier, Conceição Coelho,

Sílvia Capanema, Mona Huerta, Paulo Gomes, Marlice de Azevedo, Fernanda Bicalho, Maria Laís Pereira da Silva, Vera Rezende, Mariana Heredia e Rogério Haesbaert.

Suzette, Lydie, Magali, Claire, Baudry, Mélissa, Romane e Mariana: obrigado a vocês pela presença e atenção.

E obrigado a Jean Duvignaud e a Ana Maria Diaz, com os quais tive tempo de conversar sobre esse projeto antes que partissem – e as minhas lágrimas.

# Prólogo

## Às portas do palácio

> Visito os fatos [...]
> Calo-me, espero, decifro
> *Carlos Drummond de Andrade*

Rio de Janeiro, 21 de junho de 2006.

Do Hotel Novo Mundo, onde me instalaram os organizadores do seminário, o Palácio do Catete ficava muito próximo. Decidi, neste fim de tarde, ir até lá a pé. Antes de mais nada, queria me impregnar do lugar.

Aproveitando os últimos raios de sol, contornei um enorme parque que antigamente ficava de frente para a baía e que um emaranhado de vias rápidas e terraplanagens atualmente afastou da margem. A exuberância tropical das tamarineiras e das palmeiras imperiais realçava o jogo de sombras e luzes desse jardim à francesa. Alguns passos e o palácio já se recortava ao longe, imenso cubo assentado no solo. É claro que eu já havia passado por ele, mas nunca tivera tempo de parar de verdade. Sob a luz rosa-alaranjada de um sol poente, suas formas de inspiração veneziana tornavam-no misterioso. Sobretudo porque, instaladas no pináculo, as águias de asas abertas vigiavam silenciosamente os arredores. Àquela hora, o palácio estava fechado; então fiquei na larga calçada, observando a fachada de granito e mármore rosa. Que, atualmente, ele houvesse se tornado o Museu da República, pouco me importava. O que eu procurava estava ali, debaixo dos meus olhos, protegendo os batentes de madeira da porta de entrada: um pesado portão de ferro forjado, incrustado de estátuas, bustos e brasões finamente trabalhados. As dobradiças das folhas do portão eram presas em duas colunas, também de ferro forjado, fixas nos degraus da entrada da porta principal.

Então, lentamente, à espreita do "rumor das distâncias atravessadas"[1], eu me aproximei desse vigilante impassível.

Aqui começou a minha pesquisa.

No dia 20 de abril de 1960, nesse mesmo lugar, ocorreu uma cena singular. Saindo a pé do palácio, o presidente da República, acompanhado dos membros do seu governo e dos funcionários da Presidência, fechou com um gesto solene as pesadas folhas desse portão e o trancou à chave. Depois, diante de uma multidão de passantes e curiosos, atravessou a larga calçada e entrou no carro presidencial que o levaria ao aeroporto. Dali a algumas horas, em Brasília, ele presidiria as cerimônias de inauguração da nova capital do país.

Há muito tempo esse pequeno gesto me intriga[2]: por que tanta preocupação em fechar publicamente as portas de um

---
1. Marcel Proust, *No caminho de Swann*, trad. Mário Quintana, 11. ed., Rio de Janeiro, Globo, 1987, p. 50.
2. Por ocasião de uma pesquisa anterior sobre Brasília, descobri um documento redigido, a pedido do presidente Kubitschek, por um dos seus colaboradores, José Chediack. Trata-se do Ato oficial da inauguração de Brasília. Este último começa na manhã do dia 20 de abril, no Rio de Janeiro, com essa encenação do fechamento dos portões do Palácio do Catete. Citado em *Juscelino Kubitschek: A marcha do amanhecer*, São Paulo, Bestseller, 1962. Consultar a análise que proponho a respeito em Laurent Vidal, *De Nova Lisboa a Brasília: invenção de uma capital*, trad. Florence Marie Dravet, Brasília, UnB, 2008, p. 258 ss.

palácio que ele abandonava? E o que se escondia por trás desse gesto? O poder sempre deu atenção especial aos começos, mas raramente se preocupou com os encerramentos. Portanto, aqui estamos diante de um caso raro e original. Naturalmente, trata-se apenas de um detalhe se o relacionarmos ao que estava em jogo naquelas horas decisivas — a mudança da capital do Brasil. No entanto, e por mais insignificante que seja, esse gesto pode ser tudo o que restou do momento da partida do Rio, como uma aspereza que permaneceu na superfície desse dia esquecido. Também não poderia conter "na sua gotícula impalpável" um "edifício imenso"[3]? Não o edifício da recordação, tão caro a Marcel Proust, mas o do acontecimento.

E desse edifício é possível fazer um esboço em grandes traços do que poderia ser a sua arquitetura. À imagem do Palácio do Catete, ele seria composto de duas partes. A parte de baixo, solidamente apoiada numa base de granito, permitiria a apresentação desse acontecimento singular: o desenrolar, os personagens, as sequências, as escolhas cênicas... Refletiríamos também sobre a questão das relações, sempre complexas, entre cidade e poder. Afinal, a encenação da saída do poder de uma cidade é um acontecimento bastante raro, que merece uma análise atenta. A parte de cima, de aparência mais leve com seu revestimento de mármore rosa, abriria para outro nível da análise — o da percepção do acontecimento. Um acontecimento esperado (visto que anunciado), vivido (no dia da sua ocorrência) e,

---
3. Marcel Proust, *No caminho de Swann*, p. 51.

enfim, percebido, integrado num discurso retrospectivo. Aqui, tratar-se-ia de analisar o acontecimento o mais de perto possível, evitando se distanciar demais, para poder fixar, uma a uma, as informações capazes de nos fazer conhecer as modalidades de percepção desse acontecimento.

Se escrever a história significa "dar às datas a sua fisionomia"[4], teríamos de compreender esse edifício sob a luz particular do dia 20 de abril de 1960, epicentro do acontecimento, instante decisivo[5] da perda do título de capital. Esse *dia particular*, facilmente localizável no calendário, apresentava, no entanto, um problema a quem quisesse contar o seu desenrolar. Como lhe dar vida, como restituir a música que lhe é própria? Como articular a multiplicidade das experiências desse dia com a linha de coerência produzida pela encenação do poder?

Depois dessa tarde de junho, prossegui na minha investigação: inicialmente, na imprensa, perscrutando até as menores atividades presidenciais, indo atrás de fatos curiosos e notícias menos importantes. Esses pequenos acontecimentos, como "fósforos inesperadamente riscados na escuridão"[6], me ajudaram a lançar uma luz momentânea sobre essa cidade em torno do dia 20 de abril. Na ausência de arquivos audiovisuais, coletei a iconografia dessa partida

---

4. Walter Benjamin, *Charles Baudelaire, um lírico no auge do capitalismo*, trad. José Carlos Marins Barbosa e Hemerson Alves Batista, São Paulo, Brasiliense, 2000.
5. Michelet, Tolstói, Zweig, Cartier-Bresson e muitos outros insistiram, cada um a sua maneira, sobre esses momentos de grande intensidade dramática que condensam presente, passado e futuro.
6. Virgínia Woolf, *Rumo ao farol*, trad. Luíza Lobo, Rio de Janeiro, Globo, 2003, p. 173-4. Lembramos que Fernand Braudel, em sua aula inaugural no Collège de France, em 1950, recorreu a uma metáfora semelhante: "Guardei a lembrança, uma noite, perto da Bahia, de ter sido envolvido por um fogo de artifício de pirilampos fosforescentes; suas luzes pálidas reluziam, se extinguiam, brilhavam de novo, sem romper a noite com verdadeiras claridades. Assim são os acontecimentos: para além de seu clarão, a obscuridade permanece vitoriosa" (Fernand Braudel, *Escritos sobre a história*, trad. J. Guinsburg e Tereza Cristina Silveira da Mota, 2. ed., São Paulo, Perspectiva, 2007, p. 23).

para captar o seu brilho particular. Pesquisei os atores dessa saída presidencial e encontrei também testemunhas anônimas, algumas que guardavam na memória lembranças e sensações desse dia, outras para quem elas se haviam dissipado.

E, uma vez que o acontecimento é "um cruzamento de itinerários possíveis"[7], tracei caminhos em torno dos portões fechados desse palácio: o caminho teatral e solene do homem do poder; o caminho de inúmeras bifurcações do povo, que serviu de testemunha; e o caminho sensível e encantado dos poetas, cujas palavras acompanharam a partida da capital.

Será que, no fim desse percurso, terei conseguido dar cores e vida às expressões que impregnaram as feições do Rio nessas horas decisivas?

---

7. Paul Veyne, *Comment on écrit l'histoire*, Paris, Seuil, 1971, p. 38.

# I. QUANDO O PODER DEIXA A CIDADE

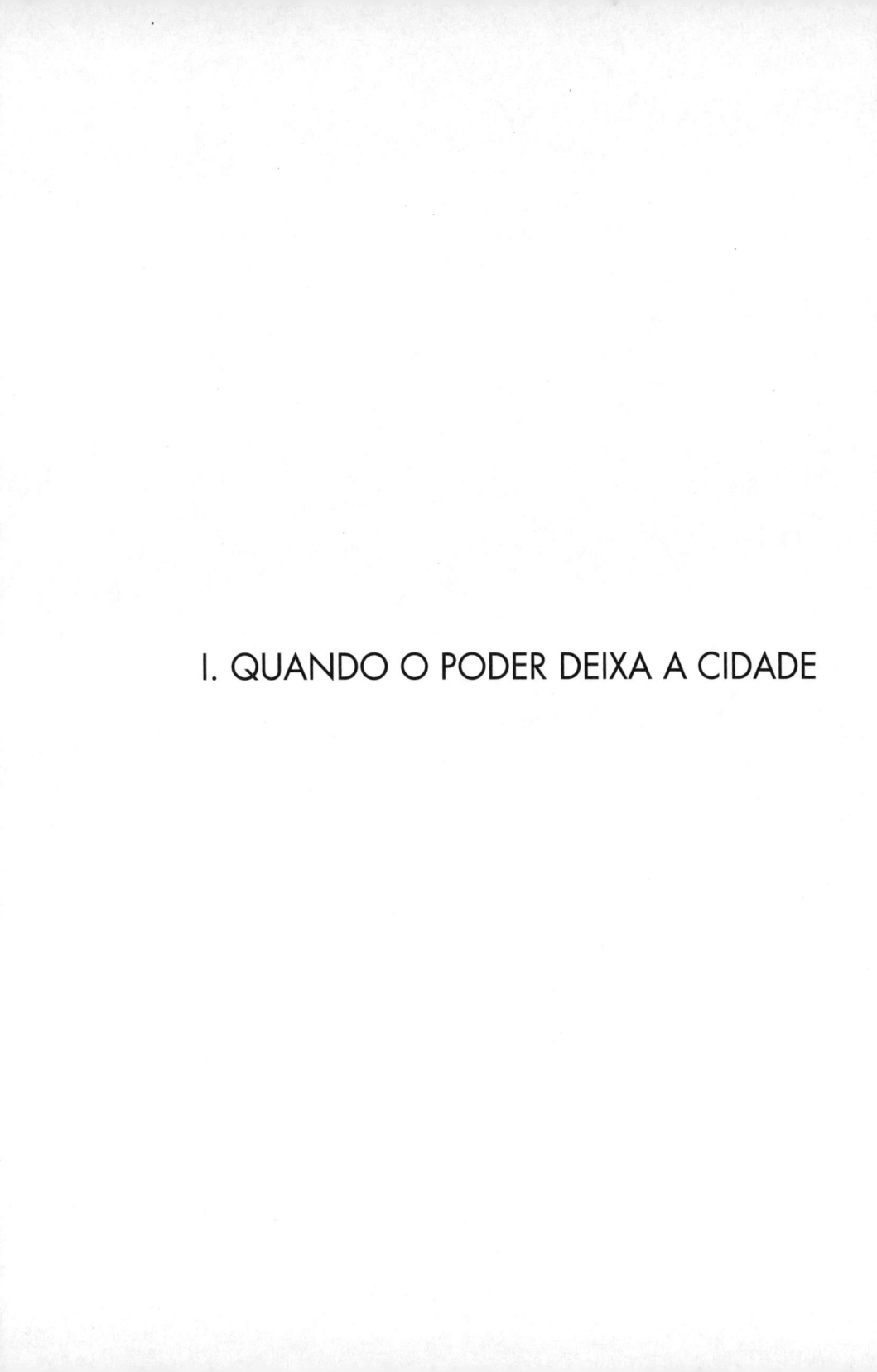

> Qualquer mudança deixa sempre pedras
> de espera para a realização de outra.
> *Maquiavel*

"Amanhã, antes de viajar, irei ao Palácio do Catete para despedir-me."[8] Foi nesse tom de confidência, depois de um discurso radiofônico dirigido aos habitantes do Rio de Janeiro, que o presidente Juscelino Kubitschek anunciou a alguns jornalistas o seu programa da manhã de 20 de abril de 1960. E, alguns anos depois, ele esclareceu nas suas Memórias, ao lembrar a saída do palácio presidencial: "Aquela partida, que eu esperava fosse simples e cordial – apenas uma despedida de amigos –, convertera-se em manifestação popular"[9].

Dizer adeus, despedir-se... fórmulas que não se deve considerar anódinas quando se referem ao poder: o presidente da República deixava o Rio de Janeiro para se instalar em Brasília; a sede da capital abandonava uma cidade para empossar outra. Assim, movimentando-se, o político se expõe: é grande o risco de provocar uma sensação de vazio. A naturalidade e a simplicidade das afirmações de Kubitschek não deveriam nos iludir: estávamos em presença de uma verdadeira "teatralização do político"[10], de um ritual que, evidentemente, não estava integrado em nenhum costume ou legado, tão excepcional

---

8. *Última Hora*, 20 de abril de 1960. O Palácio do Catete era o palácio presidencial no Rio de Janeiro.
9. Juscelino Kubitschek, *Por que construí Brasília*, Rio de Janeiro, Bloch, 1975, p. 281.
10. George Balandier, *Le pouvoir sur scènes*, Paris, Balland, 1980.

era o acontecimento. E esse ritual, que se inventava ao ser realizado, escandia as etapas da saída do poder da cidade.

Os historiadores não se debruçaram de fato sobre essa questão. É verdade que, diferentemente das entradas na cidade[11], as saídas raramente foram objeto de encenação. Vamos pensar inicialmente nas fugas: a de Luís XVI, quando fugiu das Tulherias na noite de 20 para 21 de junho de 1791 e foi preso em Varennes; a da corte de Portugal, que fugiu dos exércitos napoleônicos embarcando em dezembro de 1807 para o Brasil[12]; ou ainda a de Luís XVIII, cuja berlinda saiu à rédea solta, à noite, debaixo de chuva, para Lille e, dali, para a Bélgica, enquanto Napoleão voltava da ilha de Elba – "o sol não podia ver isso", como resumiu Aragon[13] muito tempo depois. Mas, quando um poder expulsa o outro, também ocorre uma mudança de regime: esses momentos de crise não dão espaço para encenações de saída do poder. E temos de reconhecer que um dia como o de 20 de abril de 1814 é raro no depósito da história: depois de abdicar, Napoleão se despediu da guarda imperial no pátio do castelo de Fontainebleau – um momento imortalizado pelo pintor Antoine-Alphonse Montfort. No centro, com a mão estendida, Napoleão saúda um por um seus oficiais, todos visivelmente emocionados: uns imploram aos céus

---

11. As entradas na cidade, em contrapartida, certamente por serem consideradas encenações positivas da relação política com o espaço, alimentaram uma importante literatura. A entrada solene era um objeto cultural, largamente determinado pelos códigos em uso nas cidades, pelas leis locais e regionais e pelos decretos reais. De simples cerimônia na Idade Média, cuja origem era o direito de albergagem medieval e a festa de Corpus Christi, a entrada na cidade se tornou triunfal e espetacular no Renascimento.
12. A. J. de Mello Moraes, *História da trasladação da corte portugueza para o Brasil em 1807-1808*, Rio de Janeiro, Dupont, 1872.
13. Louis Aragon, *La Semaine sainte*, Paris, Gallimard, 1958, p. 62.

com os olhos, outros têm o olhar triste e perdido e alguns não conseguem conter as lágrimas. Impassivelmente enfileirados, os soldados veteranos são testemunhas resignadas dessa despedida. Vamos citar o caso de uma outra partida, menos dramática porque era esperada e foi anunciada: no dia 6 de outubro de 1759, Carlos de Bourbon, rei de Nápoles e da Sicília, deixou o porto de Nápoles para ir à Espanha, onde reinaria com o nome de Carlos III, depois da morte do pai (Filipe V). O pintor italiano Antonio Joli realizou dois quadros dessa partida solene: o embarque (visto do porto) e a partida (vista da baía). Como pano de fundo da cena de embarque, o pintor representou a baía de Nápoles dominada pelo vulcão Vesúvio, de onde escapa um penacho de fumaça – como se a fúria dos elementos devesse acompanhar essa agitação. Em primeiro plano, no seu veículo, o marquês de Tanucci (primeiro-ministro) e, sobretudo, a multidão que havia se reunido para assistir ao embarque dos cortesãos em chalupas que os transportavam para os navios ancorados ao largo. A cena da partida mostra os 26 navios da esquadra composta pelo marquês de Victoria, capitão geral do Exército real espanhol. Em ligeiro destaque, à esquerda, um amontoado de chalupas permite distinguir a nau almirante do resto da frota. Mas o vento começa a soprar e a partida precisa ser adiada – o que, evidentemente, o quadro não mostra.

A mobilidade das capitais, para usar uma palavra cara aos geógrafos[14], é uma constante na história do Brasil. Salvador, fundada

---

14. Ver o capítulo consagrado a esse tema por Jean Brunhes e Camille Vallaux em *La géographie de l'histoire: géographie de la paix et de la guerre sur terre et sur mer*, Paris, Felix Alcan, 1921: "A capital móvel é, portanto, o resultado da pista e do caminho. Ela se fixa quando a estrada substitui o caminho" (p. 391).

em 1549 para ser a primeira capital dessa colônia portuguesa, foi destituída do título em 1763. Vamos nos deter um momento nesse exemplo: alguns meses depois da morte do vice-rei do Brasil, em 4 de julho de 1760, o rei de Portugal ordenou ao governador do Rio de Janeiro que fosse a Salvador para assumir o vice-reinado. O governador alegou que, em razão das negociações com os espanhóis a respeito das fronteiras do sul da América portuguesa[15], seria arriscado deixar o governo sem comando, acrescentando que a cidade "é a mais importante joia deste grande Tesouro"[16]. Enquanto isso, uma junta governamental assegurou a interinidade em Salvador[17]. Somente três anos mais tarde, depois da morte do governador do Rio, é que um novo vice-rei do Brasil foi nomeado, dessa vez com a ordem de residir no Rio de Janeiro[18]. Nesse país de escala continental, as províncias e os estados da Federação também conheceram transferências de capital: de Oeiras para Teresina (na província do Piauí, em 1852), de São Cristóvão para Aracaju (na província de Sergipe, em 1855), de Ouro Preto para Belo Horizonte

---

15. Gomes Freire dirigia os governos das capitanias do Rio de Janeiro e de Minas Gerais e tinha status de embaixador português plenipotenciário na renegociação das fronteiras do sul do Brasil, de acordo com os termos do tratado de Madri.
16. E continuou: "Aqui correm e correrão ao diante os mais importantes negócios, tanto da Coroa como dos Vassalos; e assim se deve contar como antemural destas Províncias, de onde se podem socorrer e animar as outras". Arquivo Histórico Ultramarino (AHU), Rio de Janeiro (RJ), documentos avulsos, cx. 70, doc. 40, "Ofício do conde de Bobadela para o conde de Oeiras, expondo os motivos que o impediam de cumprir a ordem régia relativa a sua transferência para a Bahia, Rio, 12 de abril de 1762". Citado em Maria Fernanda Bicalho, "O Rio de Janeiro no século XVIII: a transferência da capital e a construção do território centro-sul da América portuguesa", *Revista eletrônica do CIEC*, 2006, p. 15 <http://www.unicamp.br/ifch/ciec>.
17. Essa junta era composta de três membros: Tomás Rubi de Barros Barreto, José Carvalho de Andrada, e Barros e Alvim.
18. Embora não dispuséssemos de muita documentação sobre esse episódio – sobretudo devido ao incêndio de 1790, que destruiu todos os arquivos do Rio de Janeiro –, a transferência da capital não parece ter sido objeto de encenações especiais nem em Salvador nem no Rio. Aliás, a bem dizer, não houve deslocamento do poder de uma cidade para outra, já que o Conde da Cunha veio diretamente de Portugal.

(no estado de Minas Gerais, em 1897) e ainda de Vila Boa para Goiânia (no estado de Goiás, em 1937). Por mais que se trate de um fenômeno frequente, não encontramos nos anais da história brasileira nenhuma referência a encenações organizadas por ocasião da saída do poder dessas capitais[19].

Outros países, em outras épocas, também transferiram a sede do Estado: a mobilidade das capitais é até frequente na história[20]. Em relação à Pérsia Aquemênida, Pierre Briant lembra o nomadismo do Grande Rei, o que tornava difícil relacionar a capital do Império com uma cidade[21]. Mais próximo de nós, basta pensar em Carlos VII, o primeiro rei da dinastia dos Valois a residir nas cidades do Vale do Loire: Chinon, Loches, Amboise, Tours – uma vez que Paris estava nas mãos dos borgonheses. Esses deslocamentos do poder de uma cidade para outra – como nos Estados Unidos nos primeiros anos depois da independência – nunca ocasionaram uma encenação específica. Simplesmente, onde estava o rei ou o chefe de Estado estava a capital[22].

---

19. Essa ausência não significa necessariamente que nenhuma manifestação tenha sido organizada, mas apenas que nada chamou especialmente a atenção dos contemporâneos ou dos historiadores.
20. José Oswaldo de Meira Penna, *Quando mudam as capitais*, Rio de Janeiro, Novacap, 1958.
21. Pierre Briant, "Le nomadisme du Grand Roi", *Iranica Antiqua*, Mélanges P. Amiet, v. 23, 1988, p. 253-73.
22. Deve-se notar um exemplo interessante na Rússia. Segundo Céline Bayou, "o termo russo *slolitsa*, que também encontramos em algumas línguas eslavas, vem da raiz *stol* – o trono. [...] Portanto, a capital é, em russo, polonês, bielorrusso etc., a cidade da coroação. [ ] Nascida em 1703, apenas por vontade de Pedro, o Grande, São Petersburgo se tornou, sem nenhum decreto especial e sem anúncio oficial, capital do Império russo, pouco depois de sua fundação. No entanto, entre 1712 e 1918, período em que foi, com exceção de alguns anos, residência dos tsares, São Petersburgo/Petrogrado nunca conquistou a prerrogativa da coroação, privilégio que sempre deixou para Moscou. Esta cidade, portanto, continuou *pervoprestolnyi gorod* – o prefixo *pervo* significa primeira. Aqui, deve-se entender 'primeira' no sentido cronológico, ou seja, a mais antiga. Ao longo de todo o seu reinado, São Petersburgo conseguiu, apenas, se tornar o lugar de sepultura dos soberanos. É nisso que ela encarna o Império russo: todos os imperadores que reinaram na capital do norte estão enterrados aí, na catedral de São Pedro e São Paulo, com exceção de dois deles". (Céline Bayon, "Les capitales de l'Est, villes de tête, ou sièges du trône", *Regards sur l'Est*, 1º de abril de 2004).

Portanto, nada a ver com o acontecimento que o Rio se preparava para viver em abril de 1960. É preciso dizer que "a lei da estabilidade crescente das capitais modernas se estende pelo globo"[23], e que os deslocamentos, por sua raridade, são apresentados e vividos de maneira cada vez mais excepcional. É por isso que esse dia 20 de abril de 1960 tem uma importância especial para mim: ele se apresenta como um caso de estudo privilegiado para observar a relação entre cidade e poder, não mais na positividade de sua relação, como por ocasião das fundações e entradas em cidades, mas no momento crítico do distanciamento – quando o político deixa a cidade[24].

Ampla questão essa das ligações entre o político e a cidade, que alimentou uma abundante literatura. A cidade é de fato o espaço predileto do político que aí pode se exibir melhor do que em qualquer outro lugar, entrar em cena ao fundá-la, nela desfilar, consolidando o seu poder com prédios, praças ou largas avenidas. Na cidade, o político se apodera do tempo e, criando a ilusão de controlá-lo, se instala por um período – como se estivesse fora do alcance dos sobressaltos

---

23. Jean Brunhes e Camille Vallaux, *La geographie de l'histoire*, p. 390. Consultar também Giulio Carlo Argan, *L'Europe des capitales*, Paris, Skira, 1994. Uma das últimas transferências da capital de uma nação está relacionada à volta do poder federal alemão de Bonn para Berlim. Depois da queda do Muro de Berlim em novembro de 1989 e da reunificação das duas Alemanhas, o princípio de uma mudança parcial para Berlim foi votado pelo Parlamento em 20 de junho de 1991. Uma lei de 1994 fixou a sede principal de seis ministérios em Bonn e de oito em Berlim, com anexos para cada ministério na outra cidade. "Entre os dois prédios de uma mesma administração a transumância é permanente. São quase 5.500 pessoas a pegar o avião todos os meses, geralmente para ir a Berlim. Às vezes, para serem ouvidas por apenas quinze minutos no Bundestag, antes de voltar para o aeroporto." Entre o medo da desertação de Bonn e os sonhos de grandeza de Berlim, atualmente, a situação está na mesma (Pierre Bocev, "Entre Bonn et Berlin, la lute continue", *Le Figaro*, 28 de dezembro de 2006).
24. Talvez só a morte do rei, a exemplo da morte de Guilherme, o Marechal, tão magnificamente descrita por Georges Duby, possa apresentar similitudes com o caso da saída do poder de uma cidade: "[...] chegada lenta, partida furtiva, esquiva, regrada, governada – um prelúdio, passagem solene de uma condição para outra, superior, mudança de estado tão pública quanto as bodas, tão majestosa quanto a entrada dos reis em suas leais cidades" (Georges Duby, *Guilherme, o Marechal ou o melhor cavaleiro do mundo*, trad. Renato Janine Ribeiro, 2. ed., São Paulo, Graal, 1988, p. 10).

do mundo. E eis que, no Brasil, o político (Juscelino Kubitschek) decide se pôr em marcha e deixar definitivamente a cidade (Rio de Janeiro). Deixá-la não de maneira discreta, mas sim com magnificência, fazendo da sua saída, da sua despedida, um ato cerimonial. E já que se tratava de uma saída de cena, era importante fazer da cidade um teatro, onde o poder, numa representação, pode se pôr em movimento. Nesse cenário efêmero, as palavras, os gestos e os sons ritmaram a cadência da saída presidencial e desligaram a cidade da sede do poder federal.

# 1. A perigosa entrada em cena de Juscelino Kubitschek

> Não há princípios, só há acontecimentos;
> não há leis, só há circunstâncias: o homem superior
> se adapta aos acontecimentos e às circunstâncias.
> *Honoré de Balzac*

Vamos apresentar inicialmente os atores que participaram da grande representação. O demiurgo que dirige com escrupulosa minúcia a cerimônia dessa saída é o próprio presidente Juscelino Kubitschek[25] – Nonô, como era afetuosamente chamado em sua região de origem, o estado de Minas Gerais, onde nasceu em 1902 (na cidade colonial de Diamantina). Muito cedo, esse médico por formação se engajou na carreira política, no rasto do presidente Getúlio Vargas. Eleito deputado das assembleias constituintes de 1934 e de 1946, tornou-se prefeito de Belo Horizonte em 1937, antes de ser eleito governador do estado de Minas Gerais em 1950. Se concordarmos com Merleau-Ponty que a política é "uma ação que se inventa"[26], a obra de Juscelino Kubitschek é a perfeita ilustração dessa afirmativa.

---

25. Em sua autobiografia, Juscelino Kubitschek explica a origem do seu nome de consonância tão pouco brasileira: "Meu bisavô materno – Jan Nepomuscky Kubitschek, depois abrasileirado para João Nepomuceno Kubitschek – era tchecoslovaco de nascimento. Veio da Boêmia quando já findava aqui o primeiro reinado, estabelecendo-se como marceneiro, inicialmente no Serro, em seguida em Diamantina, onde passou o resto da vida. Era um simples imigrante, que resolvera deixar para trás e bem longe a sua terra flagelada por tantos anos de guerras sucessivas" (Juscelino Kubitschek, *Meu caminho para Brasília: a experiência da humildade*, Rio de Janeiro, Bloch, 1974, v. 1, p. 24-5.
26. Maurice Merleau-Ponty, *As aventuras da dialética*, trad. Cláudia Berliner, São Paulo, Martins Fontes, 2006.

Sua carreira política alcançou dimensão nacional depois do suicídio de Getúlio Vargas, em 24 de agosto de 1954[27]. Nesse dia, o vice-presidente Café Filho assumiu a Presidência da República, mas precisou fazer um acordo com o principal partido de oposição, a União Democrática Nacional (UDN), voz das classes médias urbanas, dirigido pelo virulento dono de um jornal Carlos Lacerda, que queria eleições antecipadas. Do lado oposto, o Partido Social Democrata (PSD), fundado por Vargas, pedia que o calendário normal das eleições fosse mantido, ou seja, outubro de 1955. Sem ceder às exigências constitucionais da UDN, Café Filho, membro do PSD, nomeou vários ministros da UDN para o seu governo de transição, que ele queria, acima de tudo, que fosse um governo de união nacional. É preciso dizer que reinava uma grande agitação no Exército, que acusava Vargas de fomentar a desordem social ao apoiar movimentos grevistas nos principais centros urbanos e de entregar o país às potências estrangeiras ao abrir a economia e participar da Guerra da Coreia. A UDN manteve a pressão sobre Café Filho, pedindo, desta vez, que a Constituição de 1946 fosse emendada, de modo que ficasse claramente

---

27. Depois da sua reeleição em outubro de 1950, o presidente Getúlio Vargas assumiu uma linha política populista, concedendo inúmeras vantagens sociais ao mundo operário e às classes populares e nacionalizando várias empresas. Essas decisões não tardaram a provocar a cólera da classe média e do Exército, que, no contexto da Guerra Fria, temiam pelo futuro do país. O ano de 1954 foi marcado por um aumento das tensões: os atentados se sucederam (contra a sede social do jornal *Última Hora*, contra o líder da oposição Carlos Lacerda...), as petições seguiram suas pegadas (manifesto dos coronéis, campanha pelo *impeachment*...). Pressionado de todos os lados para renunciar ao mandato, Getúlio Vargas se recusou a assinar sua demissão e preferiu se matar na manhã de 24 de agosto de 1954. Ele deixou uma carta-testamento, cujas últimas frases são famosas por seu lirismo messiânico: "Era escravo do povo e hoje me liberto para a vida eterna. Mas esse povo de quem fui escravo não mais será escravo de ninguém. Meu sacrifício ficará para sempre em sua alma e meu sangue será o preço do seu resgate. [...] saio da vida para entrar na História". Ver: <http://oglobo.globo.com/pais/noblat/arquivo14.asp>.

indicado que a eleição do presidente da República ocorreria por maioria absoluta, com segundo turno, se necessário. Mas Café Filho não cedeu à chantagem, já usada em 1950 contra Vargas; no entanto, temendo um golpe de Estado militar, ele desejava que o PSD e a UDN entrassem em acordo sobre um candidato único – o que a UDN rejeitou. Então, em novembro de 1954, o PSD indicou Juscelino Kubitschek como candidato.

Decididamente otimista e moderno, Kubitschek impôs de imediato, já na campanha[28], um estilo e métodos que rompiam com o dos seus antecessores, mais encravados no formalismo e na tradição: ele multiplicou, em especial, o contato direto com a população. Como observou Thomas Skidmore: "A essência do estilo Kubitschek era a improvisação. O entusiasmo, a sua principal arma"[29]. É na busca de uma adesão quase mágica da população à sua ação que se expressava toda a sua arte política. Para isso, apoiava-se numa capacidade quase intuitiva de traduzir as expectativas do povo em gestos e em palavras[30]. O letrista e humorista Juca Chaves o qualificou, muito merecidamente, de "presidente bossa-nova", numa referência ao novo ritmo que se impunha na música brasileira e à despreocupação da juventude dourada de Ipanema

---

28. Sobre as estratégias de comunicação de Kubitschek durante a campanha presidencial, ver João Carlos Picolin, "Juscelino para presidente do Brasil: as estratégias de comunicação política na campanha eleitoral de JK em 1955", XXV Congresso Brasileiro de Ciências da Comunicação, Salvador, 1 a 5 de setembro de 2002.
29. Thomas Skidmore, *Brasil, de Getúlio Vargas a Castelo Branco (1930-1964)*, 10. ed., Rio de Janeiro, Paz e Terra, 1992, p. 8.
30. Num estudo precedente, tive oportunidade de mostrar quanto, ao longo da construção de Brasília, "como um fundador de cidade antiga", Kubitschek "aproveita qualquer oportunidade que o avanço da construção oferece para proceder a um ritual mítico-religioso [...]. Brasília deixa de ser simplesmente a nova capital do Brasil para tornar-se o altar sobre o qual é celebrada a nação brasileira" (Laurent Vidal, *De Nova Lisboa a Brasília: invenção de uma capital*, trad. Florence Marie Dravet, Brasília, UnB, 2008, p. 244-5).

que a bossa-nova representava. Mas não se deve acreditar que tudo não passava de pura improvisação em relação a Kubitschek. Ao contrário, tratava-se, com bastante frequência, de uma aparência, que envolvia um projeto político firme e resoluto. O cantor Caetano Veloso não se deixou enganar: Kubitschek "organiz[a] o movimento, orient[a] o Carnaval, inaugur[a] o monumento"[31]. O coronel Affonso Heliodoro da Fonseca, que foi um de seus conselheiros mais próximos, confirma: "[...] com Juscelino, tudo era pensado, previsto, minuciosamente organizado. Nada era deixado ao acaso"[32] – nem mesmo o acaso, poder-se-ia dizer.

Mas, apesar dessas qualidades e da obstinação do confronto com a UDN, Juscelino Kubitschek teve dificuldades para ser aceito. Seu programa, técnico demais, organizado em torno de trinta objetivos, não suscitou a adesão das massas. E seu discurso sobre a necessidade de um respeito escrupuloso à Constituição não era nada mobilizador... Foi então que, em sua equipe de campanha, surgiu a ideia de incluir no programa a construção de Brasília – nova capital do Brasil. Uma tal proposta visava, com toda a evidência, encontrar um derivativo para o impasse político no qual estava o candidato Kubitschek nessa época, incapaz de obter o apoio das massas urbanas. No mês de março, por exemplo, segundo uma pesquisa de opinião no Rio, Kubitschek tinha apenas 21,9% das intenções de voto[33]. Acontece que Kubitschek e seus conselheiros sabiam quanto a ideia

---

31. Caetano Veloso, "Tropicália", 1968.
32. Entrevista com o coronel Affonso Heliodoro da Fonseca, Brasília, 14 de fevereiro de 2007.
33. É verdade que ele só tinha 1% em dezembro de 1953 e 9% em novembro de 1954 (*Opinião Pública*, Centro de Estudos da Opinião Pública, CESOP, Campinas, v. 2, n. 2, dezembro de 1994, p. 3-11).

da mudança da capital brasileira, inscrita na Constituição republicana desde 1891, era capaz de "canalizar as esperanças difusas da sociedade", de "dar ou devolver um sentido à coletividade nacional"[34] e, portanto, mais pragmaticamente, aumentar a base eleitoral do candidato.

O projeto de mudança da capital foi anunciado por ocasião de um comício organizado numa cidade pequena e insignificante do estado de Goiás. Eis como Juscelino Kubitschek relatou a cena:

> *Tudo teve início na cidade de Jataí, em Goiás, a 4 de abril de 1955, durante minha campanha como candidato à Presidência da República. No discurso que ali pronunciei, referindo-me à agitação política que inquietava o Brasil e contra a qual só via um remédio eficaz – o respeito integral às leis –, declarei que, se eleito, cumpriria rigorosamente a Constituição. [...] Foi nesse momento que uma voz forte se impôs, para me interpelar: "O senhor disse que, se eleito, irá cumprir rigorosamente a Constituição. Desejo saber, então, se pretende pôr em prática o dispositivo da Carta Magna que determina, nas suas Disposições transitórias, a mudança da capital federal para o Planalto Central" [...]. A pergunta era embaraçosa. Já possuía meu Programa de Metas e, em nenhuma parte dele, existia qualquer referência àquele programa. Respondi, contudo, como me cabia fazê-lo na ocasião: "Acabo de prometer que cumprirei, na íntegra, a Constituição e não vejo razão por que esse dispositivo seja ignorado.*

---

34. Laurent Vidal, *De Nova Lisboa a Brasília*, p. 286-7.

> *Se for eleito, construirei a nova capital e farei a mudança da sede do governo". Essa afirmação provocou um delírio de aplausos.*[35]

A apóstrofe de "homem do povo" foi, na realidade, minuciosamente preparada – tratava-se de um militante do PSD. Como a imprensa havia sido avisada de que um anúncio importante seria feito naquele dia, todos os jornais do dia seguinte repetiam a proposta, e a campanha mudou de tema[36].

Em 3 de outubro de 1955, por ocasião do primeiro turno, quatro candidatos se apresentaram ao sufrágio dos eleitores: Juscelino Kubitschek, que nessa ocasião recebeu o apoio do Partido dos Trabalhadores do Brasil (PTB), também fundado por Getúlio Vargas para representar o mundo operário e do qual saiu o candidato à vice-presidência, João Goulart, e do Partido Comunista do Brasil (PCB); o general Juarez Távora, candidato da UDN e do Partido Democrata Cristão (PDC); Ademar de Barros, candidato do Partido Social Progressista (PSP), representando a classe média baixa e o proletariado de São Paulo; e Plínio Salgado, ex-dirigente do movimento integralista (fascista), candidato do Partido de Representação Popular (PRP). Kubitschek obteve 36% dos votos, Távora, 30%, Barros, 26%

---
35. Juscelino Kubitschek, *Por que construí Brasília*, Rio de Janeiro, Bloch, 1975, p. 7-8. Também podemos ler, gravado no mármore, no centro do Museu Histórico de Brasília, a seguinte história: "Em sua campanha eleitoral pela Presidência da República, Juscelino Kubitschek de Oliveira mantém em cada localidade vivo diálogo com o povo, para ouvir-lhe aspirações e anseios. A 4 de abril de 1955, em Jataí, pequena cidade de Goiás, é inquirido por um popular se é seu propósito construir a nova capital no interior do país. 'Cumprirei em toda sua profundidade a Constituição e as leis. A Constituição consagra a transferência. É necessário que alguém ouse iniciar o empreendimento – e o farei', responde o candidato". Sobre esse Museu Histórico de Brasília, instalado no centro da Praça dos Três Poderes para conservar o relato oficial da fundação de Brasília, consultar Laurent Vidal, *De Nova Lisboa a Brasília*, p. 271.
36. Affonso Heliodoro, *JK, exemplo e desafio*, 2. ed., Brasília, Thesaurus, 2005. Ver sobretudo o capítulo "Uma palavra sobre o comício de Jataí", p. 143-6.

e Salgado, 8%. Com esse escore de 36%, Kubitschek foi eleito no primeiro e único turno. No entanto, o caso não estava encerrado.

A UDN fez uma intensa campanha contra a posse de Kubitschek e de seu vice-presidente, João Goulart, prevista para 31 de janeiro de 1956. A crise estourou em 1º de novembro, no enterro de um general que fazia uma oposição feroz a Vargas: num discurso pronunciado à beira do túmulo do general, o coronel Jurandir de Mamede questiona a entrega da Presidência da República a um homem que representava apenas uma "vitória da minoria". O ministro da Guerra, general Lott, pediu então ao presidente da República que punisse o coronel sedicioso. Café Filho não respondeu; no dia 8 de novembro, um infarto o afastou da cena política. Seu sucessor, Carlos Luz, presidente da Câmara dos Deputados, havia felicitado calorosamente o coronel Mamede por ocasião de seu discurso. Ele iniciou negociações para substituir o general Lott; nessas condições, Kubitschek tinha poucas chances de assumir oficialmente suas funções presidenciais. Um desejo que Carlos Lacerda não escondia: "É preciso que fique claro, muito claro, que o presidente da Câmara não assumiu o governo da República para preparar a posse dos Srs. Juscelino Kubitschek e João Goulart. Esses homens não podem tomar posse, não devem tomar posse e não tomarão posse"[37]. Diante de tal situação, o general Lott decidiu reagir: na manhã de 11 de novembro, 25 mil soldados ocuparam as ruas do Rio com o apoio de tanques. Carlos Luz, Carlos Lacerda e o coronel Mamede se refugiaram num

---

37. Ricardo Maranhão, *O governo Juscelino Kubitschek*, São Paulo, Brasiliense, 1981, p. 26.

cruzador do Exército, que Lott impediu de sair da baía de Guanabara. De volta ao Rio, Carlos Luz foi demitido de suas funções e substituído por Nereu Ramos, presidente do Senado, que declarou estado de sítio em 25 de novembro. O estado de sítio foi prorrogado até 31 de janeiro de 1956, dia oficial da posse do novo presidente, e permitiu, sobretudo, neutralizar um projeto de rebelião militar, previsto para 17 de janeiro no Recife[38]. Enquanto isso, Juscelino preferiu deixar o Brasil. Foi à França numa "viagem sentimental", durante a qual se recolheu diante do túmulo de Napoleão[39].

Em tais condições podemos facilmente imaginar quantos riscos o dia da posse podia apresentar para a estabilidade democrática do país. Certamente, havia meses, a única regra a que se prendia Kubitschek era o escrupuloso respeito à Constituição. Ele sabia que esse era o único anteparo legal de que podia se valer nesse contexto no mínimo tenso. Mas, nesse dia, no Rio, nessa cidade que não lhe era especialmente favorável, que força teriam os preceitos constitucionais contra um movimento da multidão? Ora, manifestações populares haviam sido anunciadas. Em 31 de janeiro de 1956, para ter acesso legal à magistratura suprema, era preciso, portanto, encontrar, e depois manter, um perigoso equilíbrio entre um exército em estado de alerta e o fim do estado de sítio. Pela manhã, o novo casal presidencial deveria ir ao Palácio Tiradentes, onde prestaria juramento diante dos deputados, e, à tarde, ao Palácio do Catete, onde receberia das mãos

---
38. Depois de restabelecido, Café Filho foi impedido de retomar suas funções por votação do Congresso.
39. *Manchete*, n. 196, 21 de janeiro de 1956. A pedido do novo presidente, o fotógrafo e cineasta francês Jean Manzon acompanhou essa longa viagem de Juscelino e lançou um documentário em português: *O mundo aclama Juscelino* (Jean Manzon Films, 1956).

do presidente interino, Nereu Ramos, o colar presidencial[40]. Para essa ocasião, Juscelino Kubitschek havia anunciado que desejava atravessar a pé a praça do Palácio do Catete, ouvir o Hino Nacional diante da multidão e, em seguida, dirigir-se ao palácio para abrir solenemente os pesados portões, subindo pela escada central que levava ao salão nobre. Uma foto publicada no semanário *O Cruzeiro* (na edição de 11 de fevereiro de 1956) mostra Juscelino todo sorrisos, subindo os degraus do palácio. A legenda descreve assim esse ato inaugural: "Até o último degrau. A campanha do Sr. JK foi uma luta penosa e dramática. Ei-lo, enfim, atingindo o objetivo. A seu lado, o Gal. Lott que, como ministro da Guerra, afirmou que garantiria, e na verdade garantiu, a posse. Ele subiu com JK as escadas do Palácio do Catete, levando-o até o último degrau". Nessa noite, diante da esposa, dona Sarah, e da filha Maria Estela, ele se sentou ao pé dessa mesma escada: visivelmente esgotado pelo peso emocional de um dia como esse, entregou-se a um instante de alívio – do lado de fora, ele sabia que a tempestade continuava a rondar, mas queria desfrutar desse momento de graça, como um intervalo à procissão do tempo.

---

40. *Folha da manhã*, 1º de fevereiro de 1956.

## 2. Juscelino como Jano

> Erekia, aquele que seca as lágrimas.
> *Malcolm Lowry*

Quatro anos haviam se passado e eis que a grande obra de Juscelino chegava ao fim: Brasília, a nova capital construída a mais de mil quilômetros do Rio, estava quase terminada. Por prudência, ele havia fixado por decreto a data da inauguração; por sabedoria (ou esperteza), havia deixado a responsabilidade da escolha dessa data simbólica para um deputado da oposição. Este último havia sugerido o dia 21 de abril de 1960, data do aniversário da fundação de Roma, mas, sobretudo, da execução de Tiradentes, venerado pelos republicanos como o primeiro herói da independência brasileira: "A data escolhida é de remarcada significação nacional [...]. Tiradentes é um símbolo da independência política do Brasil, e Brasília, se Deus quiser, será o símbolo da nossa independência econômica"[41].

No entanto, quando abril de 1960 chegou e o dia tão esperado da inauguração se aproximava, Juscelino Kubitschek parecia hesitar: como fazer essa mudança da capital? Um amigo, o diplomata José Oswaldo de Meira Penna, havia publicado uma grande pesquisa em 1958 sobre a transferência de capitais na história, oferecendo assim

---

[41]. Entrevista do deputado Emival Caiado, *Revista Brasília*, v. 1, n. 9, setembro de 1957, p. 11. Sobre o significado dessa data de 21 de abril de 1960, ver também Laurent Vidal, *De Nova Lisboa a Brasília: invenção de uma capital*, trad. Florence Marie Dravet, Brasília, UnB, 2008, p. 258-60.

um leque de casos (de Tel-el-Amarna a Camberra), uma profusão de fatos curiosos – em suma, uma "butique da história", na qual Juscelino soube buscar "lições" por vários meses[42]. Mas nada havia sido dito sobre o momento da transferência em si, sobre todos esses pequenos detalhes que, daquele dia em diante, ele teria de resolver: o que fazer do Catete, o palácio presidencial do Rio de Janeiro? O que fazer no momento de deixar o Rio: deveria encenar despedidas solenes ou seria melhor sair na ponta dos pés? O caso do príncipe que decidia e justificava a transferência com um gesto ou uma palavra não era nada adaptado à situação do Brasil de 1960 – a tempestade continuava a ameaçar.

A mudança de fato já havia começado: haviam sido feitas reportagens sobre os funcionários que deixavam o Rio de ônibus para ir para Brasília (alguns, é verdade, não se apresentaram no dia do embarque, outros voltaram exasperados por não encontrarem condições decentes de alojamento[43]; mas essas poucas desistências não podiam mudar o curso da história). As grandes revistas semanais do país, *Manchete* e *O Cruzeiro*, também publicaram fotos das caixas de mudança dos Ministérios, do Senado, da Câmara dos Deputados e do Catete. É claro que isso deu motivo para algumas caricaturas inoportunas. Mas deviam dar importância a essas bagatelas? A transferência era uma realidade tangível naquele mês de abril de 1960. O aeroporto Santos Dumont estava

---

42. José Oswaldo de Meira Penna, *Quando mudam as capitais*, Rio de Janeiro, Novacap, 1958. Juscelino Kubitschek reconheceu a importância dessa obra em seu livro *Por que construí Brasília*, Rio de Janeiro, Bloch, 1975, p. 17.
43. *Correio da Manhã*, 7 de abril de 1960; *Anais da Câmara dos Deputados*, livro 5, 13 de abril de 1960.

sempre cheio de aviões que faziam uma verdadeira ponte aérea entre o Rio e Brasília. Filas de ônibus e de caminhões convergiam de todos os pontos do Brasil em direção a Brasília. Contudo, seria suficiente fornecer provas materiais dessa transferência? O poder não se resume a isso – Juscelino sabia muito bem. A autoridade e a legitimidade resultam, antes de tudo, de elementos imateriais[44]. Como representar esse poder imaterial em deslocamento? O que apresentar aos olhos e aos ouvidos? A capital não é só o lugar onde se concentram os órgãos centrais do poder político; é também "um reservatório e um depósito de forças de ordem espiritual"[45]. Esse *khárisma* (a graça, para os gregos) seria transferível?

Por isso tudo, Juscelino hesitava. A *Agência Nacional*, agência de notícias diretamente ligada à Presidência, não cessava de enviar desmentidos sobre a movimentação do presidente nos dias 20 e 21 de abril de 1960, o que confirmava essa incerteza. Na manhã do dia 6 de abril, as agências de notícia receberam uma primeira informação, explicando que o presidente chegaria a Brasília no dia 20 de abril, véspera da inauguração. Algumas horas depois, foi enviado um desmentido: em razão das manifestações da homenagem a Tiradentes na cidade de Ouro Preto, naquele ano previstas para 20 de abril, o presidente tomaria o avião para Brasília na manhã de 21 de abril, onde chegaria às dez horas. Um novo desmentido entrou nos teletipos algumas horas mais tarde: como a cidade de Ouro

---

44. Consultar a esse respeito Giovanni Lévi, *Le pouvoir au village*, Paris, Gallimard, 1989, ou ainda Marc Abèles, *Jours tranquilles en 89: ethnologie politique d'un département français*, Paris, Odile Jacob, 1989.
45. Jean Brunhes e Camille Vallaux, *La géographie de l'histoire: géographie de la paix et de la guerre sur terre et sur mer*, Paris, Felix Alcan, 1921, p. 366.

Preto havia decidido antecipar a homenagem a Tiradentes para o dia 18 de abril, a Presidência da República manteria o calendário inicialmente anunciado[46]. Estabelecido o calendário, restava decidir a atitude a ser adotada em relação ao Rio e aos cariocas.

Juscelino não se esquecera de que os cariocas não lhe concederam a maioria de seus votos nas eleições de 1955. É bem verdade que iniciara grandes obras de renovação da cidade, uma campanha sanitária para a coleta de lixo e esgoto na periferia, o aplanamento de um morro (morro de Santo Antônio) no centro da cidade, cuja terra foi usada para fazer um vasto aterro ao longo do bairro do Flamengo, túneis para desobstruir o trânsito de alguns bairros, vias rápidas sobre pilotis... E, embora afirmasse publicamente que o Rio e "a generosa população carioca" estão "sempre nas minhas preocupações diárias"[47], Juscelino Kubitschek e seu *entourage* estavam preocupados: como reagiriam os cariocas no dia da partida do presidente? Uma pesquisa de opinião realizada em maio de 1958 havia revelado uma população carioca no mínimo dividida, para não dizer cética: para 26% das pessoas entrevistadas, a capital devia ser transferida rapidamente, conforme o calendário previsto; para 28%, a transferência devia ser bem mais lenta do que o previsto; e para 27%, a capital deveria continuar no Rio (19% não se pronunciaram)[48]. Dois anos depois, a apreensão não havia desaparecido: "Meu pai tinha medo de ser vaiado no momento da partida", explicou-me Maria Estela

---

46. *Correio da Manhã*, 7 de abril de 1960.
47. "JK acorda o gigante e Brasil de JK", *Manchete*, edição especial, 1960.
48. "Ibope encosta 50 mil brasileiros na parede: JK ok?", *Manchete*, n. 320, 7 de junho de 1958, p. 21.

Kubitschek, com quinze anos na época. "Portanto, ele quis tomar todas as precauções em relação ao Rio."[49] O coronel Affonso, responsável especial pela propaganda do governo, revelou-me que havia sido encarregado, desde os primeiros meses de 1960, de uma missão que consistia em mudar a opinião do Rio e de São Paulo, hostis à mudança, e transmitir opiniões e reportagens pela televisão, pelo rádio e pela imprensa. "E funcionou", disse-me ele, "mas o povo do Rio continuava perplexo."[50]

Acrescentemos a isso que o clima político estava cada vez mais tenso no Rio de Janeiro naquele mês de abril de 1960. A oposição parlamentar se entregara a manobras de obstrução para impedir a transferência, retardando o exame e a adoção de leis sobre a organização do novo Distrito Federal em Brasília ou sobre o futuro do Rio de Janeiro. No editorial de 3 de abril, o *Correio da Manhã* explicou que "a revisão da data da mudança é imperativo de defesa do regime, tanto em termos jurídicos, constitucionais, quanto em termos militares". Dois dias depois, o mesmo jornal, sempre no editorial, voltou ao assunto: "O presidente da República criou condições para uma revolução. O caos político e administrativo levaria qualquer país à revolução, ou como meio de defesa contra a desintegração da ordem jurídica ou como consequência dessa desintegração". E abordou a irresponsabilidade do governo, que queria manter a data de 21 de abril e, para isso, não hesitava em acelerar o trabalho dos

---

49. Entrevista com Maria Estela Kubitschek, Rio de Janeiro, 25 de maio de 2007.
50. Entrevista com o coronel Affonso Heliodoro da Fonseca, Brasília, 14 de fevereiro de 2007.

parlamentares e manter em segredo os relatórios alarmantes a respeito da situação da nova capital[51]. O governo chegou a ser acusado de comprar o silêncio dos parlamentares com a atribuição de subvenções excepcionais para a transferência: cada deputado receberia 318 mil cruzeiros (ou seja, um total de 103 milhões de cruzeiros), aos quais seriam acrescentados 660 mil cruzeiros para a compra de um automóvel (ou seja, um total de 215 milhões de cruzeiros)[52]. De sua parte, Carlos Lacerda reuniu os deputados da UDN e pediu que fosse rejeitada a data da mudança, "até que o Congresso Nacional verifique e decida que a cidade de Brasília, ainda no começo de sua construção, reúne as condições materiais, sociais e políticas indispensáveis à sede da representação nacional". Ele também criticou severamente a data de 21: "A fixação da data da mudança não se baseou em qualquer previsão fundada em dados positivos, e sim, unicamente, no pressuposto de que uma aspiração se transformaria por si mesma em realidade"[53]. "Uma transferência simbólica é sempre concebível", continuou Lacerda, "mas, enquanto isso, o importante é que a vida política continue no Rio e que nada de definitivo seja decidido antes da eleição presidencial de 3 de outubro." Em Brasília, numa coletiva de imprensa, Juscelino respondeu a esses ataques: "O meu mais solene

---

51. O relatório de Oscar Diniz Magalhães, diretor do grupo de trabalho da Câmara dos Deputados sobre Brasília, concluiu sobre a impossibilidade da transferência. A maioria do governo na Câmara votou contra e proibiu a divulgação desse relatório (*Correio da Manhã*, 8 de abril de 1960). Outro relatório foi mantido em segredo, o do deputado Saturnino Braga (PSD – Estado do Rio de Janeiro), na Câmara dos Deputados (*Correio da Manhã*, 10 de abril de 1960).
52. Como comparação, o custo estimado da festa de inauguração em Brasília era de 250 milhões de cruzeiros (*Correio da Manhã*, 8 de abril de 1960).
53. *Correio da Manhã*, 5 de abril de 1960.

compromisso, desde candidato, foi o de cumprir a Constituição e as leis. [...] Para que eu deixe de cumprir a lei será necessária uma revolução – se a oposição tiver força para fazê-la"[54].

A dramatização estava no auge e a imprensa colaborou para aumentar a pressão: "Caos após a mudança"; "O governo retardou as leis para agir ditatorialmente". O Partido Libertador publicou um manifesto intitulado: "Impossível a transferência sem os perigos e danos da precipitação"[55]. O *Correio da Manhã* alegou até a existência de uma nota oficiosa do Catete afirmando que "o governo irá, se necessário, às medidas mais enérgicas que o assunto comportar, a fim de preservar a ordem e garantir a execução da Operação-Mudança"[56]. E Kubitschek foi acusado de organizar conscientemente uma deriva ditatorial a exemplo de Trujillo, na República Dominicana[57]. Além do mais, se fosse preciso mais uma prova do perigo que corria a democracia, aqui está ela: às pressas, o governo mandou queimar os arquivos dos ministérios[58]. Eis porque, para o marechal Cavalcanti, "defender o Rio neste momento é defender, também, a causa do direito do povo, o direito de viver sob o pálio da lei"[59].

---

54. *Última Hora*, 6 de abril de 1960.
55. *Correio da Manhã*, 5 de abril de 1960.
56. *Correio da Manhã*, 10 de abril de 1960.
57. *Correio da Manhã*, 15 de abril de 1960.
58. "Os ministérios criaram, com toda a urgência, comissões especiais para proceder à revisão dos arquivos e a uma triagem dos documentos. Os que forem considerados ultrapassados serão destruídos. Essa tarefa, que deveria caber aos Arquivos Nacionais, não pôde lhe ser atribuída: seria preciso uma lei especial. Eis porque o governo criou comissões em cada ministério. A visita ao Rio de Janeiro do diretor dos Arquivos Nacionais dos Estados Unidos, Theodore Schellemberg, no começo do mês, para explicar os métodos americanos, não passou de poeira nos olhos!" (*Correio da Manhã*, 3 e 16 de abril de 1960).
59. Cavalcanti aconselhou uma transferência em duas etapas, a exemplo de La Paz, na Bolívia (*Correio da Manhã*, 6 de abril de 1960).

O receio da presidência da República quanto à reação do Rio de Janeiro no dia 20 de abril não resultava de uma simples preocupação insignificante. Principalmente porque, além das tensões políticas, a partida tinha implicações psicológicas evidentes. Do que se tratava, em suma, senão de uma separação e, portanto, do que chamamos de uma *passagem*? O poder federal deixava o Rio, e o antigo Distrito Federal desapareceria para dar lugar a um novo estado da Federação: o estado da Guanabara. Ora, sabemos o quanto essas passagens são objeto de precauções especiais na maioria das culturas e são acompanhadas de rituais bem específicos. Os romanos tinham até um deus para presidi-las: Jano (do latim *janua*: entrada, caminho), o deus com dois rostos, um voltado para o futuro e o outro para o passado. Deus dos começos e das passagens, da mudança e da transição, guardião das encruzilhadas, ele abre e fecha as portas, vigia as entradas e as saídas. É essa função que Juscelino Kubitschek deveria assumir naquele mês de abril de 1960 ao presidir a passagem do poder do Rio para Brasília. E o homem de Diamantina tinha profunda consciência dessa tarefa. Eis por que a despedida do Rio não podia ser "um simples adeus entre amigos".

Um século antes, o folclorista Arnold Van Gennep havia distinguido nos ritos de passagem o encadeamento de três fases distintas e complementares: a fase de separação, a fase liminar (o intervalo, a espera) e a fase de agregação ao novo estado[60]. Mais perto de nós, Victor Turner matizou esse encadeamento excessivamente

---

60. Arnold van Gennep, *Ritos de passagem*, Petrópolis, Vozes, 1978.

mecânico, mas sublinhou que "o ritual é recortado em 'fases' ou 'etapas', elas também recortadas em subunidades: 'episódios', 'ações' ou 'gestos'. A cada uma dessas unidades ou subunidades corresponde uma reorganização específica de símbolos, de atividades e de objetos simbólicos"[61]. E destacou o aspecto central do ritual, que visa à "conquista do homem pela coletividade"[62]. Pois essa passagem não tem como único efeito emitir uma mensagem: ela também permite reativar o mito da unidade do grupo. As sociedades modernas, que pretenderam construir a si mesmas pelo domínio de um discurso racional, não abandonaram essas práticas: "dir-se-ia que a sociedade recorre ao teatro todas as vezes que quer consolidar a sua existência ou realizar o ato decisivo que a questiona", constata Jean Duvignaud[63]. As festas cívicas são o exemplo mais contundente: o seu efeito de *catarse*, de comunhão social, constitui um recurso precioso para o poder.

Juscelino Kubitschek tinha perfeita consciência de que era importante acompanhar essa passagem, mas também, e sobretudo, transcendê-la, de modo a deixar um mínimo de incertezas a respeito do futuro do Rio depois da saída do poder. Limitar o tempo de latência, não dar lugar à abertura, pois a ameaça de anomia se perfilava: o que existe de mais preocupante para o poder do que um vazio? A esse respeito, encontramos no direito romano um dispositivo jurídico que permite a suspensão dos direitos para enfrentar tumultos – o *justitium*.

---

61. Victor W. Turner, *Les tambours d'affliction: analyse des rituels chez les Ndembu de Zambie*, Paris, Gallimard, 1972, p. 13. (1ª edição 1968)
62. *Ibid.*, p. 301.
63. Jean Duvignaud, *Sociologie du théâtre*, Paris, PUF, 1999, p. 14. (1ª edição 1965)

E essa mesma noção serve também para designar um luto público. Essa dupla definição deu lugar a várias interpretações que não nos interessam aqui[64]. Vamos simplesmente fixar que o luto de um soberano, até a entronização de seu sucessor, provocava uma mobilização festiva da sociedade, mas também uma suspensão da vida política normal pela proclamação do estado de exceção. E se tratava de um luto público para o Rio naquele 20 de abril – a morte de uma capital federal. No entanto, Kubitschek não podia se limitar a presidir a cerimônia fúnebre da capital da República; devia anunciar também o nascimento de uma nova capital, a do estado da Guanabara. Esse era, então, o desafio da cerimônia de despedida do Rio: "A capital morreu, viva a capital!". E, como Jano, para acalmar esse presente incerto, Juscelino acompanharia essa passagem e passaria essa mensagem. Eis por que, nesse Rio "cheio de barulho e de fúria", que esperava respostas para todas as perguntas, Kubitschek representou a saída do poder como um drama antigo, para o qual podia convocar, para o grande espetáculo que iria acontecer, uma grande quantidade de espectadores e ouvintes, atentos a todas as atitudes, a todas as palavras. Um drama do qual ele era, ao mesmo tempo, o autor, o diretor e o ator principal.

---

64. Sobre esse assunto, consultar a bela exposição de Giorgio Agamben, *Estado de exceção – Homo Sacer*, trad. Araci di Poleti, São Paulo, Boitempo, 2005, p. 67-8.

# 3. Ato I: a cortina se ergue... na Cinelândia

> Queira a transformação. [...]
> Todo espaço feliz é filho ou neto da separação.
> *Rainer Maria Rilke*

O primeiro ato começa. Era o dia 11 de abril de 1960, ou seja, alguns dias antes da partida. O cenário está definido, os atores entram em cena pela primeira vez. Nesse dia, no Palácio Tiradentes, os deputados se preparavam para examinar o projeto de lei que transformava o antigo Distrito Federal num dos estados da Federação. A partir desse dia, o Rio de Janeiro conheceria sua sorte, seu futuro não era mais incerto: ele já tinha um nome (estado da Guanabara) e sua geografia podia ser desenhada[65]. Nesse mesmo dia – e essa coincidência não parece absolutamente ser fruto do acaso –, no Palácio Pedro Ernesto, sede da Câmara Municipal (Câmara dos Vereadores) do Distrito Federal do Rio de Janeiro, Kubitschek receberia o título de Cidadão de Honra da cidade do Rio de Janeiro. Essa distinção lhe seria entregue devido aos serviços prestados à cidade por intermédio da Superintendência de Urbanização e Saneamento (Sursan)[66], e

---

65. No último momento, entretanto, a análise do projeto de lei foi adiada para o dia seguinte, 12 de abril. Voltarei a falar longamente sobre esse debate na segunda parte deste livro.
66. Entre as obras mais notáveis, destacamos a construção do Aterro do Flamengo, graças à terra tirada do aplanamento do morro de Santo Antônio, a ligação entre o cais do porto e Copacabana pelo túnel das Laranjeiras, a construção das vias rápidas elevadas (perimetrais), sem falar do saneamento e da urbanização das zonas suburbanas. A esse respeito, ver o número especial da revista *Manchete*, realizado pelo departamento de propaganda governamental por ocasião do quarto ano de governo de Juscelino Kubitschek (janeiro de 1960): "JK acorda o gigante e Brasil de JK". Um artigo foi dedicado às grandes obras efetuadas no Rio pelo governo: "JK não esqueceu o Rio".

também, mais em geral, "visa homenagear o chefe do governo nesta oportunidade em que a Capital Federal deixa o Rio de Janeiro e vai se instalar no Planalto Central do Brasil"[67].

A localização dos dois prédios que serviram de cenário a esse primeiro ato fica no centro do Rio, a algumas centenas de metros um do outro. O prédio no qual Kubitschek iria entrar ficava na Cinelândia, praça de lazer e cultura desenhada na ponta da avenida Rio Branco. Essa avenida, com calçadas cobertas de mosaicos brancos e pretos, era a própria *avenida central*, construída no início do século para ligar o porto moderno ao centro da cidade. André Maurois, infatigável viajante do Novo Mundo, deixou-se levar a algumas comparações ao apresentar essa avenida:

> *Tão larga quanto os nossos bulevares parisienses, ela os lembra pela característica de "começo do século" de suas casas. A entrada da avenida faz pensar vagamente na nossa praça da Ópera. Teatro subvencionado, grandes hotéis, museu, biblioteca nacional, todos os atributos de uma capital ali estão concentrados. Depois, por volta de 1920, Francisco Serrador construiu quatro arranha-céus: Império, Capitólio, Glória, Odeon, sendo que os quatro andares térreos são amplas salas de cinema. Daí o nome de Cinelândia e de Serrador dado a esse bairro tão alegre.*[68]

---

67. *Correio da Manhã*, 10 de abril de 1960. Deve-se notar que essa decisão estava longe de ser unânime entre os membros da Câmara: quando a atribuição do título foi decidida, dois deputados estaduais tomaram a palavra na tribuna, Raul Brunini e Dulce Magalhães; o primeiro chamou Juscelino de "carrasco do Rio de Janeiro" (*Correio da Manhã*, 8 de abril de 1960).
68. André Maurois, *Rio de Janeiro*, Paris, Nathan, 1951, p. 26.

No centro dessa grande cena, a praça Floriano Peixoto, esplanada arborizada, enfeitada de bancos e estátuas, uma fonte, jardins à francesa, acolhe os transeuntes, convidando-os a se sentar, a tagarelar. Quanto não se escreveu sobre a Cinelândia? A "Broadway carioca", "onde o Rio não dorme"... Agitação, multidão, mistura de gêneros, comércio, cinema, teatro, música para todos os gostos, política de todas as tendências, arte, cultura, arquitetura, tudo isso era a Cinelândia[69]. No entanto, da descrição de André Maurois, vamos guardar que "todos os atributos de uma capital ali estão concentrados". Isso explica por que exatamente esse cenário foi escolhido para a abertura dessa peça[70].

O Palácio Pedro Ernesto, instalado em ligeiro recuo, é um dos prédios da Cinelândia. Sua construção, prevista desde 1911 para substituir o antigo palácio da Intendência Municipal, foi muitas vezes adiada. Dois arquitetos têm a sua paternidade. O primeiro, Heitor de Mello, venceu o concurso de arquitetura de 1911; porém, a morte o levou em 1920, antes mesmo de a construção ser iniciada. A adaptação do projeto foi confiada a um de seus discípulos, Archimedes Memória: professor da Escola de Belas Artes, foi o autor do Palácio Tiradentes, sede da Câmara dos Deputados. O Palácio Pedro Ernesto só foi inaugurado em 1923. Sua fachada mistura os estilos neoclássico – que pode ser visto na impecável simetria da composição – e *art déco* – perceptível nas duas torrezinhas que coroam o prédio. Permitindo o

---

69. João Máximo, *Cinelândia, breve história de um sonho*, Rio de Janeiro, Salamandra Consultoria, 1997. Consultar também a obra de Evelyn Furquim Werneck Lima, *Arquitetura do espetáculo: teatros e cinemas na formação do espaço público das Praças Tiradentes e Cinelândia. Rio de Janeiro 1813-1950*, Rio de Janeiro, UFRJ, 2000.
70. O antecessor de Juscelino Kubitschek, Getúlio Vargas, havia escolhido o estádio de São Januário para todas as suas manifestações políticas: comícios de 1º de Maio, congressos e grandes espetáculos culturais subvencionados, como aquele de 1940, em que Villa-Lobos foi convidado a tocar suas grandes composições diante de quarenta mil pessoas.

acesso ao átrio do palácio, uma escada ampla e monumental ocupa quase toda a largura da fachada. Foram essas escadas que Juscelino Kubitschek subiu para receber o título de Cidadão de Honra. De cada lado da escada, erguidas na própria calçada, como se abrissem solenemente a entrada do prédio, duas colunas de mármore de Carrara sustentam uma estátua de bronze cada uma: são musas com túnicas drapeadas, como as deusas antigas. A da direita tem o olhar inflexível, que ela projeta à frente, ao longe; na mão esquerda, segura um livro de leis, no qual está escrito *Lex*, e, na mão direita, uma pena de ganso. A estátua da esquerda tem o olhar mais doce, meio oblíquo, e suas pálpebras estão semicerradas; ela segura com a mão direita o brasão da cidade do Rio, apoiado no chão como um escudo: trata-se de uma esfera armilar, cortada pelas três flechas que supliciaram São Sebastião, o santo patrono da cidade, enfeitada no centro por um barrete frígio (símbolo do regime republicano), cercada por dois golfinhos (símbolo da cidade marítima), um deles ladeado por um ramo de louro, o outro por um ramo de carvalho (a vitória e a força), e encimada por uma coroa (símbolo da cidade-capital); na mão esquerda, essa musa leva uma peteca, o raro jogo indígena adotado pelos brasileiros. Dali a pouco, o olhar de Juscelino cruzaria com o delas, avaliando seu solene significado. Elas se destacavam naturalmente nesse cenário. E nesse palco, já rico de significados, teria lugar uma "arquitetura efêmera", especialmente pensada para a abertura desse primeiro ato de despedida do Rio.

As alunas das escolas normais da cidade formariam uma ala de honra ao pé da escada e os bombeiros colocariam um caminhão de combate a incêndio de cada lado desses mesmos degraus: das escadas, pétalas de flores seriam jogadas sobre a família presidencial quando subisse os degraus do palácio[71]. Para a entrega do título, como para reforçar o caráter espetacular do acontecimento, toda a Cinelândia havia sido decorada, embandeirada e iluminada: era importante instaurar uma nítida fronteira com o tempo normal, ofuscando o olhar e até mesmo cativando-o com uma "invasão sonora"[72]. Pelotões das Forças Armadas e da Polícia Militar, assim como orquestras, foram instalados ao longo das alamedas da Praça Floriano Peixoto. Mas não devemos nos enganar: tal encenação não tinha por objetivo apenas transformar o espaço; ela visava mais prosaicamente atrair as multidões para o lugar onde o político ia se expor, se exibir. Sem a multidão que o aclamaria, sem essa multidão que ele teria de atravessar, como o poder manifestaria seu domínio, sua força de atração? O que seria o poder senão uma sombra entre outras nessa vasta metrópole? De repente, a Cinelândia passou a ser bem mais do que um espaço público no coração da cidade: ela se transformou numa extensão sagrada onde se reunira um "conclave mágico"[73], à espera de uma fala, de uma palavra do demiurgo.

No mesmo momento em que Juscelino Kubitschek receberia o título, a famosa ópera de Carlos Gomes, *O Guarani*, seria representada no Teatro Municipal, cuja entrada é na praça da Cinelândia[74]. Por decisão do Conselho Municipal, a entrada seria livre.

---

71. *O Globo*, 12 de abril de 1960.
72. Nicolas Mariot, "Nos fleurs et nos coeurs: les visites présidentielles en province comme événements institués", *Terrain*, n. 38, março de 2002.
73. Marcel Mauss, "Esquisse d'une théorie générale de la magie", *L'année sociologique*, 1902-1903. Consultar também as reflexões de Jean Duvignaud, *Sociologie du théâtre*, Paris, PUF, 1999, p. 24.
74. Algumas semanas antes, no dia 10 de janeiro de 1960, uma estátua de Carlos Gomes havia sido inaugurada em frente ao Teatro Municipal. Esculpida por Rodolfo Bernardelli, foi erguida a pedido do barítono Paulo Fortes para homenagear o compositor da famosa ópera *O Guarani*.

Essa ópera, a mais famosa da história da música brasileira, havia sido representada pela primeira vez na Scala de Milão, em março de 1870. Baseada na obra homônima de José de Alencar (1857), conta a história de amor de Peri, índio goitacá, e Ceci, filha de um nobre português que havia participado da luta contra os franceses (que se instalaram na baía de Guanabara) e da fundação do Rio de Janeiro; ao serem atacados por um bando de aventureiros inescrupulosos, o pai de Ceci batiza Peri às pressas, manda os dois jovens apaixonados se refugiarem com amigos fiéis no Rio de Janeiro e, correndo perigo de vida, arma uma emboscada fatal contra os agressores. Evidentemente, essa escolha também não havia sido fruto do acaso e indicava o quanto esse dia na Cinelândia era objeto de uma encenação extremamente precisa: na hora em que Juscelino seria honrado como benfeitor da cidade, o drama da fundação do Rio seria encenado e o espetáculo seria oferecido aos cariocas.

No Palácio Pedro Ernesto, a sessão solene estava prevista para as 21 horas, com a presença dos vereadores, dos ministros (militares e civis), do prefeito, do corpo diplomático, dos representantes do Judiciário e do Congresso: como Guilherme, o Marechal, que em seu leito de morte convocou "todos os que formam o corpo, do qual ele era a cabeça, para o grande espetáculo que ia começar, o da morte principesca"[75], Juscelino Kubitschek queria que todos os

---

75. Georges Duby, *Guilherme, o Marechal ou o melhor cavaleiro do mundo*, trad. Renato Janine Ribeiro, 2. ed., São Paulo, Graal, 1988, p. 8-9.

corpos constituídos da República fossem testemunhas desse gesto excepcional. O protocolo era extremamente preciso: por decisão do Ministério das Relações Exteriores, o *smoking* era obrigatório, até para os representantes da imprensa. A única ligeira alteração nesse programa minuciosamente pensado se referia ao fim da noite. Inicialmente, estava previsto um banquete para depois da cerimônia, mas o presidente da República preferiu cancelar o ágape, que deveria custar milhões de cruzeiros, para não parecer insensível à trágica situação do Nordeste. As inundações do rio Parnaíba ocupavam as manchetes dos jornais desde o mês de março. As chuvas torrenciais fizeram com que a barragem de Orós cedesse, e mais de 100 mil pessoas estavam desabrigadas. Até os Estados Unidos prestaram ajuda para enfrentar esse drama humano. Nessas condições, o banquete foi transformado em simples coquetel nos salões nobres do palácio da Câmara!

As roupas, a luz, a decoração, o roteiro, tudo estava ali para enaltecer a entrada presidencial. Mas eis que a chuva se convidou para o espetáculo: uma chuva violenta e torrencial que em alguns minutos destruiu todos os planos da encenação. Finalmente, às 21h20, o cortejo presidencial parou diante do palácio e deixou Juscelino, sua esposa e as filhas, Márcia e Maria Estela, que não tinham outra opção a não ser apressar o passo para se abrigar – adeus à subida solene dos degraus, às pétalas de flores... Era preciso se contentar com uma entrada menos triunfal. Acontece que a esse desagradável dissabor juntou-se o descontentamento das alunas da Escola Normal municipal, que queriam que Juscelino tomasse conhecimento da situação: naquele ano, o número de vagas para o concurso de admissão havia diminuído seriamente e as alunas incluídas nessa brutal restrição não queriam se resignar a serem consideradas reprovadas. Elas se organizaram numa associação, oportunamente denominada "Sarah Kubitschek", e pediam ao presidente que interviesse a seu favor: quando ele desceu do carro, elas exibiram bandeirolas, se precipitaram para ele com petições e a ala de honra subitamente se desfez[76]. Pobre Juscelino, que havia sonhado com uma entrada em cena bem melhor!

Mas ele entrou no palácio. A chuva, a maldita chuva que havia estragado tudo, não passava de uma lembrança ruim, rapidamente esquecida. Sua esposa, Sarah, também seria homenageada por sua ação em prol dos necessitados da cidade do Rio de Janeiro: ela ficou ao lado das esposas dos convidados nas tribunas de honra laterais. Juscelino ocupou seu lugar na tribuna principal, ao lado do vice-presidente João Goulart, do presidente do Tribunal de Justiça do Distrito Federal, dos ministros Mário Pinotti, Armando Falcão e Amaral Peixoto, do prefeito Sá Freire Alvim e do presidente da Câmara dos Vereadores, Celso Lisboa[77]. Uma única ausência importante destaca-se nesse momento da cerimônia: os vereadores da UDN não compareceram à entrega do título – suas cadeiras estavam vazias.

---

76. *O Globo*, 12 de abril de 1960.
77. *O Globo*, 12 de abril de 1960.

## Essas palavras que desfazem os laços

Dali a pouco Juscelino tomaria a palavra e começaria a desfazer os laços que, havia quase dois séculos, uniam a cidade do Rio de Janeiro à sede da capital do Brasil. Ele escolheu com cuidado as palavras que desvinculavam[78], com o mesmo cuidado com que escolheu o palco desse primeiro ato.

Ali, sentado na tribuna, ele teve de repensar os dias passados, as hesitações sobre a atitude a adotar. Afinal, não havia se esquivado do seu destino. Ele era, certamente, um fundador de cidade e tinha plena consciência disso, mas não era um liquidante de cidade: ao deixar o Rio, não queria dar a impressão de abandonar a cidade, pura e simplesmente. A partir daí, só ele poderia se encarregar dessa fatalidade e guiá-la. Mas precisava esperar alguns minutos antes de subir à tribuna. Antes, teve de ouvir o discurso do presidente da Câmara, Celso Lisboa.

Esse discurso, não se pode deixar de dizer, foi um perfeito representante do estilo acadêmico em política. Depois de intermináveis precauções oratórias, desculpando-se por ele, um simples vereador, tomar a palavra diante do representante da magistratura suprema, felicitando-se por essa ocasião ter dado lugar a "uma festa de raro brilho, numa *féerie* de grande pompa"[79], Celso Lisboa se entregou a altas reflexões filosóficas: "Li certa vez que há duas espécies de despedidas

---

78. "A palavra ilude sobre o real para conseguir que a ideia se realize" (Georges Balandier, *Le pouvoir sur scènes*, Paris, Balland, 1980, p. 31).
79. *O Globo*, 12 de abril de 1960.

de homens públicos...". E exclamou: "Permitam-me, senhores, neste momento solene, em que as emoções se atropelam dentro de mim, permitam-me, senhores, que mal consigne os agradecimentos comovidos da sua cidade sitiada e hoje libertada, graças ao dinamismo do seu Presidente". E teve um pensamento comovido para a mãe do presidente, simples professora de uma pequena cidade do interior, antes da conclusão triunfal: "OBRIGADO, MUITO OBRIGADO, SENHOR PRESIDENTE".

Juscelino aplaudiu, mas já pensava em seu discurso. Levantou-se, agradeceu calorosamente a Celso Lisboa e dirigiu-se à tribuna, onde, de pé, tomaria a palavra. Finalmente, havia chegado o momento tão esperado! No momento em que se preparava para pronunciar o discurso tão pacientemente elaborado, ele ergueu os olhos para a sala e fez uma confidência improvisada: "Não imaginava – quero mesmo confessar – a surpresa agradável que eu e a minha mulher tivemos ao saber que, deixando a cidade do Rio de Janeiro, o maior galardão que levaríamos era exatamente esse diploma admirável, que nos concede a cidadania carioca. [...] Poderemos dizer aos nossos filhos que também nos orgulhamos de ser cariocas"[80].

Depois de uma salva de palmas, ele pôde enfim pronunciar as primeiras palavras de seu discurso, as palavras que iriam ajudá-lo a erguer a máscara de capital que, havia quase dois séculos, cobria a cidade: "Valendo-me desta tribuna da Câmara do Distrito Federal, que me foi por vós tão amavelmente oferecida, despeço-me, com

---

80. *O Globo*, 12 de abril de 1960.

profundo sentimento de gratidão, da mui leal e heroica Cidade de São Sebastião do Rio de Janeiro"[81]. Com essas simples palavras, com esse título oportunamente lembrado, Juscelino Kubitschek desejava devolver ao Rio sua identidade – ou, ao menos, indicar o caminho para recuperá-la. Na verdade, esse título de nobreza havia sido conferido à cidade pelo imperador dom Pedro I, em 1823, no primeiro aniversário do Dia do Fico, dia considerado um prelúdio da independência brasileira: em outubro de 1821, após a ordem enviada por Lisboa ao príncipe dom Pedro para voltar a Portugal, a população do Rio se mobilizou, organizando uma petição, que não demorou a recolher 8 mil assinaturas, para pedir ao príncipe que ficasse. No dia 9 de janeiro de 1822, dom Pedro pronunciou a célebre frase, que todos os estudantes brasileiros sabem de cor: "Como é para o bem de todos e felicidade geral da nação, digam ao povo que fico". O Brasil declarou sua independência no dia 7 de setembro de 1822 e, em 9 de janeiro de 1823, por ocasião do primeiro aniversário do Dia do Fico, dom Pedro I assinou um decreto imperial que acrescentava um novo florão ao título da cidade: em vez de "Leal"[82], ela se viu qualificada de "mui Leal e Heroica". Ao lembrar esse título histórico da cidade, Juscelino convidava os cariocas a recuperar as raízes profundas sobre as quais se construíra a identidade do Rio. O fato de esse título ter sido atribuído no primeiro aniversário do Dia do Fico acrescentava outra dimensão a

---

81. *Ibid.* Nas memórias que dedicou à construção de Brasília, Juscelino Kubitschek consagrou um capítulo à sua despedida do Rio. Volta a falar sobre esse discurso, mas seleciona apenas algumas passagens (*Por que construí Brasília*, Rio de Janeiro, Bloch, 1975, p. 279-80).
82. O título de "Leal" havia sido atribuído à cidade por dom João IV, por carta régia, em 6 de junho de 1647.

esse apelo – ele simbolizava um gesto de independência. Foi, então, em torno dessas duas noções, distintas e complementares, mas que "reativam o mito da unidade"[83], a identidade e independência, que se abriu o processo de adeus do poder federal ao Rio.

Como não pensar, nesse momento do discurso em que Juscelino pronunciou o nome histórico do Rio de Janeiro, na reflexão de Roger Caillois: "Ao nomear um objeto, uma pessoa, nós o evocamos, o obrigamos a se apresentar. Nomear é sempre chamar, já é, igualmente, ordenar; ao erguer a mão para alguma coisa, para uma pessoa, nós a subjugamos, nós nos servimos dela, nós a transformamos em instrumento"[84]. Com uma palavra, com um nome, Juscelino forçou o Rio a aparecer. Assim, entregue a suas mãos, nua e sem defesa, pode-se dizer, ele poderia separar a cidade da capital: "Quero aqui agradecer, comovido e de público, a hospedagem que a terra carioca dispensou ao governo do País, durante quase dois séculos". Não era mais possível amalgamar a cidade e a função da qual, por um tempo, ela havia sido investida – essa foi, naquele dia, a mensagem de Juscelino.

E ele prosseguiu:

> *Toda cidade tem sua alma. Muito mais do que as ruas, os monumentos, os edifícios, as paisagens, cada qual com seus aspectos peculiares, o que distingue uma cidade é o seu modo de ver, de exprimir-se, de manifestar, enfim, a presença de uma ação coletiva. Esta metrópole, notável pelos encantos naturais, ainda mais o é pela sua alma.*[85]

---

83. Georges Balandier, *Le pouvoir sur scènes*, p. 24-5.
84. Roger Caillois, *L'homme et le sacré*, Paris, PUF, 1939, p. 84.
85. *O Globo*, 12 de abril de 1960.

Numa estranha adaptação da filosofia barresiana[86] ("existem lugares onde sopra o espírito"), eis que o presidente convidava o carioca a uma introspecção, a uma busca interior. O espírito que soprava no Rio não era o de uma capital: era mais profundo. Cabia aos cariocas, que eram seus herdeiros e detentores, descobri-lo e avaliar seus contornos. Ele, Juscelino, era apenas um mediador: indicava um caminho possível.

Louvando "a paciência, a nobreza e a generosidade" dos cariocas, bem como "o espírito autenticamente nacional da população do Distrito Federal", que sempre o havia apoiado nos mais duros momentos do seu governo, Juscelino avaliou "quão imensa responsabilidade que cabe ao [seu] governo por haver-se empenhado na mudança da capital da República". Mas essa transferência, "causa sagrada do povo brasileiro", era ao mesmo tempo um "imperativo constitucional", ao qual ele não podia se furtar, e uma premissa de "revolução geopolítica", que levaria o Brasil a tomar posse por inteiro de seu território.

É claro que, depois de pronunciar essas palavras – palavras que separavam a função de capital da cidade e convidavam a preencher o vazio com a busca de uma identidade mais autêntica –, Juscelino precisava se alinhar ao princípio da realidade:

> *Falando nesta Câmara, quero dizer que a dívida do Governo Federal para com o Rio de Janeiro, senhores vereadores, não ficará em palavras e saudações calorosas. Ela vai traduzir-se em atos. A reforma urbana que a prefeitura está levando a efeito será concluída.*

---

86. De Maurice Barrès (1862-1923), escritor e político francês. (N. T.)

> *Estou mandando estudar, com toda a urgência, o que o governo federal poderá fazer a fim de criar fontes de renda para o Estado da Guanabara.*

E anunciou que havia decidido, daquele dia em diante, atribuir ao novo estado a soma excepcional de três bilhões de cruzeiros do orçamento da União para enfrentar os primeiros tempos (ele assinou o decreto diante de todos os representantes da Câmara).

E, então, pôde concluir sereno:

> *É com extraordinária emoção, senhores membros da Câmara do Distrito Federal, que em nome do Brasil inicio as minhas despedidas. Sinto que o Brasil cresceu, que o Brasil não é mais o mesmo. Esta despedida é, na realidade, menos uma despedida que um encontro. É o encontro do Brasil de sempre com o Brasil novo, representado por Brasília.*[87]

O visionário se impôs definitivamente. Nesse Brasil atravessado de movimentos e de rumores diversos, Juscelino era o único capaz de distinguir os sinais da mudança, interpretá-los e integrá-los, numa nova síntese, com os elementos da permanência. Essa separação e esse adeus eram necessários para "o encontro" dos *dois Brasis*[88] – o do

---

87. *O Globo*, 12 de abril de 1960.
88. No Brasil dos anos 1950-1960, a teoria dos "dois Brasis" estava em voga nas ciências sociais: essa teoria opunha um Brasil arcaico a um Brasil moderno, o que se traduzia pelo contraste entre o Brasil do interior (o sertão) e o do litoral. Inúmeras obras falam sobre isso, sobretudo depois dos trabalhos de Jacques Lambert, *Os dois Brasis* (São Paulo, Companhia Editora Nacional, 1986); Heitor Marçal, *Marinha e sertão: fundamentos da economia colonial* (Rio de Janeiro, GRD, 1966, 1ª edição em 1952); Roger Bastide, *Brasil, terra de contrastes* (São Paulo, Difel, 1980); Clodomil Vianna Moog, *Desbravadores e pioneiros: paralelo entre duas culturas* (Rio de Janeiro, Civilização Brasileira, 1969). É claro que, mais tarde, essas teorias foram amplamente questionadas. Em todo o caso, porém, era a tese que dominava na segunda metade dos anos 1950.

litoral e o do interior, o "de sempre" e "o novo" –, para a obtenção de um novo amálgama do qual nasceria o Brasil de amanhã. Esse era o papel reconciliador de Jano – o olhar voltado para o passado e, ao mesmo tempo, para o futuro.

Foi no salão nobre do palácio, no grande acotovelamento do coquetel de adeus, que terminou o primeiro ato, sob o olhar benevolente das estátuas de São Sebastião e São Jorge. Lá fora, a chuva havia parado, dando lugar a uma noite quente e estrelada: na Cinelândia, a festa estava a todo vapor.

# 4. Ato II: quando a cidade entra em cena

> Só o ritmo provoca o curto-circuito
> poético e transforma o cobre em ouro,
> a palavra em verbo.
>
> *Léopold Sédar Senghor*

O presidente havia pronunciado o primeiro discurso de adeus. Chegara a hora de outros atores, até então simples espectadores, tomarem a palavra. Essa era a razão de ser do segundo ato. Dali em diante, ele seria representado no âmbito da cidade. O cenário era a imensa metrópole, suas ruas, seus prédios administrativos e seus palácios; o coro era o povo carioca e seus representantes (a tragédia antiga denomina *párodos* esse canto de entrada do coro). O chefe do Executivo se retirou por um tempo para dar lugar aos representantes dos dois outros poderes que completavam o triângulo sagrado da democracia representativa: o Legislativo e o Judiciário.

Eles entraram em cena na tarde do dia 13 de abril para encerrar suas atividades oficiais no Rio de Janeiro: elas seriam retomadas em Brasília, a partir do dia 21 de abril. Obviamente, o Supremo Tribunal Federal (STF) foi o primeiro a abrir os trabalhos naquele dia – os atos oficiais registraram o horário com precisão: 13 horas. A sede do STF ficava situada na avenida Rio Branco, no coração da Cinelândia. Para essa última sessão plenária, presidida pelo ministro Barros Barreto, além da leitura dos considerandos de certo número de julgamentos, foi adotada a proposta governamental prevendo que, de 14 de abril de 1960 "até a data da reabertura dos trabalhos normais do Supremo Tribunal Federal em Brasília", ficasse suspensa a fluência dos prazos processuais, considerando-se esse período como férias forenses, "de modo que não corram, nem se iniciem, nesse período, quaisquer prazos processuais, como sejam para preparo de autos, impugnações, apresentação de razões, inclusive para impetração de mandados de segurança"[89]. Legalmente, iniciava-se um período de latência, de férias da lei, um intervalo.

Nesse mesmo dia, valendo-se dessa suspensão do tempo democrático, o Tribunal Superior Eleitoral (TSE) também pôs fim às suas atividades no Rio e decretou um período de férias (até 22 de abril)[90].

Mas, evidentemente, naquele dia, todo mundo tinha os olhos voltados para o Palácio Tiradentes. Era ali, na rua 1º de Março (ex-rua Direita) e próximo do Paço Imperial (no coração do centro histórico da cidade), que ficava a sede do Congresso Nacional. Havia alguns dias que caminhões se revezavam diante de suas portas para a mudança dos móveis e dos arquivos[91]. Naquele 13 de abril, o Congresso

---

89. Consultar o *site* do STF: <http://www.stf.jus.br/portal/cms/verTexto.asp?servico=sessaohistorica>.
90. Contudo, o prédio do TSE estava praticamente vazio naquele dia: os móveis, as máquinas, uma parte dos arquivos, as instalações da sala de sessões haviam sido desmontados e colocados em dois imensos caminhões de mudança que pegaram a estrada para Brasília naquela mesma manhã. Essa última sessão plenária, presidida pelo ministro Nelson Hungria, foi, portanto, realizada na sede do Tribunal Regional Eleitoral (TRE) (*O Estado de S. Paulo*, 13 de abril de 1960).
91. *O Estado de S. Paulo*, 11 de abril de 1960.

fechou definitivamente as suas portas. Mais uma partida, ficaríamos tentados a dizer, quando conhecemos a surpreendente peregrinação dos representantes da nação desde os primeiros dias da República. Inicialmente, a Assembleia Constituinte da Primeira República (entre junho e novembro de 1891) havia sido instalada num anexo do palácio de dom João VI (na Quinta da Boa Vista). Depois da adoção da Constituição, a sede da Assembleia foi transferida para a antiga Casa da Câmara e Cadeia, onde Tiradentes havia ficado preso antes de sua execução, em 21 de abril de 1792. Mas esse prédio do século XVII se degradou rapidamente: em 1914, já não oferecia as condições de segurança necessárias para a atividade dos deputados. E eis que eles voltaram a pegar os cajados de peregrinos: instalaram-se no Palácio Monroe, no fim da avenida Central. Esse palácio havia sido reconstruído recentemente, depois de ser exposto nos Estados Unidos em 1904, pelo centenário da aquisição da Louisiana. Mas os deputados também não ficaram ali. Em 1922, foram convidados a deixar o prédio: o Palácio Monroe havia sido requisitado para a exposição comemorativa do centenário da independência do Brasil. Diante de tantas mudanças, decidiu-se demolir a Casa da Câmara e Cadeia e construir um palácio digno desse nome para a Assembleia Nacional. Ele recebeu o nome de Tiradentes, em homenagem ao famoso detento: o seu martírio foi lembrado com uma imponente estátua de bronze colocada em frente à entrada do palácio; Tiradentes é representado com uma túnica ampla, barba e cabelo compridos, numa clara associação com a iconografia de Cristo. De cada lado da estátua, abrindo os acessos laterais do palácio, duas pequenas estátuas de bronze sobre pedestais, figuração da vitória alada, anunciam o triunfo da nação[92]. Enquanto o palácio era construído, os deputados foram convidados a se reunir na Biblioteca Nacional – na seção de obras raras! Ao chegar o dia tão esperado da inauguração do Palácio Tiradentes, 6 de maio de 1926, os deputados se sentiram aliviados: finalmente tinham um teto e não corriam mais o risco, como locatários comuns, de serem deslocados de um lugar para outro. "A partir de hoje, a Câmara dos Deputados vai funcionar num palácio digno da sua missão constitucional", reconheceu o *Jornal do Comércio*[93]. Mas a ilusão duraria pouco: em 1937, com a proclamação do Estado Novo[94], a Assembleia Nacional foi dissolvida. Ela só recuperou plenamente seus direitos em 1946, quando houve a redemocratização do país.

Essa assembleia nômade, que teve tantas sedes desde o início da República, preparava-se para voltar a pegar a estrada, como sua ilustre irmã mais velha dos primeiros tempos da Revolução Francesa: "Quem são esses vagabundos, esse bando perigoso, diante do qual se fecham todas as portas?... Nada, senão a Nação, ela própria"[95]. Mas, antes de fechar definitivamente as portas do palácio, ela quis prestar homenagem à cidade que a hospedou por tanto tempo. Uma sessão extraordinária estava prevista para esse fim no

---

92. Carlos Eduardo Barbosa Sarmento, *Com o passado a nos iluminar: as representações da memória sobre a nação no prédio do Palácio Tiradentes*, Rio de Janeiro, CPDOC, 1997.
93. *Jornal do Comércio*, 6 de maio de 1926.
94. O Estado Novo foi um regime autoritário e centralizador, instaurado depois do golpe de Estado de Getúlio Vargas, em 10 de novembro de 1937. Anticomunista e nacionalista, Vargas realizou então uma grande campanha para a modernização da economia e da administração brasileira, mantendo (até 1942) uma amizade com as potências do Eixo. Apesar da grande virada de 1942, o Estado Novo não resistiu ao fim da guerra.
95. Jules Michelet, *História da Revolução Francesa: da queda da Bastilha à festa da Federação*, trad. Maria Lúcia Machado, São Paulo, Cia. das Letras, 1989, p. 124.

dia 13 de abril, antes do encerramento oficial dos trabalhos legislativos no Rio de Janeiro[96].

A maioria dos deputados estava no interior do palácio, sob a imensa cúpula de vidro. Partidários ou adversários da mudança, bem poucos quiseram perder o momento das despedidas oficiais. A noite já ia bem avançada quando se abriu o ato solene. Não era mais possível ver o desenho do imenso vitral que decora a cúpula, representando "o aspecto faustoso da abóbada celeste brasileira no instante do memorável advento republicano, às nove horas da manhã do dia 15 de novembro de 1889"[97]. Nessa noite de 13 de abril, o céu estava lá, zelando pelo trabalho dos deputados, mas permanecia escuro, impenetrável, furtando-se à visão, como se não quisesse testemunhar essa partida.

Nessa noite, o acesso à tribuna foi habilmente controlado. Os dez deputados que se inscreveram para pronunciar um discurso de adeus eram líderes políticos (membros de grupos parlamentares ou de partidos) ou intelectuais. Os discursos eram aguardados; a palavra, respeitada. Pouco importava se eram partidários ou oponentes da mudança. Mestres na arte da oratória, eles iriam rivalizar em eloquência para criar um clima de emoção à altura desse momento único na história do país. Carlos Lacerda, opositor de sempre, falou de um "adeus melancólico"[98] à "cidade generosa que se formou no aluvião

---

96. Essa homenagem foi organizada por iniciativa do deputado Alcides Carneiro (*Anais da Câmara dos Deputados*, livro 5, 13 de abril de 1960, p. 632).
97. Esse vitral apresenta um desenho harmonioso do céu, com nuvens e estrelas, nuances rosa na base (o horizonte) e um azul-celeste que ganha uma profundidade luminosa à medida que nos aproximamos do centro. Primeiro vitral composto inteiramente no Brasil, é uma obra do artista brasileiro de origem italiana Gastão Formenti. Ver: <http://www.operaprima.com.br/pdfs/Alerj_vitral_sobre_plenario.doc>.
98. *Anais da Câmara dos Deputados*, livro 5, 13 de abril de 1960, p. 672.

da História"[99]; Ruy Ramos, o homem que liderou o bloco parlamentar a favor da transferência, estava "disposto até a amanhecer nesta Casa" para "velar a Cidade Maravilhosa"[100]; já Mário Tamborindeguy, "modesto representante do povo fluminense", queria "empunhar a bandeira da saudade do Rio de Janeiro"[101]. Todos desejavam, mais uma vez, mencionar o Rio, lembrar: no final das contas, aquele momento não era comparável a "tristes funerais"[102]? Plínio Salgado, dirigente do movimento integralista[103] e partidário convicto da mudança, reconheceu:

> *Recordar o Rio é, neste momento, grave e delicada missão. Por uma coincidência histórica, deixamos o Rio de Janeiro na semana da Paixão de Cristo. É na Semana Santa, quando as igrejas se cobrem de panos roxos de tristeza, e nosso coração, que alvorece para as alegrias do futuro da Nação, sente também o pesar da saudade, ao abandonar a cidade querida por todos nós [...]. Sim, é a semana triste das recordações. Toda separação é um sofrimento, e separarmo-nos do Rio de Janeiro é, realmente, um sofrimento. Não podemos dizer que seja com alegria que abandonamos esta cidade.*[104]

E ele se inflamou, ao fim de uma longa declamação:

---

99. *Ibid.*, p. 663.
100. *Ibid.*, p. 682.
101. *Ibid.*, p. 691.
102. *Ibid.*, p. 687.
103. A Ação Integralista Brasileira foi fundada como partido em 1932 pelo escritor Plínio Salgado; seu modo de organização e suas reivindicações se inspiravam diretamente no fascismo italiano.
104. *Anais da Câmara dos Deputados*, livro 5, 13 de abril de 1960, p. 676.

> *Não, Rio de Janeiro! Não deves estar triste [...]. Não, Rio de Janeiro! Serás sempre grande. E se entristecidos estamos nesta hora em que de ti nos despedimos, nesta Semana Santa, nesta quarta-feira de trevas precedente da quinta-feira da despedida de Cristo e da sexta--feira que foi a paixão do nosso Redentor, nós estamos convencidos de que teremos, em breve, o Domingo da Ressurreição.*[105]

E assim como, por ocasião de um enterro, relembramos momentos da vida do morto, o deputado Raul de Góis lembrou, de pé na tribuna, as datas importantes da cidade do Rio. Em primeiro lugar, a atribuição de seu nome pelo navegador André Gonçalves, que, em 1502, ao entrar na baía de Guanabara, exclamou: "Meus companheiros do mar e camaradas de armas! Achamo-nos, ao que me parece, à foz de um rio. Em janeiro nos achamos. Assim seja, pois, o nome deste lugar: Rio de Janeiro"[106]. Em 1503, a segunda expedição portuguesa na região, comandada por Gonçalo Coelho, consagrou o nome de cariocas aos habitantes da região e da esplêndida cidade que se sonhava para um lugar desses: "Seus habitantes terão por nome a denominação que os indígenas deram à primeira casa que ali construímos. Carioca quer dizer Casa do Branco. Foi este o nome dado pelos indígenas à habitação de pedra que construímos"[107]. Em seguida, o orador lembrou a fundação da cidade por Estácio de Sá, em 1565, e a consagração a São Sebastião pelo padre Anchieta: "Ela se chamará, pois, São Sebastião do Rio de Janeiro"[108].

---

105. *Ibid.*, p. 678.
106. *Ibid.*, p. 635.
107. *Ibid.*
108. *Ibid.*, p. 636.

Por sua vez, o chefe da maioria parlamentar citou, "com rara emoção"[109], todos aqueles que o precederam naquela tribuna, que "não era ao lado, como hoje em dia, mas abaixo da curul presidencial"[110]. Aliás, um imenso afresco, acima da tribuna, estava lá para lembrar a memória dos fundadores da República: Epitácio Pessoa, Rui Barbosa, Barbosa Lima, Nilo Peçanha, signatários da primeira Constituição republicana. Esse "clima" do Rio não devia ser abandonado no momento da mudança:

> *Estou certo de que hoje, quando nos despedirmos deste chão, devemos sentir certo orgulho por pertencer a esta mesma comunidade política [...]. E se o digo, é porque, embora voltado neste momento para o passado, embora rememorando lutas que por aqui se travaram, tenho as vistas voltadas para o futuro, na esperança de que, ao se transferir para o planalto central, esta Câmara, ontem e hoje fincada no chão donde Tiradentes partiu para a glória e para o martírio, esta mesma Câmara, quando fincada no Planalto Central do país, terá o mesmo espírito de luta das gerações que por aqui passaram.*[111]

É evidente que algumas alfinetadas foram lançadas – como poderia ser diferente? Lacerda foi o primeiro a plantar suas bandarilhas: "Sr. Presidente, esta cidade recebe do Governo Federal – não deste, mas de um sistema de que este é a expressão e continuação legítima

---
109. *Ibid.*, p. 643.
110. *Ibid.*, p. 644.
111. *Ibid.*, p. 644-5.

– o legado de 600 mil favelados"[112]. Um outro, em tom trágico e solene, dirigiu-se à Assembleia: "Ao despedir-me do Rio de Janeiro, deixo, como últimas palavras: Adeus, Rio de Janeiro! Adeus, Câmara! Porque aqui dentro vivemos democraticamente, e eu não sei o que nos reserva o futuro lá em Brasília"[113]. Quanto a Tenório Cavalcanti, era "o perigo da desagregação nacional" que o preocupava[114]. A má-fé também estava presente, como comprova esta surpreendente observação do deputado Cavalcanti: "Com que pena, Sr. Presidente, vou deixar esses 800 mil (sic) favelados, que nas horas de agonia ainda tinham o Congresso Nacional e alguns dos Deputados para pedir alguns socorros"[115].

No entanto, naquela noite, nada poderia manchar as homenagens prestadas à cidade "que, pelos seus quatro séculos de História, sempre se impôs como o legítimo e grandioso cenário da representação nacional"[116]. Mas o Rio "já cumprira sua missão"[117]; precisava agora dar o lugar a Brasília. Foi esse sentimento que o presidente, Ranieri Mazzilli, resumiu ao tomar a palavra em último lugar: "Cabe-nos a todos os representantes de todos os estados e territórios uma grande dívida de gratidão para com esta cidade acolhedora e cordial que se tornou o nosso segundo lar". Depois de uma homenagem breve e

---

112 *Ibid*, p. 666. Em abril de 1960, foram publicados os resultados de uma ampla enquete dirigida pelo padre Lebret (*Economia e humanismo*) sobre as favelas brasileiras. O jornal *O Estado de S. Paulo* publicou na edição de 13 de abril todo o relatório. Para uma análise desse relatório, consultar o estudo de Lícia Valladares, *La favela d'un siècle à l'autre*, Paris, MSHS, 2006, p. 70 ss.
113. *Anais da Câmara dos Deputados*, livro 5, 13 de abril de 1960, p. 642.

114. *Ibid.*, p. 691.
115. *Ibid.*, p. 689.
116. *Ibid.*, p. 633.
117. *Ibid.*, p. 680.

solene, Mazzilli anunciou que "ao encerrar esta sessão posso fazê-lo de pé, em homenagem à cidade do Rio de Janeiro [...] pela nossa gratidão à leal cidade de São Sebastião do Rio de Janeiro"[118].

Eram 2h40 da madrugada daquele 14 de abril quando o presidente encerrou oficialmente os trabalhos da Assembleia Nacional no Rio de Janeiro. De pé, os deputados aplaudiram – longamente.

No mais puro respeito à hierarquia republicana, foi a Câmara Alta, isto é, o Senado, que encerrou as atividades legislativas no Rio. A última seção, no Palácio Monroe, estava prevista para 14 de abril, no início da tarde. Depois da adoção do artigo que previa a transformação do Distrito Federal em estado da Guanabara, depois da leitura de uma mensagem do presidente Juscelino Kubitschek sobre a nomeação de Sette Câmara para governador provisório do novo estado da Federação, oito oradores se sucederam na tribuna. Eles também queriam prestar homenagem à cidade do Rio; também eram líderes; e, à custa de muitos adjetivos, também alternaram os procedimentos retóricos (seriedade do tom, dramatização, declamação...) para provocar a emoção do auditório.

De saída, o jurista Afonso Arinos, líder da oposição no Senado, mas partidário da mudança, reconheceu que "a modéstia e a simplicidade deste recinto são, sem dúvida, moldura para um episódio que não será exagero qualificar de histórico"[119]. E mencionou suas lembranças de provinciano na cidade "eminentemente brasileira" e como se entusiasmara com "o esplendor deste espetáculo natural,

---
118. *Ibid.*, p. 690-1.
119. *Anais do Senado Federal*, livro 7, 14 de abril de 1960, p. 975.

que não encontra paralelo no mundo, da beleza fantasmagórica destas montanhas e destas águas, no estupendo cenário que é já, de si só, a prova da existência de Deus"[120]. O senador Guido Mondin confessou: "Deixo o Rio de Janeiro com uma lágrima interior"[121]. Até propôs que aquele palácio, até então batizado de Palácio Monroe, passasse a ser chamado de "Palácio do 21 de Abril"[122]. Gratidão, reconhecimento, melancolia, saudade... Não faltaram sentimentos naquele dia: "Nós nos despedimos desta Casa com a mais viva emoção cívica e damos adeus aos cariocas com a mais intensa saudade"[123].

Depois de uma sessão secreta das 17h20 às 17h50 (quais seriam as razões? Infelizmente não consegui descobrir), o presidente do Senado – que, em virtude da Constituição, era o próprio vice-presidente –, João Goulart, tomou a palavra:

> *O Senado não pode esquecer esta cidade e esta gente. Uma e outra assistiram e estimularam os seus grandes momentos. Não pode o Senado esquecer, por igual, os majestosos e tradicionais edifícios em que teve sede: primeiro, o velho solar dos Condes dos Arcos, tão sóbrio, tão acolhedor, tão respeitável, tão glorioso na sua vetustez; depois, o Palácio Monroe, apenas cinquentenário, o que é juventude na vida dos monumentos, já tendo, entretanto, no seu acervo histórico fatos inesquecíveis. Um e outro recordam figuras que foram culminâncias na vida política nacional.*[124]

---

120. *Ibid.*, p. 976.
121. *Ibid.*, p. 983.
122. *Ibid.*, p. 983.
123. *Ibid.*, p. 985.
124. *Ibid.*, p. 1006-7.

No fim de um discurso sóbrio ("Esta é a última vez que o Senado aqui se reúne") e breve, o presidente mencionou que "dias gloriosos esperamos. A Nação os aguarda confiante e os membros do Senado da República não faltarão a essa confiança"[125]. Depois dos aplausos prolongados, a sessão foi encerrada. Eram 17h57.

**A roda das despedidas**

Depois desse 14 de abril, quando a Câmara Alta, última garantia da democracia parlamentar, suspendeu seus trabalhos, abriu-se uma estranha lacuna nesse tempo tão especial da mudança, como se todo mundo fizesse uma parada para recuperar o fôlego. Por três longos dias nada aconteceu, ou melhor, nada que tenha merecido a atenção dos observadores: por um tempo, o palco ficou vazio.

Mas eis que Juscelino voltou. Era 17 de abril. Em cinco dias, o Rio não seria mais a capital. Já era tempo de voltar ao palco e retomar a iniciativa. Ele deveria fazer com que toda a cidade ouvisse seu discurso de despedida. O povo das ruas, os intelectuais, os diplomatas, os religiosos: ele faria com que cada um deles entrasse numa verdadeira roda de despedidas, círculo mágico, fora das leis e, muito em breve, fora de lugar – prelúdio de um acontecimento fantástico.

Naquele 17 de abril, Juscelino foi à inauguração da maternidade Sarah Kubitschek, onde pronunciou um discurso bastante convencional, lembrando de passagem sua formação de médico. Porém, no momento de partir, quando ia entrar no carro presidencial,

---
125. *Ibid.*, p. 1007.

ele decidiu, desrespeitando o protocolo, ir a pé até a rua do Ouvidor, situada ao lado da maternidade. Essa rua comercial do centro da cidade, uma das mais antigas do Rio, ainda mantinha viva a memória das butiques francesas que ali elegeram seu endereço ao longo do século XIX. Rua de pedestres, bastante estreita, ficava repleta de gente durante o dia. Juscelino não se enganara. Ali estava a multidão. Ele foi na sua direção, para entrar em contato com ela. Queria tocar o povo carioca, ouvi-lo, sorrir para ele: "JK despediu-se (a pé) do Rio. Entre aplausos e sorrisos", foi o título do jornal *Última Hora*. À noite, no Palácio do Catete, Juscelino revelou as impressões que sentira em sua "despedida sentimental" do Rio de Janeiro: "Fiquei sensibilizado ante as manifestações de simpatia que me foram tributadas pelos cariocas, cinco dias antes que a cidade deixe de ser a Capital do país"[126].

No dia seguinte, Juscelino deixou por algum tempo a Cidade Maravilhosa: foi a Ouro Preto participar das cerimônias em homenagem a Tiradentes. No momento de se despedir do Rio, essa ida a Ouro Preto teve sua utilidade. Além do mais, a antiga capital de Minas Gerais não estava fora de cena; ao contrário, permitiu mostrar a continuidade entre Rio e Brasília. Ela era a cidade de Jano, que mergulhava suas raízes no passado colonial e as projetava para o futuro. Juscelino foi até lá sobretudo para tomar a palavra e afirmar que "a luta de Tiradentes continua"[127]. O que ele procurava em Ouro

---

126. *Última Hora*, 18 de abril de 1960.
127. *Correio da Manhã*, 19 de abril de 1960. Não podemos esquecer que, nesse momento, choviam ataques em cima da Presidência da República, acusada de excesso de autoridade: ao se afastar, ao tomar distância da grande confusão de acontecimentos que sacudiam a capital, ele podia relembrar de maneira mais serena e solene sua intenção de transmitir o poder ao seu sucessor no dia 31 de janeiro de 1961, respeitando a legalidade constitucional (*O Globo*, 18 de abril de 1960).

Preto era investir-se do papel oficial de sucessor da luta de Tiradentes. O combate do herói da Independência havia sido interrompido no Rio, cidade do seu martírio; Juscelino retomava sua flâmula, que o conduziria a Brasília. Além disso, Juscelino não estava totalmente ausente do Rio naquele dia: suas filhas ocuparam o palco. Elas foram homenageadas com o título de cidadãs de honra da cidade do Rio, uma proposta do prefeito[128].

No dia seguinte, Juscelino se preparou para viver seu último dia completo na capital. E, naquele 19 de abril, ele esteve em toda parte – nas ruas, nos palácios, na rádio: ele corria, voava.

E eis que, às dez horas da manhã, ele compareceu ao cais do Arsenal da Marinha, situado na extremidade da avenida Rio Branco, do lado oposto da Cinelândia. Ele devia receber o cardeal patriarca de Lisboa, dom Manuel Gonçalves Cerejeira, legado pontifical que celebraria a missa de inauguração de Brasília. Todos os atores desse segundo ato de despedidas do Rio estavam reunidos para recebê--lo: o presidente da Câmara dos Deputados, o presidente do Senado, o presidente do Supremo Tribunal Federal, e mais o ministro das Relações Exteriores, os ministros de Estado, o núncio apostólico, o embaixador de Portugal e os cardeais brasileiros[129].

Naquela manhã, nenhuma improvisação ou mudança inopinada do protocolo: Juscelino recebeu o representante do papa com honras de chefe de Estado. Vinte e uma salvas de canhão "no exato instante

---

128. *Correio da Manhã*, 19 de abril de 1960.
129. *Última Hora*, 19 de abril de 1960.

em que o cardeal pisou o solo do Rio de Janeiro"[130]. Depois de um caloroso aperto de mão, seguido de um longo abraço, Juscelino e o cardeal se postaram ao pé do mastro principal do Arsenal para ouvir os hinos nacionais (executados pela banda dos oficiais da Marinha), enquanto era içada a bandeira branca e amarela do Vaticano. O próprio cardeal parecia estar perfeitamente a par do seu papel na passagem pelo Rio. Ele havia declarado à imprensa, antes do desembarque: "Carregado com o peso da honra e da glória de representar o Santo Padre [...], chego ao Rio de Janeiro, capital federal até as 24 horas do dia de amanhã, da República dos Estados Unidos do Brasil". Ele também viera dizer adeus ao Rio. E explicou que, antes de deixar Lisboa, havia ido à igreja de Belém, recolher-se sobre o túmulo de Pedro Álvares Cabral, o descobridor do Brasil: "Isto roguei para o Brasil de amanhã, o Brasil do futuro [...]. Isto o rogo ainda aqui no deslumbramento deste novo paraíso terreal que é o Rio de Janeiro, perante o Cristo do Corcovado"[131].

A história não diz se o cardeal realmente atravessou o Atlântico de navio: o *Vera Cruz*, vindo de Lisboa, havia feito escala no Recife e em Salvador antes de chegar ao Rio, transportando sobretudo um grupo de cinquenta turistas portugueses que vinham especialmente para a inauguração de Brasília[132]. Não é impossível que o cardeal só tenha embarcado no Vera Cruz na última escala. De fato, como escapar de um nome tão profético? Esse foi um dos dois primeiros

---
130. *Última Hora*, 20 de abril de 1960.
131. *Diário de Notícias*, 20 de abril de 1960.
132. *Ibid.*

topônimos atribuídos à terra descoberta por Pedro Álvares Cabral no dia 22 de abril de 1500: "Terra de Vera Cruz ou de Santa Cruz", escreveu em sua carta ao rei o cronista oficial da viagem. E, justamente, o cardeal Cerejeira estava acompanhado de um descendente de Cabral (da décima quinta geração). Sobretudo, ele transportava a cruz de ferro de Cabral, a mesma usada na primeira missa do Brasil, realizada em 26 de abril de 1500: com essa cruz, ele rezaria a missa de inauguração de Brasília[133].

Enquanto isso, ela havia sido colocada no carro presidencial para o desfile que iria começar: o povo carioca seria o primeiro a vê-la[134]. O crucifixo percorreu as ruas da cidade, como uma lembrança da "invenção" portuguesa do Brasil, e permitiu reativar o mito fundador dessa nação católica. No momento da partida e, portanto, da ruptura, uma sensação de continuidade e unidade impôs-se ao longo do caminho da cruz: tratava-se nitidamente de uma tentativa de descontextualização. Tudo foi previsto para essa parada triunfal. As praças e as avenidas do trajeto foram decoradas com bandeiras do Brasil e do Vaticano. As multidões foram "convidadas"[135] a assistir à passagem do cortejo presidencial: havia vários dias que a imprensa descrevia o percurso, avisava os motoristas das alterações no tráfego, convidava a multidão a se reunir

---

133. *Diário da Noite*, 18 de abril de 1960. Sobre a primeira missa do Brasil e seu uso simbólico na inauguração de Brasília, consultar Laurent Vidal, *De Nova Lisboa a Brasília: invenção de uma capital*, trad. Florence Marie Dravet, Brasília, UnB, 2008, p. 268-73.
134. Em seguida, ela será exposta na Embaixada de Portugal (*Tribuna da Imprensa*, 18 de abril de 1960).
135. Arlette Farge, *La vie fragile: violences, pouvoirs et solidarités à Paris au XVIII siècle*, Paris, Seuil, "Points", 1986, p. 201 ss.

nas ruas[136]. Escoltados pelos Dragões da Independência, pelos Cavaleiros da Guarda Presidencial, e seguidos por contingentes dos Exércitos de terra, ar e mar, Juscelino e o cardeal saudaram a multidão de pé. Quando o carro passou, os sinos da igreja da Candelária soaram com toda a força, dando o sinal de partida para as igrejas da cidade. Confetes foram jogados das janelas dos prédios[137]. Essa invasão sonora, essa encenação festiva havia sido prevista para manifestar e reforçar o extraordinário, o inaudito do momento.

A caravana, então, se formou: da praça Barão de Ladário, seguiu pela avenida Rio Branco, descendo-a lentamente, passou pela Cinelândia e continuou à direita pela avenida Beira-Mar – a multidão se amontoava de todos os lados e ovacionava o cortejo: "Viva o Brasil, viva Portugal!". "[...] o cardeal era aclamado, Juscelino ovacionado", observou um jornalista especializado em interpretar o delírio popular[138]. E, diante do hotel Glória, só por aquele dia, os caminhos de Juscelino e do legado pontifical se separaram[139].

Juscelino corria, voava. E, naquele fim de manhã, voltou a atravessar o centro e foi à avenida Marechal Floriano, ao Palácio do Itamaraty, sede do Ministério das Relações Exteriores. Naquele dia, a seu pedido, realizou-se uma reunião da comissão brasileira

---

136. Consultar, por exemplo, *O Globo* e *Última Hora*, 18 de abril de 1960.
137. *Diário de Notícias*, 20 de abril de 1960.
138. *Diário Carioca*, 19 de abril de 1960.
139. No entanto, o legado pontifical não ficou hospedado nesse hotel de luxo, construído, também, por ocasião do centenário da Independência, e sim na residência do chefão da imprensa, Roberto Marinho, fundador do jornal *O Globo* (*Última Hora*, 20 de abril de 1960).

da Operação Panamericana (OPA)[140]. Na ocasião, estavam reunidos os representantes dos 21 países do continente americano. Bela vantagem para Juscelino! Mais despedidas! Inicialmente, ele foi recebido nos jardins do Itamaraty para uma homenagem que os funcionários do ministério quiseram lhe prestar[141]. Em seguida, na sala das sessões, ele ouviu o discurso do ministro Horácio Lafer, que lembrou os grandes momentos e as grandes batalhas do Itamaraty. O núncio apostólico também tomou a palavra para felicitar Juscelino pela iniciativa. Depois, em meio aos agradecimentos, elogios e congratulações, ele se levantou, subiu à tribuna e declarou: "Não poderia o governo partir para a nova capital sem antes prestar sua homenagem a esta Casa que, durante quase um século, simbolizou a instituição permanente incumbida de velar pela soberania da Pátria, defender os interesses nacionais e promover a grandeza crescente no cenário mundial"[142].

Mas, além dessas novas despedidas em forma de homenagem, essa reunião tinha outra finalidade: Juscelino precisava tranquilizar a todos – aliás, não foi por isso que ele fez questão de encenar a saída do Rio como um drama antigo? E, em primeiro lugar, tranquilizar a comunidade internacional: não, a mudança da capital não significava uma mudança de política. Ao contrário, era preciso ampliar as iniciativas da OPA, sobretudo a luta contra a miséria: Brasília seria o

---

140. *Última Hora*, 20 de abril de 1960. Em 1958, em plena Guerra Fria, Juscelino Kubitschek lançou a Operação Panamericana para lutar contra o sentimento antiamericano que se espalhava pelas massas latino-americanas. Para isso, obteve ajuda financeira dos Estados Unidos para instaurar medidas contra a miséria e o subdesenvolvimento.
141. *Diário Carioca*, 20 de abril de 1960.
142. *Ibid.*

motor dessa luta e permitiria até buscar o apoio da Europa. Não, o Itamaraty não seria abandonado de um dia para o outro. Alguns órgãos seriam mantidos "de maneira transitória", enquanto a sede das representações diplomáticas ainda fosse no Rio. Mais uma vez, era preciso tranquilizar o Rio e os cariocas:

> *Nesta casa, símbolo de edificante política exterior, pacifista, funcionará para educação cívica, aberto ao povo, o museu da nossa história diplomática, a própria história da formação do nosso país. Estou em entendimentos com o senhor ministro de Estado das Relações Exteriores para aqui estabelecer um centro de cursos e conferências, onde homens públicos, doutrinadores, figuras eminentes de renome universal serão convidados a falar. No Itamaraty, conjunto de serena beleza, sagrado para o Brasil pelo seu patrimônio preciosíssimo, permanecerá o Instituto Rio Branco.*[143]

Assim, a mudança da capital era totalmente compatível com a perenidade da política e a estabilidade dos símbolos – essa foi a mensagem de Juscelino. Seria preciso mais alguma prova? Essa antiga e nobre instituição havia preparado uma exposição sobre a transferência da capital, "cujos antecedentes remontam à época do Brasil colônia" – e que Juscelino-Jano ia inaugurar.

Juscelino corria, voava. Percorreu novamente o centro, desceu outra vez a avenida Rio Branco. E, no meio da tarde, estava na sede da Academia Brasileira de Letras, réplica impressionante do Petit

---
143. *Diário de Notícias*, 20 de abril de 1960. O Instituto Rio Branco é o centro de formação dos diplomatas brasileiros.

Trianon de Versalhes. Ele já viera apresentar suas homenagens a essa assembleia ilustre pouco depois de sua posse, em 10 de abril de 1956. Mas dessa vez, e a imprensa afirmou com convicção, tratava-se de uma visita "inesperada"! O acadêmico Maurício de Medeiros explicou que os membros da Academia estavam reunidos "excepcionalmente" naquela terça-feira, em razão das manifestações programadas para a inauguração da nova capital. Em seguida, relatou a sequência dos acontecimentos:

> *Discutíamos precisamente qual a nossa situação em face da mudança da capital, quando nos vieram anunciar que o presidente Kubitschek tinha chegado em uma visita de despedida. Foi suspensa a sessão para que uma comissão de acadêmicos fosse buscar o presidente para trazê-lo para a sala de nossas sessões.*
> 
> *O presidente da Academia, após agradecer a visita, pediu ao presidente Kubitschek licença para prosseguir a sessão, dando a palavra ao acadêmico Barbosa Lima Sobrinho, que tinha iniciado uma réplica a uma pergunta do acadêmico Josué Montello, sobre a possibilidade de criarmos em Brasília uma delegação da Academia, como uma espécie de semente para uma possível mudança futura, quando Brasília tiver assumido o papel de um centro cultural do país.*
> 
> *Barbosa Lima defendia o ponto de vista de que o Rio de Janeiro deve manter a sua hegemonia cultural no país, continuando como sede da Academia. Na ocasião, lamentou-se que, com a mudança da capital, fossem sair do Rio de Janeiro várias bibliotecas públicas, com prejuízo dos estudiosos e pesquisadores que aqui vivem.*

> *O presidente da República pediu licença para dar um aparte e comunicou que suas instruções tinham sido no sentido de nada se retirar do Rio de Janeiro em matéria de cultura.*
>
> *Justificando sua visita de despedida afirmou que era seu propósito com ela demonstrar o apreço em que tinha a Academia, que representa um órgão de cúpula da cultura nacional.*[144]

Em seguida, Juscelino apertou "cordialmente"[145] a mão de cada um dos membros e retirou-se. No fim da tarde, depois dessa roda conduzida num ritmo endiabrado, em que ele se despediu dos representantes do poder espiritual, da comunidade internacional e do mundo cultural, Juscelino pôde, enfim, voltar satisfeito. A cortina desceu sobre o palco – por alguns instantes, apenas.

---

144. *Diário Carioca*, 21 de abril de 1960.
145. *Diário de Notícias*, 21 de abril de 1960.

# 5. Ato III: apelo aos cariocas

> Vejam, bastou um gesto com a mão
> Bárbaro, para fechar a porta para o amanhã.
> O futuro não mais corre para o passado
> E o presente está desnorteado.
> Eis que estamos confinados no estreito hoje
> À mercê sem fim da noite mais fechada.
> Precisamos, sem demora, fabricar um sol
> Para que ele venha amanhã iluminar o nosso despertar.
>
> *Jules Supervielle*

Era a última noite de Juscelino no Rio. Ele a passou no Palácio das Laranjeiras, residência presidencial. Quando subiu ao poder, em 1956, não quis residir no Palácio do Catete – o segundo andar era tradicionalmente destinado à moradia do presidente, mas a lembrança do suicídio de Getúlio Vargas ainda assombrava o lugar... Portanto, ele havia escolhido esse palácio, bem próximo ao Catete. Fora construído no início do século pelo bilionário Eduardo Guinle e aninhado num amplo parque; suas formas ecléticas misturam o barroco francês do século XVII com linhas mais modernas, como as do cassino de Monte Carlo. Em 1947, o Brasil adquiriu esse palácio para servir de residência aos visitantes ilustres. E foi nesse novo cenário que se iniciou o terceiro ato.

Nessa última noite, as portas do Palácio das Laranjeiras foram abertas e assim ficaram por toda a noite: com esse gesto, Juscelino demonstrou estar pronto para receber as homenagens do povo. Será que ele sabia que, em Roma, os tribunos da plebe deviam manter as portas de suas casas abertas durante todo o mandato? Pouco importa! Ele percebeu que esse simples gesto poderia ser altamente simbólico. Sua filha me explicou que naquela noite reinava uma grande agitação e também uma tensão no interior do palácio: "Havíamos arrumado as malas, pois nosso pai queria que déssemos o exemplo nos instalando em Brasília. Nós nos despedimos, muito emocionadas, dos empregados, dos funcionários..."[146]. No meio das despedidas e dos últimos preparativos, o Palácio das Laranjeiras havia sido literalmente tomado por um desfile incessante de amigos e pessoas leais ao presidente (mas também, obviamente, de bajuladores). "Todo o mundo ria muito. Foi como uma festa, Juscelino era um dente só. Como se fosse seu aniversário, ele menino."[147] Foi entregue a Juscelino uma carta assinada por David Pinheiro, presidente da Associação de Amigos de Vila Isabel, bairro popular do Rio, lugar memorável do samba e de inúmeras tradições populares da cidade. Depois de falar sobre sua emoção, ele, homem simples do povo, dirigiu-se diretamente ao presidente e justificou seu gesto: "Os políticos falam em nome do povo, porém o povo, na realidade, não fala. Ele não dispõe da tribuna, não tem oportunidade".

---

146. Entrevista com Maria Estela Kubitschek, Rio de Janeiro, 25 de maio de 2007.
147. Autran Dourado, *A gaiola aberta. Tempos de JK e Schmidt*, Rio de Janeiro, Rocco, 2000, p. 2.

E felicitou o presidente por ter, com a construção de Brasília, decidido "erguer o Gigante Brasil", o mesmo descoberto por Cabral.

> *Ao despedir-me de V. Exa. no momento em que deixa o Rio rumo a Brasília, peço a sua atenção especial para o seguinte: o problema de emprego dos cegos nos governos estatais e federais, atenção às reivindicações do povo de Vila Isabel e às modalidades de homenagem a Tiradentes: entre oito e nove horas da manhã do 21 de abril, data do martírio de Tiradentes, sejam lançados os sinos durante dez minutos, com intervalos de dois minutos, de silêncio geral, como homenagem a esse grande vulto.*[148]

Não sabemos a resposta de Juscelino. Mas, para dizer a verdade, naquele momento ela não era importante. Por intermédio dessa simples carta, o povo estava presente naquela noite no palácio: ele havia ido apresentar suas homenagens e se despedir do presidente.

Juscelino se isolou por algum tempo desse cenário que fervilhava de agitação. Naquela noite, ele ia se dirigir ao povo carioca através de uma mensagem radiofônica. Mas antes, na biblioteca, em presença do ministro da Justiça Armando Falcão, ele assinou um decreto, o último no Rio. Um decreto de anistia:

> *Considerando que a transferência da Capital da República para Brasília constitui acontecimento de singular relevância para a Nação Brasileira;*

---
148. *Diário Carioca*, 22 de abril de 1960.

> *Considerando que todos os brasileiros devem participar desse acontecimento, inclusive os que estão em cumprimento de pena;*
> *[...]*
> *Decreta:*
> *Art. 1: Ficam indultados todos os sentenciados primários condenados a penas que não ultrapassem a três anos de prisão e que, até a presente data, tenham cumprido um terço das mesmas com boa conduta.*
> *Parágrafo único: o benefício é extensivo aos condenados à pena pecuniária, isolada ou cumulativamente impostas.*[149]

A anistia! A ideia não era de Juscelino. Mas, assim que o projeto lhe foi apresentado, percebeu a importância de que poderia se revestir – aliás, ao contrário do seu ministro da Justiça, que ele teve de contradizer oficialmente. Um detento, Apeles Moraes, surpreendeu o ministro da Justiça no início de abril com uma petição assinada por mais de 3 mil condenados do Distrito Federal, pedindo um indulto coletivo, "tendo em vista o sentido festivo que o governo empresta à inauguração oficial de Brasília, com a transferência de sua sede para a nova capital"[150]. A argumentação do preso despertou a admiração do jurista Pedro Dantas, consultor d'*O Estado de S. Paulo*. Apeles Moraes calculou com perfeição que uma festa oficial introduz uma ruptura no tempo normal e abre um período extraordinário – além do mais, o decreto do Supremo Tribunal Federal não tinha sido o detonador alguns dias antes? A anistia coletiva era justamente a prova de um

---
149. *Última Hora*, 20 de abril de 1960.
150. *O Estado de S. Paulo*, 15 de abril de 1960.

momento extraordinário. De nada adiantou o ministro recusar, pretextando que um tal indulto coletivo "viria a anular a individualização da pena"; o preso não se deixou enganar. Redigiu uma grande defesa – "não são muitos os advogados capazes de fazer trabalho melhor", disse Pedro Dantas – para refutar a argumentação do Ministério. E Juscelino lhe deu ouvidos. Foi um gesto altamente original, disse um jornalista, pois era uma prática "de que não se tem notícia na história do Brasil republicano"[151]. No entanto, nosso bravo jornalista se esqueceu de assinalar (a não ser que não tivesse conhecimento do fato) um precedente importante: em fevereiro de 1897, durante a convalescença do presidente Prudente de Moraes, que havia sido operado de cálculo renal, o vice-presidente Manuel Vitorino havia anistiado todos os desertores do Exército que não quiseram combater em Canudos[152], bem como sete condenados por crime comum. Esse gesto excepcional foi decidido por ocasião da transferência da sede da Presidência da República brasileira do Palácio do Itamaraty para o Palácio do Catete, e das suntuosas cerimônias que haviam acompanhado essa mudança (24 de fevereiro de 1897, sexto aniversário da promulgação da Constituição Republicana). Na sua volta ao trabalho, em março, Prudente de Moraes não pôde fazer nada além

---

151. *Diário Carioca*, 20 de abril de 1960.
152. No fim do século XIX, um pregador místico, ao percorrer as regiões semiáridas da província da Bahia anunciando o retorno do rei dom Sebastião, conseguira convencer perto de 20 mil pessoas a segui-lo. Juntos, eles se instalaram na região de Canudos e fundaram uma cidade (1893). Durante quatro anos, o Exército republicano não conseguiu reduzir essa zona de insubmissão, que a jovem República brasileira considerava uma ameaça. Em 1897, cerca de 5 mil soldados participaram do ataque final contra Canudos, causando quase 15 mil mortes. Consultar a obra de Euclides da Cunha, *Os sertões, campanha de Canudos*, Rio de Janeiro, Francisco Alves, 1995. Foi a partir desse episódio que Mario Vargas Llosa escreveu seu romance *A guerra do fim do mundo*, São Paulo, Alfaguara Brasil, 2008. O historiador norte-americano Robert Levine propôs recentemente um enfoque sobre essa questão: *Vale of tears: revisiting the Canudos massacre in Northeastern Brazil*, 1893-1897, Berkeley, University of California Press, 1995.

de constatar as importantes decisões tomadas pelo vice-presidente[153]. Portanto, vamos admitir que a República brasileira quisesse esquecer esse episódio pouco glorioso: nem Canudos nem o quase golpe de Estado do vice-presidente não engrandeciam o ideal republicano. Mesmo assim, Juscelino podia se prevalecer de outros grandes precedentes históricos. Vamos citar como exemplo o famoso gesto de Péricles, depois da guerra civil que quase pôs fim à experiência democrática da cidade de Atenas: ele decretou anistia coletiva contra os fomentadores do distúrbio e impôs silêncio sobre esse acontecimento – o esquecimento –, punindo qualquer um que ousasse relembrá-lo. Esse é o preço da manutenção da unidade do grupo: a ruptura deve ser silenciada para que se imponha um sentimento de continuidade[154]. E o decreto que Juscelino se preparava para assinar tinha justamente essa função: recorrer ao extraordinário para manifestar a continuidade.

Então, inclinado sobre a mesa de centro da biblioteca, ele assinou o decreto. O gesto foi simples, sóbrio. Mas não nos deixemos enganar: ele era a manifestação dos poderes excepcionais dos quais podia usar o presidente e "as manifestações do poder não se adaptam bem à simplicidade"[155]. Aliás, os fotógrafos da imprensa foram convidados a imortalizar esse momento solene. E Juscelino havia decidido: o ministro Armando Falcão faria uma leitura pública do decreto!

---

153. *Manchete*, n. 416, 9 de abril de 1960.
154. Nicole Loraux, *La cité divisée. L'oubli dans la mémoire d'Athènes*, Paris, Payot, 1997.
155. Georges Balandier, *Le pouvoir sur scenes*, Paris, Balland, 1980, p. 23.

Mas já se aproximavam as vinte horas. Juscelino precisava se preparar para outro encontro – dessa vez com o povo carioca. Ele se dirigiu ao povo pelo rádio, na *Voz do Brasil*. Essa escolha não foi à toa: num país em que mais de 53% da população era analfabeta (segundo o censo de 1960), o rádio (que 61% dos brasileiros possuíam) era a principal fonte de informação popular[156]. O discurso foi breve ("dois minutos e quarenta e sete segundos")[157] e o vocabulário, simples, mas emocionante e de grande intensidade dramática. Testemunhas do discurso sentaram-se ao lado dele, como o futuro governador provisório do estado da Guanabara, Sette Câmara, o prefeito (por algumas horas ainda), Sá Freire Alvim, e os líderes da maioria na câmara, o deputado Abelardo Jurema e o senador Rui Carneiro. "Estava, de fato, pesaroso de deixar uma cidade que me recebera tão bem e tantas provas de carinho já me dera", confessou ele em suas memórias, ao mencionar a importância desse discurso[158].

Era a segunda vez que ele se dirigia aos cariocas durante as despedidas. Primeiro havia sido o discurso aos representantes do povo, no Palácio Pedro Ernesto, no dia 12 de abril. Dessa vez, porém, não havia intermediários, ele falava diretamente: "Povo carioca!", exclamou de início. Se no primeiro discurso ele havia convidado os cariocas a uma busca de identidade, agora tratava de projetá-los no futuro. Foi por isso que começou esse discurso tão importante com a voz

---

156. Lia Calabre de Azevedo, "A participação do rádio no cotidiano da sociedade brasileira (1923-1960)", *Ciência e opinião*, Curitiba, v. 1, n. 2-4, julho de 2003/dezembro de 2004, p. 69-76.
157. *Última Hora*, 20 de abril de 1960.
158. Juscelino Kubitschek, *Por que construí Brasília*, Rio de Janeiro, Bloch, 1975, p. 279.

"embargada pela emoção"[159]. E não ocultou essa emoção, até a assumiu: "Confesso que me acho possuído, ao transmitir-vos esta mensagem de afeto e reconhecimento, pela sensação de estar perdendo alguma coisa...". Mas, de repente, o homem sensível, o homem frágil que revelava publicamente a sua "tristeza do adeus", deu lugar ao demiurgo, ao homem sagrado que interpretava os sinais do destino. E já não era ao povo da cidade a quem ele se dirigia, e sim ao povo da capital, um "povo altivo, nobre e culto", que poderia compreender, porque estava imbuído do ideal nacional, que essa transferência respondia a um imperativo ao qual ninguém poderia se subtrair: "Bem sabeis que, ao cumprir o preceito da Constituição, que determina a mudança da capital do país para o Planalto Central, atendemos a um imperativo da nossa formação republicana federativa. Com esse passo, remontamos às nossas raízes históricas". Era hora, é o que parecia, de dizer adeus aos cariocas, de formalizar essa exigência sagrada da história brasileira. E esse ato era possível naquele dia graças ao "magnetismo da vossa cidade, que imprime um caráter particular às decisões fundamentais para os rumos do Brasil".

Eis porque, com "a tranquilidade de consciência pelo dever cumprido", Juscelino estava pronto para deixar o Rio. No entanto, ele não abandonou a cidade e seus habitantes. Não! Ele os confiou aos bons cuidados de "um dos [seus] mais dedicados auxiliares, Embaixador José Sette Câmara". E, em seguida, afirmou solenemente: "Enquanto eu for presidente da República, há de dar-vos o

---

159. *Última Hora*, 20 de abril de 1960.

Governo Federal inteira colaboração, a fim de que o Rio de Janeiro mantenha o título com que o mundo todo o consagrou – Cidade Maravilhosa"[160]. Com essa frase, se abria um futuro tranquilo; com esse nome de "Cidade Maravilhosa", o discurso de Juscelino se encerrou. O Rio tornou-se uma lenda, e essa lenda ultrapassou as fronteiras do Brasil. O *status* de capital não mudava nada: aos olhos do mundo, ela era a Cidade Maravilhosa. Mesmo recente, essa denominação já havia dado a volta ao mundo e ninguém mais ousaria questioná-la. Ela teria sido usada pela primeira vez em 1908, num artigo publicado na imprensa pelo escritor e político brasileiro Coelho Neto[161]. Mas foi uma antologia de poemas publicada em 1911 por Jane Catulle Mendes, neta de Victor Hugo, que consagrou esse título: *A cidade maravilhosa*[162]. Depois, *Cidade Maravilhosa* se tornou o título de uma marchinha composta em 1935 por André Filho – seu refrão é conhecido no mundo inteiro. E esse seria o hino do novo estado da Guanabara. Voltarei a falar sobre esse assunto.

O discurso terminou com a abertura poética para o futuro do Rio-Guanabara. "Dar seu espaço poético a um objeto", lembra Gaston Bachelard, "é dar-lhe mais espaço do que aquele que ele tem objetivamente, ou melhor, é seguir a expansão do seu espaço

---

160. *Última Hora*, 20 de abril de 1960.
161. A expressão "Cidade Maravilhosa" apareceu pela primeira vez num artigo do jornal *A Notícia*, em que Coelho Neto louvava as belezas e os encantos do Rio (Costa Silva, Myrtes Carvalho e Caio Alves Toledo, *Dicionário universal de curiosidades*, São Paulo, CIL S. A., 1966, p. 433). Sobre esse assunto, consultar Carlos Lessa, *O Rio de todos os Brasis, uma reflexão em busca de autoestima*, Rio de Janeiro, Record, 2005, p. 211.
162. Devemos nos surpreender que o Brasil tenha preferido o nome de Jane Catulle Mendes ao de Coelho Neto para a paternidade da expressão? Assim, a França teria dado seu *imprimatur* ao novo título de nobreza! Ver Jane Catulle Mendes, *La Ville Merveilleuse*, Paris, E. Sansot et Cie, 1911 [na segunda edição não datada, o título foi ligeiramente modificado: *La Ville Merveilleuse, Rio de Janeiro, poèmes*].

íntimo."¹⁶³ Ao valorizar poeticamente o espaço do Rio no momento de sua partida, Juscelino permitiu que ele se espalhasse, em vez de se encolher e se fechar.

E, enquanto Armando Falcão se dirige ao microfone para ler o decreto da anistia, Juscelino se retirou e conversou com alguns jornalistas. Foi justamente nessa ocasião que revelou: "Amanhã, antes de viajar, irei ao Palácio do Catete para despedir-me..."

## O carnaval do adeus

Começou então a última e longa noite do Rio capital. Enquanto Juscelino se ocupava com os últimos preparativos, cumprimentava alguns familiares que tinham ido ao palácio para se despedir, a Prefeitura decidiu organizar um "carnaval do adeus" na avenida Rio Branco. Isso porque essa noite não era uma noite como as outras: era preciso velá-la, acompanhá-la até o amanhecer do último dia.

Como explicou o secretário de Turismo da cidade do Rio, Mário Saladini, o carnaval do adeus se transformaria no carnaval de boas-vindas para saudar o nascimento do estado da Guanabara. Ele ocorreria em dois tempos: na noite de 20 para 21, as escolas de samba desfilariam para acolher o novo estado da Federação, mas, nessa penúltima noite, grupos de frevo, ranchos e blocos carnavalescos seriam convidados para dar o adeus à capital da República¹⁶⁴.

---

163. Gaston Bachelard, *A poética do espaço*, trad. Antônio da Costa Leal e Lídia do Valle Santos Leal, São Paulo, Abril Cultural, 1979, p. 323.
164. *Última Hora*, 19 de abril de 1960.

A escolha das escolas de samba não era obra do acaso: elas simbolizavam a história da música popular e do carnaval no Brasil. O frevo, ritmo nascido no Recife no fim do século XIX, deu origem às primeiras grandes escolas carnavalescas da história do Brasil: Vassourinhas (1889) e Lenhadores (1897). Ambas estavam presentes no Rio na noite de 19 de abril. Os ranchos eram grupos carnavalescos típicos do Rio: com uma rainha e um rei negros na abertura do cortejo, foram as primeiras escolas a desfilar numa competição carnavalesca no Rio, nos primórdios do século XX. Em 1919, fundaram a Liga Metropolitana Carnavalesca. Porém, com as escolas de samba que surgiram no fim dos anos 1920, os ranchos passaram a segundo plano e entraram em profunda decadência ao longo dos anos 1950. Quanto aos blocos carnavalescos, são grupos de rua que funcionam literalmente como uma catarse popular – representam a forma mais antiga de comemoração do Carnaval.

Não podemos nos esquecer de que, naquele momento, o que se representava era o drama do poder vacante. Deixar o Rio era introduzir o movimento, a mudança, a ruptura; era deixar aberto o lugar do poder federal. Não se deveria, a partir daí, em contrapartida, insistir na permanência, apelando sobretudo para a tradição? Esses grupos convidados a desfilar para a despedida compunham um afresco histórico ordenado e coerente. O povo convidado era, ao mesmo tempo, ator e espectador dessa nova atualização da história nacional, na qual a impressão que iria dominar era a da progressão, e não a da fissura.

Já que não se tratava de um simples carnaval, era impensável organizá-lo na tradicional avenida dos desfiles (a avenida Presidente

Vargas, escolhida em 1947 para substituir a praça XI). Não, foi na avenida Rio Branco que se realizou esse carnaval do adeus – mais uma vez a Rio Branco, mais uma vez a Cinelândia! Decididamente, esse espaço se impôs como "a extensão sagrada" da partida da capital, como cenário privilegiado onde o povo era convidado a representar e a assistir à ficção da sua unanimidade. Se a festa cívica é sinal de abolição do tempo real, o espaço dessa festa era a encarnação momentânea do tempo extraordinário: "O lugar, o estranho lugar onde a cena se passava, parecia, em tais momentos, ele próprio esquecer de si mesmo. O Palais Royal não era mais o Palais Royal", já observava Michelet ao lembrar as primeiras horas da Revolução[165].

As fotos publicadas pela revista *Manchete*, com o título "o carnaval do adeus", mostravam a multidão reunida nos degraus do Teatro Municipal e da Biblioteca Nacional, assim como na Cinelândia: um cordão policial teve dificuldade para controlar a agitação. Na avenida Rio Branco também se viam jovens e magníficos dançarinos de frevo, com trajes reluzentes e finas sapatilhas nos pés: ao ritmo dessa música rápida e impulsiva, podemos imaginá-los saltitando, pulando e gingando, parando subitamente em contratempo, retomando depois os passos animados e graciosos, e dançando, dançando nos incessantes refrões. Alguns levavam uma sombrinha na mão, outros, um estandarte, e todos descreviam incríveis volutas

---

165. Jules Michelet, *História da Revolução Francesa: da queda da Bastilha à festa da Federação*, trad. Maria Lúcia Machado, São Paulo, Cia. das Letras, 1989, t. 1, p. 135. Como observou Jean Duvignaud, "compor os espaços da festa é organizar os conjuntos, coordenar as massas, distribuir as emoções coletivas e dar vida ao corpo social" ("La fête civique", *Histoires des spectacles*, Paris, Gallimard, "Bibliothèque de la Pléiade", 1965, p. 261).

sob o céu estrelado. E a *Manchete* comentou: "Escolas de samba, ranchos, frevos, blocos, mascarados, muito ritmo e fantasias marcaram as festas de despedida da antiga Capital com um verdadeiro carnaval. E na mesma batida o povo saudou o nascimento do Estado da Guanabara"[166]. O jornal *Última Hora* falou de um "Carnaval do Adeus, delirantemente aplaudido por dezenas de milhares de pessoas"[167].

Os jornalistas da *Manchete*, totalmente entusiasmados, simplesmente se esqueceram de mencionar um pequeno detalhe que alguns jornais destacaram com certo deleite: esse carnaval ocorreu enfrentando as piores dificuldades, sem dinheiro, sem material... e acabou sendo interrompido depois da passagem dos primeiros grupos de frevo! É que essa festa não foi uma encomenda presidencial, e sim uma proposta da prefeitura. E faltou dinheiro. O secretário de Turismo não hesitou em acusar o prefeito:

> *Não cabe a mim apresentar desculpas nem, tampouco, explicar a lamentável interrupção do "Carnaval do Adeus" [...]. O Sr. Prefeito criou um sistema de compressão para as verbas destinadas aos festejos públicos, e o resultado é que não há dinheiro nem mesmo para a condução do pessoal dos blocos e das escolas de samba.*[168]

---

166. *Manchete*, n. 419, 30 de abril de 1960.
167. *Última Hora*, 20 de abril de 1960.
168. *Ibid.*

Uma rádio privada (cujo nome não foi divulgado) se ofereceu no último momento para transportar os blocos de frevo. Mas só os Lenhadores puderam desfilar com sua orquestra completa; os outros tiveram de se contentar com a banda dos bombeiros! As ruas nem foram convenientemente enfeitadas, exclamou também Mário Saladini, que continuava furioso. E, para piorar a situação, só 28 policiais estavam presentes para garantir a segurança. A multidão, que havia se apressado desde o fim da tarde para assistir ao desfile, a princípio esperou impaciente as primeiras notas, os primeiros passos; depois, esperou ansiosamente, até mesmo freneticamente, cantando em coro "Cidade Maravilhosa", para se encorajar. Anunciado para as vinte horas, o carnaval só começou às 22 horas, para ser interrompido algumas horas depois[169].

E foi nessa estranha confusão, em que os grupos carnavalescos que não puderam desfilar esvaziaram a avenida e a multidão não pôde realmente dizer adeus, que se encerrou o terceiro ato.

---

169. *Tribuna da Imprensa*, 20 de abril de 1960.

# 6. Ato IV: quando Juscelino se desfaz dos últimos vínculos com o Rio

> O dia avança, não está longe da uma hora...
> É preciso partir, deixar Versailles...
> Adeus, velha monarquia.
> *Jules Michelet*

A cortina se ergueu sobre o Rio naquela madrugada de 20 de abril. À noite, nuvens surgiram no céu, vindas do sul. O dia estava cinzento e meio frio na Cidade Maravilhosa. Quem poderia imaginar? Uma "frente fria", como dizem os meteorologistas, revestira a cidade com um triste manto de grisalha. Para essa última jornada no Rio capital, Juscelino parecia vestido à imagem desse dia triste, com um terno cinza, realçado apenas por uma gravata vermelha[170]. Mas não nos deixemos enganar: essa indumentária não passava de mera aparência. Naquela manhã, Juscelino estampava um sorriso radiante (uma dádiva para os fotógrafos!). Em poucas horas estaria em Brasília e, por enquanto, tudo parecia correr às mil maravilhas: o Rio e os cariocas não haviam manifestado nenhum rancor especial no momento da partida. Ele estava até um pouco surpreso: "Havendo construído Brasília, eu impusera ao Rio a perda dos privilégios e das honras de

---
170. *Diário da Noite*, 21 de abril de 1960.

sede do governo da República. [...] Seria natural que a população local se irritasse, e que eu – o autor de toda aquela transformação – fosse vaiado, apupado, quando aparecesse em público"[171]. Mas não, nada disso. Ao contrário, a população parecia apoiá-lo. E dizer que, apenas alguns dias antes, sua agenda presidencial o obrigava a passar esse último dia em Ouro Preto por causa da cerimônia em homenagem a Tiradentes. Ele teria ido de Ouro Preto diretamente para Brasília. Não teriam faltado críticas para denunciar essa covardia, esse abandono prematuro do Rio. E, além do mais, naquele dia era possível avaliar que essa disposição teria sido um erro: como poderia mostrar a transferência efetiva do poder do Rio para Brasília? Isso porque, no amanhecer de 20 de abril, Juscelino ainda não havia se desligado totalmente do Rio.

Tudo fora cronometrado naquela manhã, cada deslocamento fora cuidadosamente avaliado. Juscelino deveria estar no aeroporto Santos Dumont às dez horas. Antes disso, iria ao Catete para as últimas despedidas dos funcionários públicos – apenas por uma hora, uma última hora... Mas antes, às sete horas, ele havia preparado com a esposa e as filhas uma cerimônia de adeus aos empregados do Palácio das Laranjeiras.

Esse ato, o quarto ato das despedidas, foi o mais íntimo de todos: ele transcorreu no interior dos dois palácios presidenciais. Juscelino só se dirigiu aos funcionários e empregados da Presidência. E, no entanto, como ele reconheceu alguns anos depois, a multidão

---

171. Juscelino Kubitschek, *Por que construí Brasília*, Rio de Janeiro, Bloch, 1975, p. 282.

não estava totalmente ausente de mais esse ato: "Os jornais haviam noticiado que, às nove horas, eu iria me despedir dos funcionários da Presidência. Embora se tratasse de uma cerimônia de caráter quase privado e realizada no interior do meu gabinete, numerosos populares acorreram para assistir a minha chegada"[172]. Pois, mesmo como pano de fundo, o importante é que a multidão estivesse lá para testemunhar a importância dessa nova etapa. Juscelino ia se desfazer publicamente de tudo o que a Presidência possuía no Rio de Janeiro: os bens materiais (o Palácio das Laranjeiras e o Palácio do Catete), de um lado, e os privilégios de ordem imaterial (como os poderes presidenciais sobre a cidade do Rio), do outro.

Foi para isso que serviu a "cerimônia simples" de adeus aos empregados do Palácio das Laranjeiras: para anunciar que ali não seria mais a residência principal do presidente da República[173]. É claro que os tranquilizou: ali se hospedaria todas as vezes que precisasse ir ao Rio, mas, se quisessem continuar a trabalhar perto dele, daquele dia em diante teriam de fazê-lo em Brasília. Aliás, fez um convite a todos que desejassem acompanhá-lo[174]. Não foi sem uma "certa emoção" que, em seguida, ele se dirigiu ao carro presidencial que o levaria ao Palácio do Catete. Enquanto isso, sua esposa supervisionaria os últimos detalhes da mudança: na verdade, ela fiscalizou o embarque da

---

172. *Ibid.*, p. 280.
173. Ele já havia anunciado isso no início do mês de abril, numa longa entrevista concedida à revista *O Cruzeiro*: "O Palácio das Laranjeiras terá o destino a que foi dedicado inicialmente, de abrigar os hóspedes ilustres da cidade. Quando aqui vier, ficarei neste palácio" (2 de abril de 1960). Porém, essa entrevista não foi destinada especificamente aos empregados do Palácio das Laranjeiras. Eis porque ele fez questão de informá-los solenemente sobre o futuro do prédio.
174. *Diário da Noite*, 21 de abril de 1960.

bagagem pessoal do casal. Para isso, uma caminhonete particular – "placa DF 12.57.14" – fez a viagem num avião cargueiro até Brasília. Acompanhada das filhas, dona Sarah escoltou a caminhonete até o aeroporto, antes de se reunir ao marido no Catete[175].

Quanto a Juscelino, ele chegou bem discretamente ao palácio: entrando por uma porta lateral, foi diretamente ao seu escritório, no primeiro andar. Uma correspondência do governador do estado de São Paulo o aguardava em sua mesa de trabalho. Ela o informava que os pesquisadores do Instituto de Energia Atômica da Universidade de São Paulo haviam produzido urânio puro: agora, o Brasil tinha condições de fabricar a bomba atômica, passando a fazer parte do grupo seleto de potências atômicas (Estados Unidos, URSS, Inglaterra, França, Canadá e Alemanha)[176]. O fato de a imprensa ter feito questão de mencionar essa leitura como o primeiro ato de Juscelino naquela manhã evidentemente não era anódino. Na verdade, tratava-se de uma incrível coincidência! Essa descoberta era a ilustração ideal dos valores que Brasília pretendia encarnar, os de um Brasil moderno e independente. Ele poderia ter "visto" esse telegrama em Brasília (poucas horas depois), mas não. Foi no Rio que tomou conhecimento dele, como se quisesse mostrar que até o último momento a cidade tinha mantido a sua dignidade de capital e, ao mesmo tempo, dava uma demonstração de alta consciência nacional[177].

---

175. *Ibid.*
176. *O Globo*, 21 de abril de 1960.
177. O jornal *Última Hora*, na edição de 22 de abril de 1960, não hesitou em escrever que "o expediente da Presidência da República funcionou no Rio e em Brasília sem interrupção, graças ao perfeito planejamento, a cargo do secretário do Expediente, Sr. Antônio Rocha".

Então, ele ditou uma rápida resposta ao governador: "É com o mais vivo júbilo que recebo essa notícia, principalmente no momento em que nos preparamos para a instalação de Brasília e vemos que o nosso país, em todos os setores de sua vida, inaugura uma nova e magnífica etapa em seus esforços para a conquista do desenvolvimento e do progresso"[178].

Em seguida, Juscelino foi para a sala de reunião ministerial, no andar térreo, onde estavam reunidos os membros do gabinete[179]. Depois de se desfazer da residência das Laranjeiras, Juscelino se desligou publicamente de seus dois últimos privilégios sobre o Rio. À meia-noite, o Rio não seria mais a sede do Distrito Federal. Juscelino teve, portanto, de abrir mão de seus direitos sobre a cidade para estar em condições de assumir os poderes presidenciais sobre o novo Distrito Federal de Brasília. Era ao governador do estado da Guanabara que, daquele dia em diante, caberiam essas responsabilidades: eis porque Juscelino pôde confidenciar a Sette Câmara, não sem uma ponta de humor: "Agora transfiro para você todos os ataques"[180]. Depois dessa transferência de competências, Juscelino pôde cortar o último laço que ligava a Presidência da República ao Rio. Ele entregou a chave do Palácio do Catete a Josué Montello, escritor e seu amigo íntimo[181], incumbindo-o de transformar o Catete em museu da República[182]. E prometeu, muito solenemente: "Voltarei para inaugurar este Museu

---
178. *Diário Carioca*, 21 de abril de 1960.
179. *O Globo*, 21 de abril de 1960.
180. *Diário da Noite*, 21 de abril de 1960.
181. Josué Montello, *Juscelino Kubitschek, minhas recordações*, Rio de Janeiro, Nova Fronteira, 1999.
182. Josué Montello deixara o Catete um ano antes (onde havia sido subchefe da Casa Civil da Presidência da República) para assumir um posto em Lisboa.

no próximo 15 de novembro" (dia da proclamação da República), acrescentando que todos poderiam voltar ali "numa espécie de peregrinação da saudade"[183].

Bela ideia essa de transformar o Catete em museu! Ao se tornar um museu, o Catete pertenceria à História – não faria mais a História. Não deixa de ser interessante conhecer as circunstâncias nas quais nasceu a ideia de fazer do Catete um museu. Foi o coronel Affonso quem me explicou:

> *Naquela noite, estávamos sozinhos no Palácio do Catete. Então, Juscelino me disse: "Affonso, vamos tomar as medidas necessárias para transferir este palácio para o governador do estado da Guanabara". Acontece que eu havia acabado de ler uma história da República brasileira, por José Maria Bello*[184]*. E respondi a Juscelino: "Toda a história da República foi feita partindo deste palácio. Por que não fazer dele um museu?". E Juscelino me respondeu, entusiasmado: "Magnífica ideia!". E, imediatamente, ele pensou em Josué Montello para diretor do museu, ligando para ele em seguida.*[185]

Este último revelou sua resposta a esse telefonema nas suas Memórias: "Aceito com prazer, senhor presidente. Só nessas condições, o senhor sabe, é que aceito voltar ao Catete"[186]. O decreto que

---
183. Juscelino Kubitschek, *Por que construí Brasília*, p. 280.
184. José Maria Bello, *História da República (1889-1954). Síntese de sessenta e cinco anos da vida brasileira*, 4. ed., São Paulo, Cia. Editora Nacional, 1954.
185. Entrevista com o coronel Affonso Heliodoro da Fonseca, Brasília, 14 de fevereiro de 2007.
186. Josué Montello, *Juscelino Kubitschek, minhas recordações*, 1999.

previa a transformação do Catete em museu foi assinado no dia 8 de março de 1960. A grande e popular revista semanal *Manchete* pôde publicar, assim, no começo de abril, uma longa reportagem com uma importante cobertura fotográfica: "O Catete será transformado em museu". Uma das fotos que mostram os carregadores de mudança saindo do palácio com bustos nos braços foi ornamentada com o seguinte comentário: "Por onde entraram as mais altas personalidades do País, saem agora os bustos dos Presidentes"[187]. Depois de contar a história do palácio (sua construção pelo traficante de escravos Antônio Clemente Pinto, futuro barão de Nova Friburgo, sua inauguração em 1866, o fato de a família o haver perdido por ocasião das especulações do encilhamento em 1896, sua transferência para a União, realizada pelo Banco do Brasil naquele mesmo ano, sua adoção como sede da Presidência da República em 1897...), o jornalista da *Manchete* pôde concluir, com grandiloquência:

> *Mais de seiscentos volumes em uma enorme quantidade de carretas estão chegando a estas horas a Brasília com as máquinas de escrever, os papéis timbrados, os processos a despachar, os móveis e utensílios, em suma, todo o cafarnaum que antes enchia salas e mais salas do palácio presidencial. Mudam-se os gabinetes, o aparato burocrático, o maquinismo central da administração, mas o Catete fica, com os seus belos salões, suas escadarias imponentes, seus mármores, seus espelhos, seus tetos artisticamente trabalhados e suas lembranças de*

---

187. *Manchete*, n. 416, 9 de abril de 1960.

> *63 anos de vida republicana, que começam em Manuel Vitorino e acabam com JK – o primeiro e o último a ocuparem oficialmente o Solar de Nova Friburgo, de paredes de granito umedecidas com o suor dos negros escravos...*[188]

Na edição de 4 de abril de 1960, o jornal *O Globo* mencionou a primeira doação recebida para o futuro museu: "Guilherme Antônio dos Santos entregou quase 18 mil negativos realizados em estereoscopia, que mostram cinquenta anos de história da cidade". Desde 1908, esse comerciante havia fotografado o cotidiano da cidade, as diferentes reformas que ela sofreu, os visitantes ilustres e os acontecimentos excepcionais. Ao tomar conhecimento da criação do museu, quis fazer a doação, "pois a história da cidade e da República se confundiram durante 71 anos". Às doações particulares, foram acrescentadas doações públicas para enriquecer o acervo: Juscelino deu o exemplo e entregou alguns arquivos a Josué Montello[189], como se a fase carioca da sua presidência agora também pertencesse à História.

Livre de todos os vínculos, Juscelino pôde se dirigir ao salão nobre para um último adeus aos funcionários do palácio. E subiu novamente ao primeiro andar. O prefeito Sá Freire Alvim escolheu esse momento para se aproximar, "dizendo-lhe ao ouvido: 'Vim abraçar-lhe em nome da população carioca. É um abraço

---

188. *Ibid.* Sobre a história do palácio, consultar também Cícero Antônio F. Almeida, *Catete, memórias de um palácio*, Rio de Janeiro, Museu da República, 1894.
189. Entrevista com o coronel Affonso Heliodoro da Fonseca, Brasília, 14 de fevereiro de 2007; entrevista com Maria Estela Kubitschek, Rio de Janeiro, 25 de maio de 2007.

coletivo'"[190]. Esse gesto era realmente necessário, naquele momento e naquele lugar? Seja como for, Juscelino subiu os últimos degraus, depois entrou no salão nobre com a esposa e as filhas, que haviam se reunido a ele.

Pequenos e altos funcionários, todos estavam lá, de pé, para o último adeus. Juscelino se dirigiu a uma mesa e se sentou à cabeceira. Assim que se instalou, um empregado pôs diante dele um copo de água gelada e uma xícara de café com as iniciais do presidente gravadas em letras de ouro: "Ainda falta uma última despedida, senhor presidente, a do cafezinho do Catete"[191].

Então, lentamente, ele pegou a xícara como se se tratasse de um cálice e bebeu, sob o olhar de todos, esse último café – um fotógrafo registrou o exato momento em que ele levava a xícara aos lábios. Um protocolo havia ou não sido previsto para organizar os detalhes desse momento? Eu não saberia dizer. Mas como não ver aí uma clara alusão à última ceia? Em seguida, Juscelino entregou a xícara desse "último café" a Olga Pereira, funcionária do Catete: emocionada, ela anunciou que a guardaria com todo o apreço, "como um 'souveunir' (sic) e que não ia lavá-la"[192]. Ele deu alguns autógrafos, posou para fotos de recordação com os empregados, ouviu o rápido discurso de agradecimento do representante dos jornalistas credenciados no Catete... Em suas memórias, Juscelino destacou a importância desse momento:

---

190. *Diário da Noite*, 21 de abril de 1960.
191. *Diário Carioca*, 21 de abril de 1960.
192. *Ibid.*

> *O ambiente estava pesado, pois a cerimônia, embora íntima, acabara apresentando um caráter solene. É que todos estavam cônscios de que vivíamos, naquela sala, um momento histórico. As fisionomias mostravam-se graves. Um silêncio significativo prevalecia no ambiente. Eu próprio, de natural expansivo e comunicativo, sentia-me tolhido.*[193]

E vieram as primeiras lágrimas! Lágrimas íntimas, por enquanto, lágrimas ocultadas do grande público, mesmo assim eram lágrimas que não escaparam aos observadores.

Juscelino se levantou para abraçar cada servidor. Procurando esconder a emoção, ele os interrogava com valentia: "E você, quando vai a Brasília?". Alguns, "não conseguindo conter a emoção, choraram ao abraçar o Presidente da República"[194]. Essas lágrimas que os olhos não conseguiram segurar lembravam a ruptura definitiva entre o Rio e a sede da República. Então, como se quisesse acabar com aquele clima pesado, Juscelino exclamou: "Viva os servidores do Catete!". E as lágrimas aumentaram... Um canto se elevou no salão, imitado por todos os funcionários, e Juscelino se juntou a eles, num coro emocionado[195]. Tratava-se de uma música folclórica de Minas Gerais, uma espécie de dança de roda popular: "Peixe vivo". Uma música triste, melancólica, mas um canto de fidelidade, de amizade, que se tornou o hino de Juscelino e de seus simpatizantes[196]:

---
193. Juscelino Kubitschek, *Por que construí Brasília*, p. 280-1.
194. *Diário de Notícias*, 21 de abril de 1960.
195. *Diário Carioca*, 21 de abril de 1960.
196. A associação entre a música folclórica e Kubitschek deu a Paulo Diniz a ideia de adaptar a letra: "Ele era um menino da Diamantina, ele gostava de voar como uma andorinha".

*Como pode o peixe vivo*
*Viver fora da água fria?*
*Como poderei viver?*
*Sem a tua companhia*

*Os pastores desta aldeia*
*Já me fazem zombaria*
*Por me verem assim chorando*
*Sem a tua companhia*

Às lágrimas dos olhos, juntaram-se as lágrimas das palavras...

## Nos degraus do palácio

"E, agora, vamos descer todos juntos!", exclamou Juscelino dirigindo-se para o *hall* do primeiro andar, onde um cortejo se formou. Aluysio Napoleão, chefe do protocolo, parecia não controlar mais nada; preocupava-se com os excessos e os possíveis empurrões no momento de descer a escadaria, pois havia muita gente. Maria Estela Kubitschek me explicou que Juscelino lançou essa ideia de improviso, como era seu costume – o que tinha o dom de irritar o chefe do protocolo[197]. Do corredor, duas escadas laterais de ferro forjado desciam até a metade e se juntavam numa escada central que ficava de frente para a porta de entrada do palácio. Quando o cortejo seguiu por esse último lance de escada, com o espelho dos degraus

---
197. Entrevista com Maria Estela Kubitschek, Rio de Janeiro, 25 de maio de 2007.

finamente decorado e coberto no centro por um tapete vermelho, Juscelino "parou num degrau". Atrás dele, o empurra-empurra foi maior: as pessoas se espremiam, se empurravam. Mas Juscelino não se importou; estava inteiramente tomado pela emoção do momento. Ali, de pé, pela última vez, "ele olhava as altas paredes do Palácio, como a querer fixá-las na memória"[198]. Uma claraboia iluminava a escada nesse ponto, permitindo olhar mais longe, tanto para o alto quanto para os lados. Juscelino pôde, então, fitar novamente os inúmeros afrescos do palácio, como o de um banquete dos deuses do Olimpo, que estava à sua frente, bem em cima da abertura da escada, entre o térreo e o primeiro andar: nele se veem Júpiter, Netuno, Juno, Vênus, Marte, Minerva, Diana, Mercúrio e as Três Graças. Duas estátuas alegóricas do primeiro andar encimam cada um dos lados do afresco: a Escultura e, principalmente, a Arquitetura, representada por uma jovem segurando uma planta e cercada por dois anjos, dos quais um carrega o Partenon e o outro, o Palácio do Catete. Juscelino Kubitschek, fundador de Brasília, provavelmente deve ter lançado um olhar especial para essa alegoria...

Quanto tempo pode ter durado essa parada? Um segundo, dois segundos... Não importa! Lembremos de Shakespeare: "Nos nossos olhares havia a eternidade". E devia haver uma eternidade naquele olhar, em que as lembranças se chocavam nas portas da sua memória. As do dia da posse, quando havia subido aquelas mesmas escadas, aliviado por ter vencido tantas dificuldades; as dos momentos felizes

---

198. *Diário Carioca*, 21 de abril de 1960.

vividos naquele palácio ou, quem sabe, das crises que teve de enfrentar; as da história da República da qual, naquele dia e naquele lugar, ele era o representante supremo e derradeiro...

Depois, Juscelino recomeçou a descida, lentamente, solenemente. Uma foto comprova esse momento. Nós o vemos, todo sorrisos, lançar um olhar para o fotógrafo, com um pé na frente e o outro pousado no degrau. À sua direita, procurando firmar o passo e olhando para os degraus, está a esposa acompanhada das filhas. Márcia é apenas vislumbrada, mas Maria Estela aparece nitidamente, logo atrás do presidente, também sorridente, com o olhar cravado nos degraus. Logo atrás da família, à esquerda de Juscelino e apoiando-se no corrimão, vemos Sette Câmara e, quase na mesma altura, mas do outro lado da escada, o prefeito do Rio e o vice-presidente. Atrás de Sette Câmara vem o general Magesse, chefe da Polícia, que parece espremido na multidão. Os ministros Sebastião Paes de Almeida e Paulo Nogueira, e o médico particular de Juscelino, Carlos Teixeira, aparecem ao seu lado. Atrás da fila de ministros, é possível entrever alguns conselheiros, entre eles o coronel Affonso: ele também envolvido na aglomeração, precisa olhar onde põe os pés para não tropeçar. Em segundo plano, não se vê muita coisa; percebe-se apenas o topo das cabeças de uma multidão anônima e compacta. Os atores do poder estavam todos lá, como se tivessem sido habilmente distribuídos na encenação. O teatro do adeus, desejado e imaginado por Juscelino, havia ocupado vários palcos até aquele momento, da Cinelândia aos centros histórico e moderno: e eis que ele se reduziu a uma escada interna.

Essa foto foi obra de um fotógrafo oficial da Agência Nacional. E foi ela que toda a imprensa (jornais e revistas semanais) divulgou já no dia seguinte e que se tornou o símbolo da partida. A foto original – a que tive acesso – certamente foi tirada com uma Rolleiflex: ela tem formato quadrado e tamanho dos mais clássicos (10×10). No entanto, ela foi reenquadrada para a publicação, porque a foto divulgada em todos os lugares é retangular, centrada na descida da escada, aumentando assim a estatura de Juscelino, porém dando uma impressão ainda mais vertiginosa da descida.

Essa foi e será a representação oficial da partida para a posteridade: o poder descendo os degraus. De tanto vê-la durante as minhas pesquisas, ela foi envolvida por uma espécie de halo. Muito mais do que o estrito testemunho do momento, essa foto se tornou uma sugestão: "Ela se continua, se propaga no imaginário, ou melhor, nós a consideramos uma espécie de fissura, pela qual podemos fazer entrar num reino incerto uma grande quantidade de imagens que aspiram nascer"[199]. Assim, vem à minha memória este outro testemunho de um poder prestes a partir e descendo os degraus. Em 1821, a rainha de Portugal, Carlota Joaquina, preparava-se para voltar do Rio para Lisboa, logo seguida pela corte e pelo marido. O pintor francês Jean-Baptiste Debret representou uma cena em que se veem os membros da corte, reunidos nos degraus que desciam da praça do palácio até a baía de Guanabara, saudando a rainha no momento em que ela embarca numa chalupa que a conduziria à embarcação real.

---

199. Henri Focillon, *La vie des formes*, Paris, PUF, 1943, p. 9.

As escadas do poder... Em geral, sobem-se os degraus, um por um ou correndo, sobe-se na hierarquia galgando cada grau. A escada não é o símbolo por excelência da ascensão? Ascensão para o conhecimento, o saber, a sabedoria... Em compensação, a escada que desce leva a um mundo subterrâneo, sede das autoridades infernais: o lado obscuro das forças do poder. Não despencamos escada abaixo, mas descemos sorrateiramente ou com um "passo triste"[200]. Então, o que se deve entender com a descida dos degraus? Um declínio, uma queda, uma volta à terra, ao terra a terra? O exercício do poder supõe distanciamento, elevação. Poderia ele se contentar em ser assim representado, num movimento descendente? Para dizer a verdade, essa foto dos degraus não seria nada sem as legendas que a acompanhavam. Esclarecendo-a de cara, até pelo tamanho dos caracteres, a legenda indicava o seu sentido primitivo, aquele que ficaria gravado quase que instantaneamente na mente dos leitores, confundindo-se pouco a pouco com o acontecimento, a ponto de escamoteá-lo em pouco tempo. Legenda premonitória: "Uma cena da história" (*Jornal do Comércio*), "JK desce o Catete e faz história" (*Diário Carioca*). Legenda descritiva: "O presidente desceu, acompanhado por todos, as escadarias do Palácio" (*Diário de Notícias*), "O presidente, sua família e auxiliares deixam o Catete" (*Correio da Manhã*). Legenda mais lacônica: "O adeus de JK" (*Manchete*), "A despedida ao Catete" (*O Globo*)...

---

200. Jules Supervielle, *L'escalier*, Paris, Gallimard, 1926.

Naquele momento, porém, essas considerações não tinham nenhuma utilidade para Juscelino. Todo sorrisos, ele continuou a descer. Alguns degraus, depois mais alguns passos e ele estava do lado de fora.

Adeus, Catete, velho palácio carioca da República.

Bom dia, Catete, jovem museu carioca da República.

# 7. Ato V: a porta das lágrimas

> Em todas as lágrimas eterniza-se uma esperança.
>
> *Simone de Beauvoir*

Havia uma multidão no pátio do Catete, "uma enorme multidão, uma concentração popular"[201], escreveu mais tarde Juscelino. Ao povo que fora assistir à partida do presidente juntaram-se os alunos da escola pública Rodrigues Alves, contígua ao palácio. Fotos revelam essa multidão à espera, com os olhos voltados para a porta do palácio: as crianças agitavam lenços brancos em sinal de adeus e o povo cantava "Cidade Maravilhosa", o hino do futuro estado da Guanabara. Podemos imaginar a impaciência dessa multidão, no limiar do último ato, quando Juscelino deixaria definitivamente o Rio.

Vestidos com o uniforme regulamentar impecavelmente limpo e passado, os alunos chegaram cedo ao pátio. Haviam ido assistir ao último hasteamento da bandeira no Catete. Também haviam preparado uma pequena encenação para, em nome das crianças cariocas, dizer adeus à capital e ao presidente. Primeiro, jogaram punhados de pétalas de rosa no momento em que o estandarte foi hasteado. Depois, um aluno se aproximou da bandeira e pronunciou um curto discurso, uma arenga sem dúvida pomposa, mas que estava à altura desse momento tão excepcional:

---
201. Juscelino Kubitschek, *Por que construí Brasília*, Rio de Janeiro, Bloch, 1975, p. 281.

> *Bandeira de minha pátria, tu que durante muitos anos tremulaste altaneira neste palácio presidencial, onde tantos brasileiros ilustres exerceram a mais alta magistratura do país, recebe as despedidas das crianças cariocas.*
>
> *Lá em Brasília, na nova capital de nossa querida pátria, estarás tremulando de agora em diante, ufana, alvissareira nos mastros do Palácio da Alvorada ao sopro das brisas do planalto, testemunhando com a tua presença a capacidade realizadora do povo brasileiro.*
>
> *Levas a nossa saudade, mas contigo vai também o nosso orgulho de que lá, como aqui, serás sempre o símbolo de um povo que se orgulha de ter nascido nesta grande pátria que se chama Brasil.*[202]

E como Juscelino não terminava de se despedir dos funcionários no Catete, o comandante da guarda presidencial decidiu organizar um desfile das tropas para homenagear o "gesto patriótico dos alunos"[203], mas também, quem sabe, para ajudar a multidão fervilhante a passar o tempo.

De repente, houve um movimento no palácio. Sucessivamente, as duas folhas da porta de madeira e o portão foram abertos. Por essas portas foi possível imaginar o interior do palácio. Pôde-se até entrever Juscelino: ele estava na escada. Os mais bem posicionados puderam vê-lo descer na frente. Terminado o desfile, todo mundo se virou, ficou na ponta dos pés e se contorceu para tentar ver o

---
202. *O Estado de S. Paulo*, 21 de abril de 1960.
203. *Ibid.*

presidente. Ele chegou ao último degrau e apressou o passo para atravessar o vestíbulo[204]. Pronto, ele havia passado pela porta! Os aplausos se elevaram para uma última "carinhosa homenagem"[205], e os alunos gritaram: "Até logo, Juscelino. Já ganhou! Já ganhou!"[206]. E a multidão empurrou, empurrou, levada pelo entusiasmo. A guarda presidencial não conseguia mais conter a pressão popular e o cordão de segurança foi rompido, permitindo que a multidão se precipitasse sobre Juscelino[207].

Habituado ao contato direto com o povo, ele não se deixou impressionar. Nós o vimos, sorridente e feliz, abraçar os alunos que pularam em seu pescoço. Uma foto de página inteira publicada no *Diário da Noite* mostrou muito bem esse momento. Juscelino estava ligeiramente inclinado e envolvia com os braços dois pequenos alunos, um menino negro e uma menina que pareciam ter uns dez anos e que também o abraçavam. No momento em que o fotógrafo bateu a foto, uma mão feminina estendia, na frente de Juscelino, uma bandeirola que representava a bandeira da Inconfidência Mineira, o movimento independentista, cujo símbolo é Tiradentes. Em segundo plano, duas jovens também pareciam se aproximar de Juscelino (tratava-se de funcionárias do Catete). Nessa foto, parece que ele vestiu a máscara de Jano, (re)conciliando o passado e o futuro. E o jornal comentou esse *instante decisivo*:

---

204. Uma das etimologias da palavra "vestíbulo" (*vestae stabulum*) atribui sua origem a Vesta, guardiã do fogo da cidade e da soleira das portas, símbolo do interior das casas. Sua complementaridade com Jano foi muitas vezes atestada.
205. Juscelino Kubitschek, *Por que construí Brasília*, p. 281.
206. *O Estado de S. Paulo*, 21 de abril de 1960.
207. *Diário da Noite*, 21 de abril de 1960.

> *A foto fixa o triângulo sentimental que se formou na ocasião: a bandeira da Inconfidência recorda Tiradentes, cuja memória o país reverencia amanhã; funcionários do Catete que choraram ao despedirem-se de JK representam o Brasil de ontem; o Presidente abraça, nas duas crianças da Escola Pública Rodrigues Alves, o Brasil de Brasília, o Brasil de amanhã.*[208]

No meio dessa confusão, "ríamos, chorávamos"[209]. Alguns até entoaram "Peixe vivo", para grande felicidade de Juscelino. Sua filha me disse o quanto ele ficou sensibilizado com esse momento: "Ele, que tinha tanto medo da reação dos cariocas, saiu carregado pelo povo, que cantou "Peixe vivo". Essa música tinha se tornado o seu hino. Em todas as manifestações de carinho, cantavam para ele "Peixe vivo" [210]. As águias do Catete foram testemunhas impassíveis dessa cena. Aliás, essas imensas estátuas de bronze de asas abertas, instaladas no pináculo do palácio, valeram-lhe o apelido de Palácio das Águias. Juscelino as conhecia bem, pois quis ser fotografado ao lado de uma delas, logo após a sua posse. Elas também estavam lá naquela manhã de 20 de abril, destacando-se com dificuldade contra o céu cinzento e de nuvens baixas, estavam lá e pareciam dizer adeus com tristeza – a partida da capital anunciava a perda de sua soberba.

Nesse meio-tempo, a guarda presidencial conseguiu, com certa dificuldade, recriar uma zona de segurança em torno do

---
208. *Ibid.*
209. *O Estado de S. Paulo*, 21 de abril de 1960.
210. Entrevista com Maria Estela Kubitschek, Rio de Janeiro, 25 de maio de 2007.

presidente[211]. Ele pôde, então, se erguer. Mas, ao se livrar da multidão, ele se dirigiu novamente para o palácio. Estaria virando as costas para o povo? Hesitava em deixar o Rio? Não, ele pediu aos funcionários que ainda estavam no palácio, alguns até nas sacadas do primeiro andar para ter uma visão mais ampla do pátio, que fizessem o favor de sair: "Senhores, tenham a bondade de sair, pois eu mesmo quero fechar estes portões"[212]. Esse gesto devia nos surpreender? De jeito nenhum! Vamos ouvi-lo se explicar:

> *Havia um ato que ainda desejava praticar, antes de tomar o carro que nos levaria ao aeroporto. Era assinalar, com um gesto, o fim de uma era do Brasil. Dirigindo-me para a porta do palácio, peguei os dois portões de ferro da entrada e os puxei lentamente e com solenidade, até que se fechassem. Naquele momento, o Catete deixaria de ser a sede do governo. Estava fechado simbolicamente.*[213]

Esse gesto público, quase suntuoso, pôs Juscelino em evidência. "O gesto que fecha", lembra Gaston Bachelard, "é sempre mais nítido, mais forte, mais rápido que o gesto que abre."[214] Ele foi fundador de sentido. Para esse último ato, Juscelino se revestiu plenamente dos atributos de Jano, cuja figura era muitas vezes representada do lado de fora das portas, zelando pelas partidas e protegendo os viajantes pelos caminhos. Ele era Jano, detentor das chaves do templo da guerra.

---

211. *O Estado de S. Paulo*, 21 de abril de 1960.
212. *Diário Carioca*, 21 de abril de 1960.
213. Juscelino Kubitschek, *Por que construí Brasília*, p. 281.
214. Gaston Bachelard, *Poética do espaço*, trad. Antônio da Costa Leal e Lídia do Valle Santos Leal, São Paulo, Abril Cultural, 1979.

Pois ele fechou essa porta, o pesado portão de ferro forjado[215], e o fechou à chave. Essa chave (de novo, uma chave!), ele a entregou ao diretor do Instituto do Patrimônio Histórico e Artístico Nacional[216]. Essa chave, que fechou a história presidencial do palácio, abriria em breve seu futuro museográfico.

Quase um século antes, Georg Simmel ensinou que a porta pode separar, tanto quanto unir[217]. Fechar a porta do Catete, gesto sagrado, era separar o Rio da sede da capital, mas era também uni-lo à história do Brasil e de suas capitais. Esses laços que Juscelino desfez durante as suas despedidas, ele os refez, mas dotou-os de outra natureza a partir daí. Pois fechar uma porta não é simplesmente separar, deixar para trás, é também permitir a invenção de um novo espaço. É saindo que se pode recomeçar. Juscelino estava plenamente convencido disso:

> *Ao fechar aqueles pesados portões, eu o fiz com intensa emoção. O que fazia não era efetivamente cerrar a entrada de um palácio, mas virar uma página da história do Brasil. Durante dois séculos, o Rio fora a cabeça da República, seu órgão pensante – cérebro e coração de um grande país. A civilização, construída na faixa litorânea, realizara seus objetivos, conservando íntegro um território com a extensão de um continente. Mas aquele período decisivo da nossa evolução, após a realização dos objetivos sociais e políticos que lhe cometiam, havia chegado ao fim.*

---

215. Há dois nomes de origem alemã na fechadura: JL Senburg e AM Harz; há também uma data: 1864.
216. *O Estado de S. Paulo*, 21 de abril de 1960.
217. Georg Simmel, "Porte et pont" (1909), em *La tragédie de la culture et autres essais*, Paris, Rivages, 1988, p. 159-66. A esse respeito, consultar também a bela exposição de Dominique Raynaud, "Le symbolisme de la porte: essai sur le rapport du schème à l'image", *Architecture et comportement*, v. 8, n. 4, 1992, p. 333-52.

> *Naquele momento, outro se iniciava: a era da interiorização, da posse integral do território, do verdadeiro desenvolvimento nacional.*[218]

Uma imagem da propaganda governamental divulgada em toda a imprensa naquele mês de abril apresentava um livro de história do Brasil aberto numa página em branco, marcando o início de um novo capítulo e, nela, uma pena de ganso escrevia: "21 de abril de 1960". Parecia que Juscelino havia assimilado perfeitamente essa visão, muito em voga nos anos 1950, que apresentava a história do Brasil como uma sucessão de ciclos, cada um deles envolvendo uma atividade econômica dominante, um espaço particular e uma organização social original. A inauguração de Brasília marcou, assim, a abertura de um novo ciclo, com um novo espaço (o interior do Brasil) e um novo projeto econômico e social (o nacional-desenvolvimentismo)[219].

> *No avião que nos levava a Brasília, meu pai nos explicou longamente, a minha irmã e a mim, a importância do fechamento dos portões do Catete. Ele nos repetiu que queria fechar uma página da História para abrir outra, e que tudo isso era mais importante do que a mudança da capital de Salvador para o Rio.*[220]

Essa porta, que se fecha sobre as lágrimas, iria provocar outras: "Sarah, visivelmente emocionada, não conseguiu esconder as

---

218. Juscelino Kubitschek, *Por que construí Brasília*, p. 281.
219. Sobre esse assunto, consultar Laurent Vidal, *De Nova Lisboa a Brasília. Invenção de uma capital*, trad. Florence Marie Dravet, Brasília, UnB, 2008, p. 186 ss.
220. Entrevista com Maria Estela Kubitschek, Rio de Janeiro, 25 de maio de 2007.

lágrimas, o mesmo acontecendo com minhas duas filhas, Márcia e Maria Estela"[221]. E as lágrimas dos servidores do palácio correram de novo, dessa vez em público. Depois das despedidas íntimas, foram as despedidas abertas: as lágrimas, dissimuladas e provocadas pela porta, foram a marca desse último ato, o da porta das lágrimas[222].

Eram 9h37 daquele 20 de abril de 1960 no Rio de Janeiro: as portas do Catete haviam sido fechadas a chave. Juscelino podia ir para o Rolls-Royce presidencial. Mas a multidão começou a empurrar de novo, e foi com grande dificuldade que ele caminhou. Na confusão, uma mulher conseguiu enganar a segurança e se aproximar. Queria agredi-lo? Não, ela foi "chorar em seu ombro"[223]. A guarda presidencial tentou recuperar o controle da situação e manter um espaço de segurança para o presidente e a família. Porém, uma de suas filhas se separou do grupo e acabou misturada com a multidão. Foi preciso que "um coronel à paisana gritasse para os soldados: 'Deixem a moça entrar no carro: é a filha do Presidente!'"[224]. E, no instante em que entrou no carro, Juscelino teve dificuldade para controlar a emoção que tomou conta dele: "Sua Excelência não pôde conter a emoção, e as lágrimas lhe vieram aos olhos"[225]. Lágrimas, de novo as lágrimas! Do pequeno funcionário ao representante supremo do Estado, elas acompanharam esse último ato, envolvendo-o com uma fina película.

---

221. Juscelino Kubitschek, *Por que construí Brasília*, p. 281.
222. No momento em que foi fechada, será que ela fez ressoar o eco das lágrimas de uma de suas irmãs, também nascida da separação? Trata-se do estreito entre a lendária Abissínia e o Iêmen (Bab El-Mandeb) – a porta das lágrimas. Seu nome teria origem nas lágrimas dos que se afogaram na elevação repentina das águas, em consequência do terremoto que separou a península arábica da África, e das lágrimas dos que ficaram em terra e testemunharam essa desolação.
223. *Diário da Noite*, 21 de abril de 1960.
224. *Ibid.*
225. José Chediack, "Ato oficial da inauguração de Brasília", em *Juscelino Kubitschek: A marcha do amanhecer*, São Paulo, Bestseller, 1962, p. 99.

As lágrimas do Rio

Eram 9h40. Debaixo de aplausos, o cortejo tomou a direção do aeroporto Santos Dumont:

> *Quando o carro se pôs em movimento, a multidão avançou como uma massa compacta, densa, tornada consistente pelo pensamento comum que a inspirava, e prestou-me uma das maiores manifestações públicas de que já fui alvo na vida. As aclamações eram ruidosas. Sucediam-se os vivas. Lenços brancos agitavam-se dos dois lados do carro.*[226]

**As despedidas de Juscelino Kubitschek e a partida do poder federal do Rio de Janeiro (12-20 de abril de 1960)**

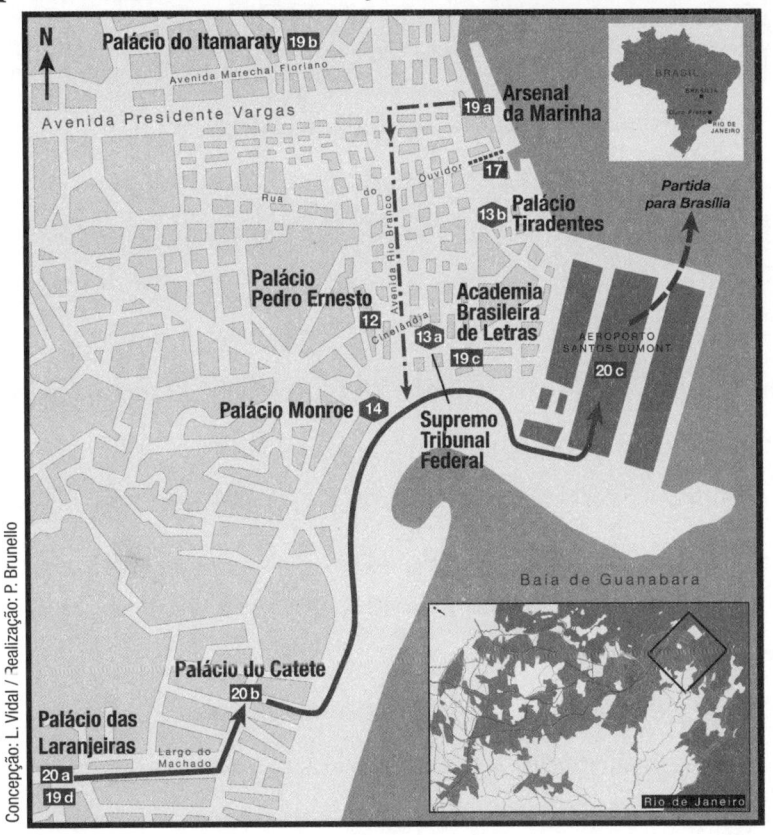

226. Juscelino Kubitschek, *Por que construí Brasília*, p. 282.

**20:** Palácios e outros lugares visitados por Juscelino Kubitschek

**14 :** Sessões de encerramento dos poderes Legislativo e Judiciário

--▶ Desfile de carro oficial de Juscelino Kubitschek com o legado do papa (apresentação do crucifixo usado na primeira missa do Brasil)

····· Juscelino se mistura com a multidão

⟶ Trajeto de carro na manhã do dia 20 de abril

12: Entrega do título de Cidadão de Honra e Grande Benemérito da Cidade do Rio de Janeiro a Juscelino Kubitschek

13 a: Última sessão do Supremo Tribunal Federal

13 b: Última sessão da Câmara dos Deputados no Palácio Tiradentes

14: Última sessão do Senado no Palácio Monroe

17: Juscelino Kubitschek se mistura com a multidão na rua do Ouvidor, depois da inauguração da maternidade Sarah Kubitschek

18: Juscelino Kubitschek em Ouro Preto para a homenagem a Tiradentes

19 a: Dez horas, recepção ao cardeal Cerejeira (Arsenal da Marinha) e desfile de carro pela avenida Rio Branco

19b: De manhã, reunião da Operação Panamericana (Palácio do Itamaraty)

19c: Início de tarde, despedida de Juscelino Kubitschek na Academia Brasileira de Letras

19 d: À noite, despedida de Juscelino Kubitschek ao povo carioca (discurso radiofônico, Palácio das Laranjeiras)

20 a: Despedida dos funcionários e empregados do Palácio das Laranjeiras

20 b: Oito horas, chegada ao Palácio do Catete. Cerimônias de despedida, entrega das chaves do palácio para sua transformação em museu da República
9h37, os portões do Palácio do Catete são fechados
20 c: 10h15, decolagem do Viscount presidencial do aeroporto Santos Dumont rumo a Brasília

**Viva o estado da Guanabara!**

Juscelino chegou um pouco antes das dez horas ao aeroporto, onde a multidão havia se amontoado para um último adeus. Quando saiu do carro, exibia uma rosa vermelha na lapela[227]. Como essa rosa havia aparecido naquele momento do dia? Estaria prevista para realçar o sentido dessa última cena? Seria presente de um admirador que Juscelino decidira aproveitar? Seja como for, ela era uma declaração de amor e fidelidade à Cidade Maravilhosa.

A cada passo, Juscelino recebia novas homenagens: Armando Fonseca foi saudá-lo em nome do Conselho Municipal, Sette Câmara foi abraçá-lo em nome do estado da Guanabara[228]... Ele também trocou algumas palavras com os jornalistas presentes. Até parou para rabiscar à mão uma rápida mensagem para os leitores de um jornal: "Para *Última Hora*, que sempre defendeu com calor os interesses da 'Cidade Maravilhosa', deixo o meu último adeus aos cariocas"[229].

---
227. *Última Hora*, 21 de abril de 1960.
228. *Diário Carioca*, 21 de abril de 1960.
229. *Última Hora*, 21 de abril de 1960.

Nesse meio-tempo, os convidados tomaram seus lugares no Viscount presidencial. Além da família, estavam também os principais membros e conselheiros do governo e o arcebispo do Rio, cuja presença foi um pedido de Juscelino e lembrava o catolicismo da nação brasileira[230]. O único deslize no protocolo impecavelmente organizado: o embaixador Frederico Schmidt, amigo íntimo do presidente, teve o acesso ao avião barrado e ficou furioso. Foi preciso a intervenção de Sette Câmara para que um lugar fosse liberado para ele[231]. Naquele dia, o tráfego foi intenso no aeroporto Santos Dumont, como, aliás, já ocorria há alguns dias. A cada quinze minutos era anunciado um voo para Brasília[232]. Ora, não se deve acreditar que tantas pessoas estivessem saindo do Rio para se instalar em Brasília: antes de tudo, o atrativo era a festa de inauguração. Mas como não observar que o poder deixava a cidade de avião, sendo que havia chegado de barco para tomar posse dela por ocasião da sua fundação (1565), depois na sua ascensão à categoria de capital (1763) e, enfim, com a chegada de dom João VI à frente de uma frota de 56 navios (1808)? Do porto para o aeroporto, havia apenas uma diferença técnica; a lógica do poder que se muda era a mesma.

Eram 10h15. Já estava na hora de Juscelino entrar no avião. Seguido do vice-presidente e da esposa, subiu os degraus da escada móvel que, do pátio de estacionamento das aeronaves, dava acesso à porta do Viscount. E eis que ele chegou à plataforma, em frente à

---

230. José Chediack, "Ato Oficial da Inauguração de Brasília", em *Juscelino Kubitschek: A marcha do Amanhecer*, p. 99.
231. *Última Hora*, 21 de abril de 1960.
232. Os pilotos se queixaram do cansaço dessas idas e vindas constantes e apontaram os riscos de um tráfego tão intenso (*Diário de Notícias*, 20 de abril de 1960).

porta. Mais um passo e estaria dentro do avião. Porém, ele parou e se virou para a multidão. Com o braço estendido para cima e a mão aberta, exclamou: "Viva o estado da Guanabara!".

"Viva o estado da Guanabara!": essa era a fórmula mágica para a qual se voltou todo o drama. No limiar sagrado, com algumas palavras acompanhadas de um gesto da mão, ele terminou sua obra, conduzindo a passagem da capital do Rio para Brasília e instituindo um novo estado. A palavra e a mão, a mão e a palavra: "Não há como escolher entre as duas fórmulas que fazem Fausto hesitar: no começo era o Verbo, no começo era a Ação, pois a Ação e o Verbo, as mãos e a voz estão unidas nos mesmos começos"[233].

A partir daquele momento, fim das lágrimas. Elas seriam deslocadas: o que permanecia era a esperança, o futuro escancarado de um estado prestes a nascer. Juscelino não mais se despedia, ele saudava um nascimento. As escadas podiam ser retiradas e a porta do Viscount, fechada.

Lentamente, a cortina podia descer sobre uma cena pacificada.

---

233. Henri Focillon, "Éloge de la main" (1934), em *La vie des formes, suivi de Éloge de la main*, Paris, PUF, 1981 (1943), p. 108.

# 8. De fora da cena, o herói e suas dúvidas

> Procuro alguma coisa ainda mais misteriosa.
> É a passagem tratada nos livros, o antigo caminho obstruído,
> aquele em que o príncipe exausto
> não pôde encontrar a entrada.
>
> *Alain Fournier*

Nos primeiros dias do mês de fevereiro de 1960, o magnata da imprensa, Assis Chateaubriand, proprietário dos Diários Associados e da revista semanal *O Cruzeiro*, um dos homens mais influentes do Brasil, publicou um artigo que podemos considerar premonitório: "Em vez de deixar o Rio, prófugo, como um exilado, [Juscelino] parte debaixo do arco de triunfo"[234]. E ao fim dessa longa e lenta encenação de despedidas, foi mesmo um arco do triunfo, "esse aparato augusto [...] muito necessário"[235], que Juscelino construiu para si mesmo. Ele era o herói carismático descrito por Max Weber, para quem cada ato é do campo do extraordinário[236]. Ele também se dirigiu ao conclave mágico reunido por ele e declarou: "Está escrito, mas em verdade eu vos digo"... e vos mostro.

---

234. *O Cruzeiro*, 27 de fevereiro de 1960.
235. Pascal, *Pensamentos*, trad. Sérgio Milliet, 4. ed., São Paulo, Nova Cultural, 1988, p. 60.
236. Max Weber, *Economia e sociedade*, São Paulo, Imprensa Oficial do Estado de São Paulo, 2004.

No entanto, diante dessa cortina fechada, surgiram dúvidas que *O Estado de S. Paulo* transcreveu com verve:

> *A hora é de euforia, uma grande e generalizada euforia, neurótica e delirante, como a provocada pela embriaguez, na fase avassaladora em que o ébrio se diz – e se sente – alegre. Hora, portanto, imprópria para a argumentação, o raciocínio, a crítica e a análise dos acontecimentos e da situação. Argumentos só se aceitam e compreendem os de copa e cozinha: mais uma dose, mais um salgadinho, que formam a "lógica" do anfitrião. Do único dono das festas e única autoridade que existe, neste momento, no País – o Sr. Juscelino Kubitschek, esse rei dos ciganos em pleno exercício da ciganagem. Um grande jornal de opinião, o* Correio da Manhã, *diz que a opinião pública foi "dopada" para atingir esse ponto. E tem razão. São os efeitos da dopagem que caracterizam este espetáculo de uma euforia que precede e anuncia a prostração correspondente à do coma etílico.*[237]

E ele apontou um dos principais problemas ocasionados por esse "jubileu de incoerência":

> *A que horas, em que instante, mediante que cerimônia deixou o Rio de Janeiro de ser o Distrito Federal para converter-se em estado da Guanabara? Ninguém sabe. A matéria foi deixada a critério da reportagem. Cada um que escolhesse, no programa, o momento que lhe agradasse e que lhe pareça mais característico.*

---

237. *O Estado de S. Paulo*, 22 de abril de 1960.

O próprio Juscelino pareceu hesitar antes de pegar o avião. Mas, no fim das contas, ele perguntou aos jornalistas: "Vocês estão achando a cidade triste ou alegre?"[238].

Em torno dessa dúvida, que questiona a própria eficácia da encenação e, de modo mais geral, o estado de espírito dos cariocas na hora em que termina a grande representação, começa o nosso segundo questionamento – nova parede do nosso edifício.

---

238. *Diário da Noite*, 21 de abril de 1960.

## II. POÉTICA DO ACONTECIMENTO

> Perto do coração selvagem da vida.
>
> *James Joyce*

Anunciada, encenada e ritualizada, a partida do Rio foi considerada um acontecimento. Nenhum imprevisto, ao menos aparentemente, nenhuma irrupção brutal do acaso ou do inesperado que dilacerasse a trama normal dos dias: simplesmente um acontecimento que impunha sua presença a distância. No vasto herbário dos acontecimentos que os historiadores compõem, aqueles que o poder encena são os menos apreciados por serem capazes de informar sobre o estado de uma sociedade – na melhor das hipóteses, permitem compreender a maneira pela qual o poder se representa. No entanto, olhando mais de perto, parece ser possível dar um destino melhor a esses acontecimentos: basta pensar no ponto de vista iluminado de Georges Duby sobre a batalha de Bouvines (também nesse caso, um acontecimento anunciado, encenado e ritualizado).

Assim, a partida do poder federal do Rio de Janeiro se apresenta como um estudo ideal para quem deseja avaliar as modalidades de percepção de um acontecimento. Três maneiras estão em jogo. Uma vez anunciada, ela foi, desde o início, *esperada* durante os meses que precederam o seu advento. Mas o que é aguardar um acontecimento? E o que sabemos dos sentimentos que se atropelam em cada um?

Em 20 de abril, dia em que ocorreu, o acontecimento foi *vivido*. Mas, novamente, o que significa viver um acontecimento? E o que sabemos do que ocorre? Lembremo-nos de Fabrice em Waterloo: "Assisti a uma batalha?". *A posteriori*, o acontecimento é, enfim, *(re)construído* – pelo poder, pela sociedade ou pelos historiadores: é nesse momento que ele atinge seu sentido pleno? Um historiador como Fernand Braudel tem uma atitude no mínimo ambígua, quando pede para desconfiarmos da história "ainda quente, tal como os contemporâneos a sentiram, descreveram e viveram segundo o ritmo das suas próprias vidas, breves como as nossas. Essa história tem a dimensão das cóleras, sonhos e ilusões dos seus contemporâneos"[239]. É preciso distinguir a esse ponto o sentido histórico da emoção despertada por um acontecimento? A emoção não participa do acontecimento, não o envolve? Sabemos muito bem que sim...

E é justamente aí que está o desafio do historiador: como contar o que ocorre? Como dar provas incontestáveis da "opacidade das coisas, da confusão do acontecimento quando ele se produz, que é o agora, quando se está totalmente inserido nele"[240]? Os escritores se aventuram nesse caminho árduo há muito tempo: pensamos sobretudo em Stendhal, Tolstói, Joyce, Faulkner... ou em Proust, quando convida os romancistas a "diferenciar as músicas dos dias"[241]. Os poetas também reconhecem uma fascinação pelo

---

239. Fernand Braudel, *O Mediterrâneo e o mundo mediterrâneo na época de Filipe II*, São Paulo, Martins Fontes, 1984, v. 1, p. 25.
240. Pierre Bergounioux, *L'invention du présent*, Paris, Fata Morgana, 2006, p. 40.
241. Marcel Proust, "Vacances de Pâques", *Le Figaro*, 25 de março de 1913.

abismo do presente[242]. Alguns tentaram pôr palavras nas "micropercepções alucinatórias" que aparecem nas dobras do acontecimento no momento do seu advento: "um marulho, um rumor, uma névoa, uma dança de poeira"[243]. Outros, ao considerar o acontecimento um "pretexto" (Baudelaire) ou uma "alavanca" (Apollinaire), tentaram desentocar a parte de infinito que vai além dele.

Tentei esboçar aqui o que poderíamos chamar de *poética do acontecimento* [244] – uma maneira de abrir um caminho verdadeiro, o mais próximo possível do acontecimento, para mostrar não o sentido, mas a maneira como ele nos afeta.

---

242. Consultar, por exemplo, Octavio Paz, *Convergências: ensaios sobre arte e literatura*, trad. M. W. de Castro, Rio de Janeiro, Rocco, 1991.
243. Gilles Deleuze, *A dobra: Liebnitz e o Barroco*, trad. Luiz B. L. Orlandi, Campinas, Papirus, 2006, p. 181.
244. Emprestei essa expressão de Predrag Matvejevitch, *Pour une poétique de l'événement*, Paris, Union Générale d'Éditions, 1979. Em *Approches de la poésie*, Roger Caillois define assim a poética: "Eu chamo de 'poética' o conjunto desses 'sinais' de inteligência que, além das palavras e dos poemas, mas incluindo-os a título de intercessores privilegiados, além dos objetos, das coisas, das emoções e das situações, dá a cada um, no espaço de um segundo, a percepção de um enigma, do qual ele afirma, não sem candura, ser o único a possuir a chave" (Paris, Gallimard, 1978, p. 254). Essa sensação de percepção integral nos remete à famosa tese número 5 de Walter Benjamin: "A imagem autêntica do passado só aparece num lampejo. Imagem que só surge para desaparecer para sempre, já no instante seguinte. A verdade imóvel que só espera o pesquisador não corresponde em nada a esse conceito da verdade em história" ("Thèses sur le concept d'histoire" [1940], em *Écrits français*, Paris, Gallimard, 1991, p. 341). É justamente como "intercessor privilegiado" que o historiador pode recorrer a alguns poemas na busca de um entendimento mais complexo de um acontecimento.

## 9. Crônicas de uma partida anunciada

> Estamos entre duas épocas, Augusto;
> chame isso de espera, e não de vazio.
>
> *Hermann Broch*

A expectativa que foi se formando nas semanas e dias que precederam 20 de abril de 1960 contribuiu para criar um clima e um estado de espírito que fariam parte da maneira como foi recebido o acontecimento. No entanto, diferentemente do escritor, só com muita dificuldade o historiador conseguiria "recompor, com tantos estilhaços dispersos, o espelho quebrado da memória"[245] dessa partida anunciada. Em compensação, partindo dos fragmentos, ele poderia tentar avaliar essa expectativa e suas implicações. Foi por isso que, em vez de uma análise exaustiva[246], mas cujos resultados corriam o

---
245. Gabriel García Márquez, *Crônica de uma morte anunciada*, trad. Remy Gorga Filho, 12. ed., Rio de Janeiro, Record, 1981, p. 13.
246. Entre 12 de julho e 21 de agosto de 1958, a questão da mudança da capital foi tratada de maneira detalhada numa série de reportagens organizadas pelo *Correio da Manhã*, que era o principal jornal carioca na época. Nada menos do que 38 artigos apareceram numa série intitulada "O que será do Rio de Janeiro?". Seguramente, não foi por acaso que essa questão foi abordada naquele momento: em junho, havia sido inaugurada, em Brasília, a futura residência presidencial (Palácio da Alvorada) e, em julho, começaram as obras de construção do palácio da Presidência (Palácio do Planalto). Repentinamente, Brasília tomava forma. O futuro do Rio estava traçado. Eis porque a proposta do *Correio da Manhã* não era, realmente, pensar no momento da partida, e sim enfocar suas consequências e implicações para os habitantes: "O que será do Distrito Federal depois que a capital emigrar para o Planalto Central? Como poderá o carioca enfrentar as despesas enormes dos serviços hoje pagos pelos cofres da União? Há um preceito constitucional que ordena a formação de um Estado da Guanabara, quando Brasília passar a ser capital. Sobre a organização deste Estado nenhuma providência foi ainda tomada. Teremos quantos municípios? Dois, três, dez, dezoito? [...] Estas são perguntas que estão no espírito de todos os moradores do Rio de Janeiro. O prazo para a adoção de providências urgentes é curto. 1960 está às portas e o Sr. Juscelino Kubitschek promete passar a faixa presidencial [a Constituição não permitia a reeleição], já gozando dos bons ares da serra. *O Correio da Manhã* começa hoje a movimentar a questão do futuro do Rio de Janeiro em uma série de entrevistas com pessoas ligadas à cidade e conhecedoras de seus problemas" (*Correio da Manhã*, 12 de julho de 1958). Essa longa série, publicada quase dois anos antes da mudança, ilustra as dificuldades de uma projeção para o futuro, para o que Ernst Bloch chamou de "o não-ainda-vivido"(*Le principe espérance*, Paris, Gallimard, 1959 [1ª edição 1938-1947]). Num tempo tão distante, mesmo que os debates fossem acirrados e as opiniões, bastante categóricas, a percepção do acontecimento ainda era imprecisa: o jornal propôs até que fosse evitada e, simplesmente, convidou a pensar no depois. Esses debates, por mais ricos que fossem, não

risco de serem desprezíveis diante da energia necessária para tal reconstituição, optei aqui pela apresentação, a título experimental, de algumas formas de expectativa desse acontecimento.

**Convite à espera**

Vamos nos fixar na proximidade do mês de abril de 1960, quando a inevitabilidade da partida da capital se impunha a todos como uma evidência: como o acontecimento a vir era, então, percebido ou esperado pelos cariocas?

Num editorial de 28 de março de 1960, denunciando o fraco investimento do governo na cidade do Rio, o jornal *O Globo*, propriedade do famoso magnata da imprensa Roberto Marinho, convidava os cariocas a se organizarem nos bairros para festejar o advento do estado da Guanabara: "O Rio será sempre o Rio!", proclamava. "Enfim sós... com o Rio de Janeiro", foi o título do dia seguinte: "Dia 21 de abril será uma grande festa para os cariocas [...]. ENFIM, SÓS!". Nessa leitura proposta pelo *Globo*, a expectativa muda de natureza: já não era a partida da capital que estava em jogo, e sim a nova partida para a cidade que essa oportunidade histórica oferecia. Era uma expectativa de renovação, de renascimento, e os cariocas eram convidados a se associar a ela.

O apelo d'*O Globo* obrigou os poderes públicos a também se envolverem no processo. Na edição de 1º de abril, o *Jornal do Brasil* informou que uma reunião havia sido realizada na véspera, no escritório da

---

podiam constituir o nosso ponto de partida. Uma análise rápida de seus conteúdos foi proposta por Marly Motta, *Rio de Janeiro: de cidade-capital a Estado da Guanabara*, Rio de Janeiro, Alerj/FGV, 2001.

Presidência da Câmara Municipal do Rio, para "organizar as solenidades comemorativas da transformação da Capital da República em Estado da Guanabara". O jornal destacou, sobretudo, a presença do diretor do Departamento de Turismo da prefeitura do Rio e de jornalistas credenciados: a partir daquele dia, todos fariam parte de uma comissão, presidida pelo vereador Sales Neto.

> *Após esclarecer que as solenidades nada têm a ver com as homenagens que a Câmara promoverá, o Sr. Sales Neto disse que elas se constituirão em verdadeira Festa da Cidade, com caráter eminentemente popular, necessitando por isso mesmo da colaboração da imprensa, a fim de que o acontecimento tenha a maior repercussão possível e o esplendor desejado por todos.*[247]

Estranhamente, O Globo não mencionou essa reunião, logo ele que desejava coordenar todas as iniciativas. Em compensação, enfatizou, edição após edição, o entusiasmo que o seu apelo criara entre os cariocas. Nos dias que se seguiram, afluíram à redação do jornal várias opiniões. Assim, na edição de 4 de abril, o jornal publicou a seguinte informação:

> *Os cariocas pedirão as bênçãos de Deus para o Estado da Guanabara na missa solene que com esse objetivo será mandada celebrar pela Irmandade de Nossa Senhora do Rosário e São Benedito dos Homens Pretos e pelo Instituto Histórico e Geográfico da Cidade do Rio de Janeiro, no dia 21 de abril, às dez horas. A carta da Irmandade ao nosso*

---

247. *Jornal do Brasil*, 1º de abril de 1960.

> *diretor Roberto Marinho, assinada pelo professor Armando Martins Viana, afirma que a iniciativa foi tomada em atenção ao "apelo cívico de O GLOBO, órgão que dignifica a nossa metrópole e que, nesta hora histórica de lutas pela formação do Estado da Guanabara, se tornou o maior arauto das reivindicações da população carioca.*[248]

Essa missa solene deveria ocorrer na igreja de Nossa Senhora do Rosário, "primeira igreja visitada em março de 1808 pelo príncipe regente D. João". "Ali ele se ajoelhou e rezou pelos destinos de Portugal e Brasil", diz o professor Ariosto Berna. "Nos fundos do templo, funcionou o Senado da Câmara, onde foram tomadas importantes decisões de interesse da Nação."

A Associação dos Amigos do bairro da Lapa não ficou atrás: numa carta ao jornal, declarou-se solidária com a iniciativa tomada pelo *Globo* e anunciou que os comerciantes do bairro tradicional deixariam suas vitrines iluminadas na noite de 21 de abril ("Para outros detalhes, poderão comunicar-se com a Sociedade Amigos da Lapa pelo telefone 42-4996"). Todas as associações de amigos de bairro se reuniram no bairro da Consolação (sic), para "coordenar suas iniciativas para a inauguração festiva do Estado da Guanabara". Um verdadeiro grupo de pressão se formou, então: o "Movimento Popular Pró-Organização do Estado da Guanabara". Isso porque, em alguns dias, o Congresso decidiria definitivamente o futuro do Distrito Federal: transformação em estado da Guanabara ou fusão com o estado do Rio? Tanto para as associações de bairro quanto

---

248. *O Globo*, 4 de abril de 1960.

para o jornal e o Instituto Histórico e Geográfico do Rio, que eram os pilares desse movimento, era preciso, antes de tudo, evitar a fusão com o estado do Rio. Uma delegação chegou a ir à Câmara Municipal para solicitar ao presidente, Ranieri Mazzilli, que a bandeira nacional fosse alterada, acrescentando-se mais uma estrela: "Trata-se de tese muito controvertida, que exige a análise cuidadosa de técnicos em simbologia, com os quais, aliás, já entramos em contato"[249]. E a campanha foi coroada de sucesso, pois a Assembleia Nacional votou (em 12 de abril) a lei para a criação do estado da Guanabara.

"Mais um fruto da campanha de *O GLOBO*" foi o título do jornal no dia 11 de abril, que informava os seus leitores sobre uma iniciativa original:

> *O aparecimento de dois discos de samba alusivos ao acontecimento e ao entusiasmo popular por esta gloriosa Cidade do Rio de Janeiro, que voltará à história, no dia 21. [...] Um dos discos apresenta como título o slogan que este jornal tem lançado: "Rio, sempre Rio!", com letra de Miguel Gustavo e música de Alcir Vermelho. O outro apresenta numa das faces o samba "Rio eterno" com música e letra de Lauro Müller. Na outra face, "Salve o Estado da Guanabara", letra de Ariovaldo Pires, música de E. Simão.*
>
> *"Assim que vi a campanha de O Globo sugerindo às autoridades que organizassem festas para o dia 21, e ao povo que participasse, tive vontade de lançar uma composição sobre o tema movimentado por aquelas magníficas reportagens", disse Miguel Gustavo ao informar*

---

249. *O Globo*, 4 de abril de 1960.

> *que o disco seria lançado por estes dias. "Será nossa homenagem à capital mundial do samba". [...] O representante da RGE que gravará "Rio eterno", Sr. José Scatena, aduziu que entregará a O Globo os cinquenta primeiros exemplares destinados aos amigos dos bairros cariocas. No selo desta gravação virá a seguinte inscrição: "Em homenagem a O Globo, o advogado do Rio de Janeiro".*[250]

E o jornal esclareceu que, numa reunião organizada em sua sede com as associações dos bairros, outras comemorações haviam sido anunciadas: uma partida de futebol organizada pelo Del Castilho Futebol Clube, um concerto do grupo Portugal em 21 de abril, às vinte horas, no Largo do Machado, em homenagem aos cariocas e, além de tudo isso, um grande desfile das escolas de samba na avenida Rio Branco, na noite de 20 de abril... O jornal, representado pela Secretaria de Turismo da cidade, também pediu às igrejas o favor de que "os sinos de todas as igrejas tocassem festivamente à zero hora do dia 21, ou seja, à meia-noite do dia 20 de abril".

A bela harmonia "festiva" teve algumas desafinações. Por exemplo, quando o famoso compositor Ary Barroso (autor do sucesso internacional "Aquarela do Brasil") pediu ao diretor de turismo da cidade do Rio que intercedesse em seu favor junto à escola de samba Estação Primeira de Mangueira para que esta desfilasse na sede do respeitado clube de futebol que ele presidia, o Flamengo. O desfile estava previsto para o dia 20 de abril, à noite, no mesmo momento em que todas as escolas de

---

250. *O Globo*, 11 de abril de 1960.

samba desfilariam na avenida Rio Branco. No entanto, desligando-se das outras escolas, o presidente da Mangueira aceitou o convite[251]. *O Globo* não mencionou essa iniciativa, assim como, aliás, não fez referência à espantosa manifestação organizada pelos habitantes da rua Professor Gabizo (no bairro da Tijuca): no dia 16 de abril, às dez horas da manhã, foi pendurado um boneco que representava o "Judas mudancista". Em seu testamento, Judas mencionava seu herdeiro, Juscelino Kubitschek, e os buracos que ele havia deixado nas ruas da Velha Capital – a Velhacap[252].

Essa encenação não agradou *O Globo,* que, todos os dias, anunciava novas iniciativas, convidando os cariocas a se reunirem e a imaginarem manifestações para receber o 21º estado da Federação, o seu estado, o estado da Guanabara. Se acreditarmos no jornal, nesses poucos dias que separavam a cidade e a fundação, uma verdadeira febre tomou conta dos cariocas: "Em numerosos clubes, os bailes de Aleluia foram animados com a exaltação ao Rio e a saudação vibrante ao Estado da Guanabara"[253]. Nas ruas, nas praças, os músicos tocavam o hino do novo estado, "Cidade Maravilhosa", e o povo repetia em coro as estrofes. A escolha desse hino pela Câmara Municipal do Rio, pouco antes de sua dissolução, entusiasmou o cronista Henrique Pongetti:

---

251. *Correio da Manhã,* 13 de abril. O fato de o presidente da Mangueira ter aceitado o convite do Ary Barroso talvez esteja relacionado à confusão que havia reinado no último carnaval. Naquele ano, as favoritas eram Portela e Salgueiro. O resultado do júri deu o primeiro lugar à Portela, o segundo à Mangueira e o terceiro ao Salgueiro. Porém, uma nova regra havia sido introduzida: a cronometragem. As escolas que ultrapassassem o tempo estabelecido seriam punidas. As duas primeiras perderam quinze pontos e o título coube ao Salgueiro. Os diretores das outras escolas reclamaram e o caso terminou em briga, com intervenção da polícia. No dia seguinte, foi realizada uma reunião para resolver o impasse. Ficou decidido que as cinco primeiras escolas seriam consideradas vencedoras. No domingo seguinte, um grande desfile foi organizado em Madureira, bastião da Portela, com todas as campeãs. Essas escolas não sabiam que haviam sido convidadas para comemorar o título da Portela. Sobre esse assunto, consultar Sérgio Cabral, *As escolas de samba,* Rio de Janeiro, Fontana, 1974, p. 133-5.
252. *Diário da Noite,* 16 de abril de 1960.
253. *O Globo,* 18 de abril de 1960.

> *Musiquinha gostosa, simpática e feliz, a de André Filho. Mal foi lançada pela voz de Aurora Miranda, se instalou na memória de todos como um "jingle" promocional das belezas do Rio e como uma afirmação canora da vaidade de ser carioca. [...] Quando um povo insiste assim em manter uma melodia, em torná-la prefixo, música de fundo e sufixo de seu dia, é porque nasceu hino, e ninguém a dissociará da alma da cidade.*[254]

Pouco a pouco foi tomando forma o que seria esse momento em que a cidade mudaria para a sua nova identidade – pelo menos na encenação de O Globo. No dia 20 de abril, à meia-noite, os sinos das igrejas soariam com toda a força e mais de 2 mil apitos de guardas-noturnos acompanhariam esse "momento histórico", em que toda a cidade repetiria em coro "Cidade Maravilhosa": "O Rio dos nossos avós despertará para assistir ao nascimento do Rio de nossos filhos, autônomo, célula-mãe de um novo estado, que já nasce com a glória de ter por sede uma cidade que tem o nome de Rio de Janeiro!"[255]. Até as cinco horas da manhã, espalhados por trinta locais públicos em toda a cidade, os guardas-noturnos velariam o Rio e os cariocas até a aurora de sua nova era, apitando a cada dez minutos. "Cariocas, todos na avenida", "Cariocas, em coro: Cidade Maravilhosa!", o jornal estampou com orgulho nas manchetes de sua edição de 20 de abril, visivelmente satisfeito com o sucesso de sua campanha.

---

254. *O Globo*, 16 de abril de 1960.
255. *O Globo*, 5 de abril de 1960.

Ao ocupar assim a frente da cena, *O Globo* criou uma expectativa nos cariocas para, em seguida, melhor dirigi-la e orientá-la. O ponto de tensão para o qual todas as iniciativas desejavam encaminhar os cariocas era a meia-noite de 20 de abril ou, para ser mais preciso, a zero hora de 21 de abril, quando, ao se encerrar uma página da história da cidade, outra poderia começar. A encenação de Juscelino visava atenuar o momento da passagem, da separação: o momento mais tenso era, evidentemente, o dia 20 de abril, mas às dez horas da manhã, momento de sua partida do Rio. Toda a diferença estava nessa defasagem de algumas horas: a expectativa que *O Globo* criou e para a qual convidou os cariocas não era a de uma partida, de um adeus, e sim a de uma "aurora"[256], a de um advento. No entanto, as festas concebidas pelo jornal não se opunham às manifestações oficiais do governo que acompanhariam a saída da capital: elas vinham completá-las, no tempo e no espaço, para comemorar uma outra leitura do acontecimento. Assim, enquanto a encenação prevista por Juscelino só incluía alguns bairros da cidade, essencialmente o centro (onde estavam espalhados os prédios do poder), a d'*O Globo* abarcava toda a cidade (dos belos bairros da zona sul às periferias populares da zona norte). Ela desenhava uma geografia simbólica que acompanhava os contornos do novo estado da Guanabara. Naquele Rio do mês de abril de 1960, a expectativa encenada pelo *Globo* era uma "força ativa"[257] que pretendia canalizar as esperanças, as inquietações ou a impaciência dos cariocas, reorientando-os para o único projeto simpático aos seus olhos: o nascimento do estado da Guanabara[258].

---

256. *O Globo*, 19 de abril de 1960.
257. Giorgio Agamben, *Signatura rerum. Sur la méthode*, Paris, Vrin, 2008, p. 126.
258. Na edição de 14 de abril de 1960, antes de ser votada a criação do estado da Guanabara e ainda sob a ameaça de uma

## Poética da espera

Mas vamos prosseguir na nossa investigação, pois é evidente que essa encenação d'*O Globo* não poderia resumir sozinha o que sentiam os cariocas com a aproximação de 20 de abril – muito pelo contrário, já que ela pretendia provocar um entusiasmo coletivo. É na análise de um sentimento talvez mais íntimo que devemos nos prender, um sentimento que nasceu com a perspectiva desse momento inevitável e amadureceu ao longo da espera.

Para uma tal exploração, ninguém poderia nos guiar melhor do que Gaston Bachelard, que meio século antes já convidava os filósofos (mas podemos estender essa convocação aos historiadores) a prestar atenção especial ao que os poetas têm a nos dizer sobre o nosso cotidiano:

> *As palavras – eu o imagino frequentemente – são pequenas casas com porão e sótão, o sentido comum reside no nível do solo, sempre perto do "comércio exterior", no mesmo nível de outrem, esse alguém que passa e que nunca é um sonhador. Subir a escada na casa da palavra é, de degrau em degrau, abstrair. Descer ao porão é sonhar, é perder-se nos distantes corredores de uma etimologia incerta, é procurar nas palavras tesouros inatingíveis. Subir e descer nas próprias palavras é a vida do poeta, subir muito alto, descer muito baixo, é permitido ao poeta do terrestre ao aéreo. Só o filósofo será condenado por seus semelhantes a viver sempre ao rés do chão?* [259]

---

fusão com o estado do Rio, a revista *Manchete* pôs a seguinte legenda numa foto: "De cima do Corcovado o Redentor contempla 3 milhões de cariocas confusos, à espera de um milagre legislativo".

259. Gaston Bachelard, *Poética do espaço*, trad. Antônio da Costa Leal e Lídia do Valle Santos Leal, São Paulo, Abril Cultural, 1979, p. 293.

É justamente para não permanecermos ao rés do chão da nossa demonstração que devemos levar em conta o testemunho dos poetas, ver suas imagens e entregar suas intuições à análise das emoções despertadas pela proximidade do acontecimento. De certa maneira, Robert Mandrou nos convidou a seguir esse caminho:

> *Num sentido, o campo da conjuntura mental é o da vanguarda, o da cultura, mais ou menos refinada, que dá o tom – ao menos na medida em que não haja uma discordância muito grande entre a vanguarda e o grosso da tropa. Assim, graças aos meios dotados de uma sensibilidade especialmente aguda, podemos detectar em cada época uma atmosfera que lhe é própria.*[260]

Alguns poetas e letristas, entre o fim de 1959 e o início de 1960, inspiraram-se no tema da partida da capital ou do advento do estado da Guanabara[261]. Primeiro vamos considerar as composições de sambas, a exemplo deste samba-exaltação (de temática patriótica ou nacionalista): "Salve o estado da Guanabara, capital do amor", lançado em abril de 1960. Escrito por Ariovaldo Pires, letrista e cronista de rádio mais conhecido pelo pseudônimo de Capitão Furtado, esse samba é o testemunho, nem que seja só pelo seu título, de uma

---

260. Robert Mandrou, *Introduction à la France moderne. Essai de psychologie historique, 1500-1640*, Paris, Albin Michel, 1961, p. 359. Na semana seguinte à abolição da escravidão (13 de maio de 1888), dezenas de poemas foram distribuídos nas ruas do Rio. Uma enquete coletiva foi organizada a fim de revelar o seu impacto na população carioca. Ver Renato Pinto Venâncio (org.), *Panfletos abolicionistas. O 13 de maio em versos*, Belo Horizonte, Arquivo Público Mineiro, 2007. Agradeço a Tânia de Luca a indicação dessa publicação.
261. Vamos assinalar simplesmente um samba de 1957, com letra de Billy Blanco, "Não vou pra Brasília": "Eu não sou índio nem nada/ Não tenho orelha furada/ Nem uso argola/ Pendurada no nariz/ Não uso tanga de pena/ E a minha pele é morena/ Do sol da praia onde nasci/ E me criei feliz/ Não vou, não vou pra Brasília/ Nem eu nem minha família/ Mesmo que seja/ Pra ficar cheio da grana/ A vida não se compara/ Mesmo difícil, tão cara/ Eu caio duro/ Mas fico em Copacabana".

necessidade, de um desejo: com a aproximação da grande mudança que aguardava o Rio, que iria se confundir com o estado da Guanabara, o importante era preservar para a cidade um título de capital, dessa vez inalienável: a capital do amor.

A escola de samba Portela se inspirou na mesma lógica para preparar o samba-enredo[262] do Carnaval de fevereiro de 1960: "Rio, capital eterna do samba". Como as escolas de samba precisam de quase oito meses para preparar um desfile (carros, fantasias, coreografias, obtenção de auxílio financeiro...), deduzimos que esse tema deve ter sido escolhido por volta do mês de maio ou junho de 1959. Com certeza, a letra ainda não estava pronta nessa data, mas a ideia estava no ar no popular bairro de Madureira (zona norte do Rio), onde nasceu a Portela. Não podemos nos esquecer que, na época, o samba era a música do povo do Rio, dos bairros pobres e das favelas, diferentemente da então recente bossa-nova, música da classe média dos belos bairros da zona sul. Aliás, com esse título, a escola venceu o Carnaval de 1960.

*Cidade de São Sebastião do Rio de Janeiro*
*Rainha das paisagens*
*Maravilha do mundo inteiro*

*O teu cenário histórico*
*Passamos a ilustrar*

---

262. Naquele ano, o enredo da Portela foi "Rio, capital eterna do samba". Com exceção da Mangueira, cujo enredo foi "Carnaval de todos os tempos", as outras escolas classificadas escolheram temas bem diferentes: o do Salgueiro foi "Quilombo dos Palmares" (povoado de escravos negros fugitivos que resistiu por longos anos às tropas portuguesas, no século XVII) e o do Império Serrano foi "Medalhas e Brasões", um samba que louvava as glórias militares do Brasil.

*O sonho do teu fundador Estácio de Sá*
*Simbolizando em cânticos alegres*
*Hoje vieram exaltar*
*Estão consumados*
*Cidade, teus ideais*
*Apologia a teus vultos imortais*
*Rio dádiva da natureza*
*Aquarela universal*
*Os sambistas te elegeram ao som da música*
*A nova Guanabara, eterna capital*
*De encantos mil*

*Lá, lá, lá, lá, lá...*
*Orgulho do meu Brasil*

Embora estejamos lidando com versos de pé-quebrado, é importante respeitá-los: escritos pelos poetas e músicos da Portela, podemos considerá-los a expressão de um sentimento popular, pois as escolas de samba se julgavam intérpretes do povo do Rio. Na época do Carnaval, milhões de cariocas repetiram em coro essas palavras.

Portanto, com a aproximação da partida da capital, os sambistas quiseram se dirigir aos cariocas para lhes transmitir uma mensagem: a cidade do Rio possui uma coroa que não pode ser tirada dela, uma qualidade intransmissível – a beleza de suas paisagens, de seus encantos naturais, reconhecida no mundo inteiro. Foi nesse maravilhoso cenário que se passou a história do Brasil – e isso também não pode ser tirado dela. Então, quando o governo estava prestes a privar o Rio de seu título de capital federal, os sambistas lhe deram – "ao som da música" – o de capital encantada. E se esse samba começava com o título histórico pelo qual a cidade é conhecida "universalmente" (São Sebastião do Rio de Janeiro), ele termina com seu novo título, que a torna eterna, o de nova Guanabara. Para reforçar o peso da mensagem, os autores desse samba fazem alusão a dois grandes hinos populares: um em homenagem ao Rio, "Cidade Maravilhosa", de André Filho ("de encantos mil"), e o outro em homenagem ao Brasil, "Aquarela do Brasil", de Ary Barroso.

Nessa leitura popular do acontecimento, os cariocas foram convidados a superar o momento da mudança que se anunciava, para valorizar os elementos permanentes que fizeram a fama do Rio e que nenhuma decisão poderia pôr em dúvida. Isso porque eram essas características que faziam dela uma capital. Aliás, encontramos esse mesmo argumento na pena da poetisa carioca Stella Leonardos, que, num pequeno poema escrito no início de 1960, evocou a "graça capital" do Rio.

*Que não sejas Capital.*
*Ninguém roubará teu sol.*
*Ninguém levará teu sal.*
*Teu sorriso mago atol*
*De fluido marfim-coral,*
*De alegria tornassol,*
*De beleza ao natural.*
*Graça de ondas, cumes, sol*
*– Tua graça capital.*

A proximidade dessa grande transformação é sentida pelos poetas como um convite para sair em busca do que faz a identidade profunda do Rio e dos cariocas. Vamos ouvir Vinicius de Moraes, poeta e diplomata, carioca nascido na Gávea (zona sul) e um dos fundadores da bossa-nova. Surpreendentemente, ele consagrou uma pequena crônica[263] ao estado da Guanabara. Seu testemunho, talvez menos popular, mas igualmente carioca, ofereceu outra visão das emoções despertadas pela expectativa.

"Um repórter me telefona, eu ainda meio tonto de sono, para saber se eu achava melhor que o Distrito Federal fosse incorporado ao Estado do Rio, consideradas todas as razões óbvias, ou se preferia sua transformação no novo Estado da Guanabara. Sem hesitação optei pela segunda alternativa."[264] Depois de uma rápida justificativa de ordem política ("o Distrito Federal constitui uma unidade muito peculiar dentro da Federação"), em que, de certa maneira, o diplomata leva a melhor, o poeta retoma as rédeas. Essa simples pergunta foi percebida por Vinicius como uma incitação a explicitar o que era a identidade carioca e por que ela não podia ser fundida em outra: "Um carioca que se preza nunca vai abdicar de sua cidadania".

---

263. O termo "crônica", que emprego aqui, deve ser entendido de um ponto de vista específico. Trata-se de um pequeno texto, geralmente publicado nos jornais ou revistas semanais, de autoria de um escritor ou poeta: oscilando entre reportagem e literatura, "a crônica pega o miúdo do cotidiano e mostra nele uma grandeza, uma beleza ou uma singularidade insuspeitadas" (Antonio Candido, *Formação da literatura brasileira*, Belo Horizonte, Itatiaia, 1981). No Brasil dos anos 1950-1960, os grandes poetas e escritores tinham suas crônicas publicadas num dos jornais ou nas revistas semanais do país.
264. Vinicius de Moraes, "Estado da Guanabara", em *Para viver um grande amor*, Rio de Janeiro, José Olympio, 1984, p. 185.

*A verdade é que ser carioca é antes de mais nada um estado de espírito. Eu tenho visto muito homem do Norte, do Centro e do Sul do país acordar de repente carioca, porque se deixou envolver pelo clima da cidade e quando foi ver... kaput! [...]*

*Pois ser carioca, mais que ter nascido no Rio, é ter aderido à cidade e só se sentir completamente em casa em meio a sua adorável desorganização. Ser carioca é não gostar de levantar cedo, mesmo tendo obrigatoriamente de fazê-lo; é amar a noite acima de todas as coisas, porque a noite induz ao bate-papo ágil e descontínuo; é trabalhar com um ar de ócio, com um olho no ofício e outro no telefone, de onde sempre pode surgir um programa; é ter como único programa o não tê-lo; é estar mais feliz de caixa baixa do que alta; é dar mais importância ao amor que ao dinheiro. Ser carioca é ser Di Cavalcanti.*

*Que outra criatura no mundo acorda para a labuta diária como um carioca? Até que a mãe, a irmã, a empregada ou o amigo o tirem do seu plúmbeo letargo, três edifícios são erguidos em São Paulo. Depois ele senta-se na cama e coça-se por um quarto de hora, a considerar com o maior nojo a perspectiva de mais um dia de trabalho; feito o que, escova furiosamente os dentes e toma a sua divina chuveirada.*

*Ah, essa chuveirada! Pode-se dizer que constitui um ritual sagrado no seu cotidiano e faz do carioca um dos seres mais limpos da criação. [...] Essa chuveirada – instituição carioquíssima – restitui-lhe a sua euforia típica e inexplicável [...] e, integrado no metabolismo de sua cidade, vai à vida, seja para o trabalho, seja para a flanação em que tanto se compraz.*

A nova capital do Brasil foi inaugurada em 21 de abril de 1960. Uma página da história, na qual o presidente Juscelino Kubitschek pretendia gravar seu nome, foi virada. Mas como encenar a mudança do Rio para Brasília?

No dia 20 de abril, por volta das nove horas, Juscelino Kubitschek se despede dos funcionários do Palácio do Catete. Último ato de uma longa cerimônia de adeus que começara alguns dias antes...

No dia 12 de abril, no Palácio Pedro Ernesto, Juscelino recebe o título de Cidadão de Honra da cidade do Rio de Janeiro. Ele pronuncia seu primeiro discurso de despedida.

Em 19 de abril, o ritmo se acelera: de manhã, no cais da Marinha, ele recebe o representante do papa que chegava de Portugal...

... antes de ir, no fim da manhã, ao Ministério das Relações Exteriores. Mais um discurso de despedida diante dos embaixadores dos países americanos...,

... e no Palácio das Laranjeiras, pouco antes das vinte horas, Juscelino assina um decreto de anistia antes de pronunciar, pelo rádio, o último discurso de adeus ao povo carioca.

Na noite de 19 de abril, um carnaval de despedida foi organizado na avenida Rio Branco. Ranchos, blocos carnavalescos e grupos de frevo desfilam para saudar a última noite do Rio capital.

A multidão se espreme para assistir ao carnaval, mas o sucesso não durou muito: organizado às pressas e com poucos recursos, ele foi interrompido em torno das 23 horas.

Fotos desta página: *Manchete*, 30 de abril de 1960.
© Acervo da Fundação Biblioteca Nacional – Brasil

Na manhã de 20 de abril, a multidão se reuniu em frente ao Palácio do Catete: o presidente sairia de lá pela última vez.

No palácio, Juscelino Kubitschek se despede dos funcionários da Presidência e toma um último café.

No pátio, estudantes que encarnam o Brasil de amanhã o aguardam, comportados.

Por volta das 9h30, seguido da família e dos membros do governo, o presidente desce os degraus do Palácio do Catete. Divulgada em toda a imprensa, a imagem viria a ser a representação oficial da partida do poder.

No pátio, Juscelino abraça dois alunos. A foto, que apareceu no dia seguinte na primeira página do *Diário da Noite*, simbolizava a passagem do Brasil de ontem para o de amanhã.

Por volta das dez horas, o presidente e o vice-presidente embarcam para Brasília. "Viva o estado da Guanabara!", exclama Juscelino Kubitschek.

## NASCE O ESTADO DA GUANABARA

Na noite de 20 de abril, foi organizado mais um carnaval.

Desta vez, é festejado o nascimento do estado da Guanabara ao ritmo do samba.

Para o novo estado, nova estrela: o governador provisório, Sette Câmara, costura na bandeira brasileira a estrela que representa o estado da Guanabara.

Fotos desta página: *Manchete*, 7 de maio de 1960.
© Acervo da Fundação Biblioteca Nacional – Brasil

"Vai, vai para tua Brasília de uma vez, ingrato... Mas dor de barriga não dá uma vez só, não!". *Diário da Noite*, 20 de abril de 1960.

"Prefiro o tamanho pequeno". *Diário da Noite*, 22 de abril de 1960.

"Nasce uma estrela". *Tribuna da Imprensa*, 21 de abril de 1960.

"Velhos amores". *O Estado de S. Paulo*, 23 de abril de 1960.

Ilustrações: © Acervo da Fundação Biblioteca Nacional – Brasil

*Visão*, 22 de abril de 1960.
© Acervo da Fundação Biblioteca Nacional – Brasil

22 de abril: na primeira página da revista *Visão*, um engraxate contempla a praia de Copacabana.

Depois da partida da capital e encerrados os festejos, enfim sós, os cariocas tomam posse da cidade.

*Maquis*, 8 de maio de 1960.
© Acervo da Fundação Biblioteca Nacional – Brasil

Obviamente, Vinicius de Moraes força a mão ao pintar o retrato de um carioca indolente, que vive em defasagem com a sociedade e, no entanto, em harmonia com a sua cidade – um malandro, em resumo, um desses boas-vidas que vivem o dia a dia de artifícios diversos. Porém, o mais importante não está aí. Nessa espantosa crônica, nascida de uma pergunta improvisada, o poeta desvia o problema do futuro do Rio: de um desafio institucional, ele o transforma numa reivindicação identitária. Aos olhos do poeta, a hipótese que pesa sobre o futuro da cidade põe a nu a identidade carioca. Ora, é em torno dela que seriam definidos os futuros contornos da vida no Rio. Portanto, era preciso redescobri-la para melhor poder preservá-la. Essa identidade, sem nenhuma outra semelhante no Brasil, no entanto, não está ligada ao sangue ou ao solo: ela é um "estado de espírito" e se manifesta por um conjunto de atitudes características. Sob esse ponto de vista, não era tanto a partida da capital que ameaçava a integridade do Rio, e sim o risco de uma fusão com o estado do Rio e a eventual diluição da identidade carioca no seio da cultura fluminense:

> *Vai ser muito difícil a um carioca dizer que é fluminense, sem que isso importe em qualquer desdouro para com o simpático estado limítrofe. O negócio é mesmo chamar o Distrito Federal de Estado da Guanabara, que não é um mau nome, e dar-lhe como capital o Rio de Janeiro, continuando os seus filhos a se chamarem cariocas.*

Portanto, encontramos em Vinicius de Moraes a mesma necessidade de mostrar um traço permanente diante da mudança que se anunciava.

A poucos dias da transferência – mais exatamente em 18 de abril –, o poeta, escritor e jornalista Fernando Sabino escreveu sua crônica semanal para a revista *Manchete*. Logo de início, tentou dramatizar o momento:

> *Aproxima-se a hora da capitulação. Mais um pouco e cairá a capital da República. O Governo já se retira e a cidade está sendo rapidamente abandonada. Estou escrevendo debaixo de cerrado fogo: reclamações sibilam no ar, explodem protestos de todos os lados. Caem as últimas defesas e a população, apreensiva, vê seus dias contados.*[265]

E o nosso poeta teceu a metáfora guerreira, descrevendo uma cidade sitiada, violentada pelas *tropas de inauguração do governo*:

> *Não aconteceu nada, apenas uma chuvinha ou outra – mas a cidade foi sacudida por um terremoto. O asfalto se abre em crateras. Há lama e podridão nas sarjetas. Peixes mortos na Lagoa Rodrigo de Freitas. A orla do mar exala mau cheiro. O mato se alastra no que ontem foi inaugurado como mais uma esplêndida obra da municipalidade. Obras abandonadas em meio, depois da conquista pelas tropas de inauguração do governo.*

---

265. *Manchete*, n. 420, 7 de maio de 1960.

Essa tensão lhe permitiu mostrar a confusão de sentimentos que se espremiam nele e a sua incapacidade de enfrentar com serenidade o que acontecia: "Estou escrevendo desordenadamente, sob a impressão de que a invasão pode se dar a qualquer momento: invasão do cansaço, da angústia, do medo, da desesperança". Sabino se sentia agredido pelas notícias que chegavam de todas as partes: pelo rádio, pela televisão...

> *Alguém está falando pela televisão que tudo vai bem, a cidade se embeleza para enfrentar a humilhação da derrota – a de perder a glória de ser a Capital da República. [...] Ligo o rádio transistor com que me disponho a fugir, capto apenas a Rádio Relógio Federal: são oito horas e vinte e sete minutos da noite, o locutor anuncia ao terceiro sinal. Hora da cidade deserdada. Noite de sacrifício de uma população outrora pacífica, alegre, feliz. Os habitantes enchem as ruas, os bares, os cinemas, desorientados, sem saber o que fazer nem aonde ir. Alguns interrogam o céu. Chegou a hora da mudança, chegou a hora de fugir daqui para destinos menos sombrios: este será o último comunicado. De um momento para outro a cidade pode ir pelos ares, desintegrada em tanto sofrimento, ou afundar-se no mar, ao peso de tanta miséria.*[266]

Mas seria por desespero que ele pintava uma situação sem saída, ou antes para fazer pouco, para ridicularizar uma propaganda, exagerando grosseiramente a ruptura que viria? Talvez, no fim das contas, fosse um pouco dos dois para esse carioca por adoção, ao

---
266. *Manchete*, n. 420, 7 de maio de 1960.

ironizar uma retórica do governo da qual ele desconfiava havia muito tempo (aliás, ele havia feito campanha contra Juscelino Kubitschek em 1955, apesar dos avanços deste último). E essas crônicas também lhe davam a ocasião de mostrar como os pequenos fatos reais, que ele chamou de "aventura do cotidiano"[267], eram portadores de emoções profundas, às quais ele dava uma atenção contínua. Sem sombra de dúvida, naqueles dias que precederam a partida do poder, ele se sensibilizou com a preocupação que tomou conta de alguns cariocas quanto ao futuro de sua cidade e ao seu devir. Que a mudança não tenha sido assim tão caricatural quanto o anunciado é uma coisa, mas que também não tenha deixado de afetar a cidade e seus habitantes é outra bem diferente.

## Carlos Drummond de Andrade, um poeta na expectativa

Esse sentimento é claramente compartilhado por Carlos Drummond de Andrade, o maior poeta brasileiro da sua geração. Em 21 de fevereiro de 1960, ou seja, dois meses antes da mudança, ele assinou (e datou) um poema intitulado "Canção do Fico". Depois das pobres rimas populares, depois da prosa animada dos cronistas, eis a poesia. É bem verdade que é uma poesia circunstancial[268], mas

---

267. Era assim que Fernando Sabino intitulava suas crônicas.
268. Lembramos aqui a definição do Littré: "Circunstância é o que está em volta". Sobre os debates relativos à poesia circunstancial, desde os poetas da Antiguidade grega e latina até os poetas da resistência na Europa, passando por Píndaro, Dante e Goethe, remetemos aqui aos notáveis trabalhos de Predrag Matvejevitch, *Pour une poétique de l'événement* (Paris, Union Générale d'Éditions, 1979); "Addenda pour une poétique de l'événement", *Studia Romanica et Anglica Zagrabiensia*, 1978, v. 23, n. 1-2, p. 21-31. O autor assinala que a Primeira Guerra Mundial despertou um movimento poético inigualável, que ia da simples poesia nacionalista à poesia de alcance universal (e, aqui, pensamos em Apollinaire).

que, em Drummond, não é tão prisioneira do acontecimento que lhe dá forma: as circunstâncias criam nele um estado poético que projeta para o não ainda vivido, despertando sua consciência antecipadora[269]. Nascido em 1902, numa pequena cidade do estado de Minas Gerais, Carlos Drummond de Andrade era funcionário do Serviço do Patrimônio Histórico Nacional. E para ele, a dois anos da aposentadoria, a partida da capital surgia com mais acuidade porque poderia afetá-lo diretamente. O olhar de Drummond nos interessa por duas razões: primeiro, porque ele não era um carioca de nascimento, e sim de adoção (ele se instalou no Rio em 1934, a convite do ministro da Cultura); segundo, porque seu percurso estava ligado ao do Modernismo, do qual Brasília era, então, o exemplo mais bem acabado: Drummond havia sido um dos promotores do Modernismo mineiro, antes de acompanhar a trajetória dos modernistas no Rio – sobretudo de Lúcio Costa, com quem trabalhou diretamente no Instituto do Patrimônio Histórico nos anos de 1930. Assim, muito antes do grande público, ele teve conhecimento do projeto de Costa para Brasília, cuja audácia o fascinou. Em 21 de outubro de 1956, ele assinou um poema intitulado "Destino: Brasília". Escrito em tom de admiração (com algumas pontas de ironia), Drummond anunciava sua intenção de ir "no rumo de Brasília [...]. Lá fundarei uma Arcádia". Mas ele também pressentia, e poderíamos acrescentar "já", as conseqüências que tal criação teria para o Rio:

---

269. Sobre esse assunto, consultar as obras de Ernst Bloch, em especial *Le principe espérance*. A filosofia da esperança de Bloch é, antes de tudo, uma teoria do não-ainda-ser nas diversas manifestações: o não-ainda-consciente do ser humano, o não-ainda-ocorrido da história, o não-ainda-manifesto no mundo.

> *Vou no rumo de Brasília*
> *que o Rio está de amargar.*
> *[...]*
> *Vou no rumo de Brasília,*
> *O Catete vai ficar.*
> *Se ele for, eu rogo auxílio*
> *A Exu, monarca do ar.*

E eis que no início do ano de 1960, "a dois meses de mudança/ dos dirigentes de prol", Drummond anunciava publicamente (o poema foi publicado na crônica que ele escrevia para o *Correio da Manhã*)[270] a sua intenção: "Eu fico". De fato, o título era explícito: "Canção do Fico", e remete à famosa réplica do príncipe dom Pedro, no dia 9 de janeiro de 1821. Eis as primeiras estrofes:

> *Minha cidade do Rio,*
> *Meu castelo de água e sol,*
> *A dois meses de mudança*
> *Dos dirigentes de prol;*
>
> *Minha terra de nascença*
> *Terceira, pois foi aqui,*
> *Em êxtase, alumbramento,*
> *Que o mar e seus mundos, vi;*

---

270. Ele publicava três crônicas por semana ("Imagens do Brasil"): às terças, às quintas e aos domingos. A esse respeito, consultar Cláudia Poncioni, "CDA, cronista do *Correio da Manhã*", *O eixo e a roda, Revista de literatura brasileira*, v. 8, Belo Horizonte, UFMG, 2002, p. 135-51.

*Minha fluida sesmaria*
*De léguas de cisma errante,*
*Meu anel verde, meu cravo*
*Solferino, mel do instante;*

*Saci oculto nos morros,*
*Mapa aberto à luz das praias,*
*Códice de piada e gíria,*
*Coxas libertas de saias;*

Esse poema é uma declaração de amor à cidade que havia adotado o poeta. Eis porque ele a elegeu como "terra de nascença/ terceira". Ela era mesmo o lugar de um renascimento: a aprendizagem do oceano, a experiência dos grandes espaços, "mapa aberto à luz das praias", levaram o poeta a fazer seu "mel do instante". Agora, ele havia se integrado à cidade que passara a ser sua musa, arrastando-o para a "cisma errante", convidando-o a sentar nesse "parlamento das ruas", à espreita do novo: da riqueza da cultura popular ("gíria", "piada", "favelas", "samba", "terreiro de São Jorge") à experiência das "coxas libertas de saias". Ele vive um verdadeiro "noivado" com a cidade desde seu "batismo na onda".

Com a aproximação da partida, o poeta revisitou os lugares onde, "em êxtase", "sob a unção de oitenta luas", ele fora buscar inspiração. Do bairro chique da Gávea aos bairros populares de Andaraí, Meier e Barra, do Corcovado ao Pão de Açúcar e ao Jardim Botânico, é para uma geografia sensível que ele nos convida. O cheiro de peixe, ou de "livros velhos", o murmúrio da água escorrendo no "chafariz do Lagarto", o "calor" e a "brisa" convidam à "calma", à serenidade. Mas esses lugares também eram povoados de lembranças: desfilam cinematograficamente na memória de Drummond as imagens destas sombras que ainda habitavam as ruas da cidade: Rui Barbosa, Campos Porto, Rodrigo... Era essa "paisagem" povoada de experiências, sentimentos de amizade e alegria que lhe voltavam ao espírito.

E, bruscamente, como violentado pela consciência dessa partida iminente, o nosso poeta deu um salto do íntimo para o coletivo. De repente, ele se fez porta-voz de um sentimento compartilhado pelos cariocas. Ele era um deles, e sua história de amor com a cidade não era tão singular que não pudesse ser comparada a tantas outras. Essa cidade, "que tantos bens deste a todos", deu-se ao Brasil e aos brasileiros. E o que ela recebeu em troca? Nem "gratidão" nem "carinho". Os "dirigentes de prol" entregaram suas ruas ao abandono, não querendo mais ver, sob a aparência miserável, os "cristais de orvalhada" que ainda eram o charme de sua "beleza infante". Foi dessa mal-amada, "malvestida", que Drummond assumiu a defesa no momento em que ela era objeto de mais uma violência: E "agora te dão em troco", como o produto vulgar de um saque.

Mas ele fez questão de tranquilizar os cariocas (ou tranquilizar a si mesmo, devendo isso à cidade que soube apaziguar seus medos): essa "graça" não será atingida pelo que "se" (Drummond gostava de insistir no impessoal do gesto) lhe vão retirar. Tudo isso, "que, no fundo, é fumaça", aparências, vaidades, não mudava em nada a identidade profunda da cidade. Eis porque o poeta pôde terminar com esta declaração de amor a sua cidade:

*Rio antigo, Rio eterno,*
*Rio-oceano, Rio amigo,*
*O governo vai-se? Vá-se!*
*Tu ficarás e eu contigo.*

Esse último verso, que Carlos Drummond de Andrade pronunciou em seu nome e em nome dos interesses dos cariocas, soa como uma declaração de desconfiança contra o governo: é por isso que ele não hesitou em vestir a roupa de dom Pedro, que, para o bem do Brasil, ousou desafiar a corte portuguesa.

A três dias da partida, sempre na crônica do *Correio da Manhã*, Drummond publicou outro poema: "Guanabara". A criação do estado da Guanabara acabara de ser decidida pelos deputados e senadores (e, portanto, a incorporação do Distrito Federal ao estado do Rio havia sido abandonada); o nome do governador provisório, Sette Câmara, havia acabado de ser divulgado. Sua tarefa era preparar as eleições para o primeiro governador, em outubro de 1960, e coordenar a redação de uma Constituição para esse novo estado da Federação. Para isso, o mandato dos vereadores foi alterado: eles se tornaram deputados da Assembleia Constituinte – o que a oposição considerou uma forma de golpe de Estado.

Esse poema está longe de ser o melhor de CDA – como ele gostava de assinar suas crônicas. Mas não podemos nos esquecer de que nada o obrigava a escrever um poema, em vez de uma crônica em prosa. Portanto, devemos considerar a forma poética como fruto de uma escolha pensada, que combina com uma consciência antecipatória, particularmente exacerbada pela expectativa que chegava ao fim. A escrita poética surgiu naquele momento como uma maneira de transcender o presente para se projetar no futuro do Rio – o estado da Guanabara. Não se tratava, portanto, de uma adesão pura e simples à propaganda governamental, mas, ao contrário, da evolução de uma reflexão: depois de anunciar sua intenção de ficar no Rio, ele queria avaliar as implicações concretas dessa escolha. Enquanto espera, o poeta é o vigia do que acontece. Nessa brecha que se abria no cotidiano, ele vestiu, ao mesmo tempo, a roupa do profeta (anunciando o tempo que estava por vir) e a do apóstolo (falando da chegada desse tempo), sempre se projetando para a frente, para sublimar angústias e inquietações que brotavam de um presente cheio de interrogações. Essa é uma das propostas de "Guanabara":

> *Distinto doutor Sette Câmara,*
> *JK lhe deu uma tâmara*
> *por sua festa Natalícia?*
> *Uma embaixada pontifícia*
> *ou um Volkswagen de 60,*
> *souvenir gracioso, que tenta*
> *o cidadão, e que sempre há de*
> *provar a perfeita amizade?*
> *[...]*
> *Ficamos livres de Falcão,*
> *de Peixoto e da multidão*

> *de solertes paraquedistas*
> *a tocaiar novas conquistas.*
> *Mas será que ficamos mesmo?*
> *Meu pensamento salta a esmo...*
> *Tudo escuro. Sem almenara,*
> *nasce o Estado de Guanabara.*
> *Filho sem pai, mas com padrasto,*
> *é logo presa fácil, pasto*
> *de quantos, por trás da cortina,*
> *tão mão boba com vista fina.*[271]

Sentimos que esse poema foi "feito às pressas" (Montaigne) e, por isso, é fortemente prisioneiro das próprias circunstâncias de sua confecção, retomando os jogos de palavras e as piadas em moda, ou as denúncias fáceis sobre representantes políticos... Por isso, é importante não condená-lo rápido demais. Alguns versos esclarecem as formas que a espera adquire à medida que a partida se aproxima. Encontramos um estado psicológico semelhante ao de Fernando Sabino: "Meu pensamento salta a esmo.../ Tudo escuro". Não é por falta de pensar na partida e em suas consequências, mas, de repente, "sem almenara, nasce o estado de Guanabara". Eis um elemento novo que é preciso ser integrado: o futuro tem um nome, possui uma forma. Podemos saudá-lo, e, aliás, nosso poeta o faz, mas aí está o desafio: era preciso enfrentar

---
271. *Correio da Manhã*, 17 de abril de 1960.

o destino e aceitar recomeçar "teu caminho entre destroços,/ dívidas, dúvidas e ossos".

Carlos Drummond de Andrade insistiu neste aspecto: para que o "Rio velho" se funde em Guanabara, seria preciso ter força e coragem para recomeçar e, provavelmente, esquecer o brilho da cidade-capital, que dispunha de fama e reconhecimento. Também seria conveniente proteger esse "estado menino" contra todas as cobiças das quais ele fatalmente seria objeto – e essa era exatamente a tarefa de Sette Câmara e de todos os cariocas de coração. O poeta terminou o poema, então, com uma invocação, na qual transpareciam, ao mesmo tempo, um desejo e uma esperança:

*– Ó Rio velho, sempre novo!*
*junta o riso e a força do povo,*
*e compõe teu próprio destino,*
*Guanabara, estado menino!*

## 10. Na antecâmara do acontecimento

> Então, sim, os avisos de tempestades, de naufrágios, de prazeres: uma espera e ninguém realmente examinou a espera, essa antecipação do vivido a respeito do ainda não vivido.
>
> *Jean Duvignaud*

Em seu famoso ensaio *L'ordre du temps*, Krzysztof Pomian explica que "uma espera continua a ser uma espera, quer ela tenha por objeto a dissolução de um pedaço de açúcar ou qualquer outra coisa"[272]. Ele refutou a famosa imagem usada por Henri Bergson para ilustrar a relatividade do tempo, a de um homem esperando um pedaço de açúcar se dissolver num copo de água: "Pois o tempo que preciso esperar já não é mais esse tempo matemático. Ele coincide com a minha impaciência"[273]. O caso que acabamos de estudar indica que as coisas não são tão simples como Pomian quis dar a entender. É bem verdade que o tempo de espera pode ser medido de acordo com as convenções do calendário em vigor e, nesse caso, pouco importa o objeto dessa espera, mas (e é por isso que ele nos interessa como historiador, e por isso que me aproximo de Bergson) ele também é vivido ao se inserir no amplo campo das emoções.

O lapso de tempo que separou o anúncio da data da mudança da capital da própria mudança era de uma essência muito particular:

---
272. Krzysztof Pomian, *L'ordre du temps*, Paris, Gallimard, 1984, p. 312.
273. Henri Bergson, *A evolução criadora*, trad. Bento Prado Neto, São Paulo, Martins Fontes, 2005, p. 10.

dotado de um objetivo, fugia da cronologia normal das coisas e se distinguia por um ritmo e uma amplitude próprios. Assim, a consciência do acontecimento que virá pode surgir em certos momentos para desaparecer em seguida, voltando mais tarde carregada de outros significados. Mais longe ou mais perto do acontecimento, a tensão criada pela espera mudou à proporção que seu objeto evoluiu. Era uma partida esperada, com o que ela supunha também de perda e de vazio? Ou era o nascimento de um novo estado e, portanto, no fundo, um renascimento? Tantas leituras, não opostas, mas distintas, interrogavam os desafios dos dois lados da mudança esperada. Assim, o tempo de espera gera representações que *a priori* impregnam de sentido o acontecimento que virá: ele faz nascer esperanças, projetos, mas também angústias e inquietações. O sentimento de certeza ligado à sua realização é acompanhado de uma parte de dúvida e de imprevisível – como ele vai se desenrolar? O que sucederá depois?

Esse tempo de espera, como vimos, é também objeto e disputa de poder, que oferece a oportunidade de impor *a priori* uma chave da leitura do que deve ocorrer. Juscelino Kubitschek, em sua longa encenação, havia previsto um cenário que ia do anúncio da partida da capital federal ao anúncio da instauração de um novo estado. Na opinião dele, havia nisso uma progressão que permitiria transmitir, pedagogicamente, uma mensagem aos cariocas. O importante para ele era, sobretudo, evitar a sensação de vazio que a partida da capital poderia criar. De sua parte, o jornal *O Globo* havia marcado a data de 21 de abril para o acontecimento, e não a do dia 20, como Juscelino. O que o jornal queria era impor uma outra análise, que podemos considerar complementar à análise do governo, mesmo que esse não fosse exatamente seu objetivo ao convidar os cariocas a se reunirem em torno do novo estado da Guanabara e a recebê-lo com entusiasmo.

Essas leituras impostas, essas esperas marcadas não impediram que outras expectativas prosperassem na antecâmara do acontecimento, que outros desejos se formassem, ou que aflorassem medos e inquietações diante do futuro. Talvez, dando a palavra aos poetas e concedendo às suas sensações ou emoções um verdadeiro *status* de fonte, possamos avaliar melhor a dupla natureza da espera – a experiência de uma duração e o afeto.

## 11. Um dia especial

> Sabemos o que se fez no Palais Royal, na Prefeitura, mas o que se passou nos lares do povo é o que se deve saber.
>
> *Jules Michelet*

"Durante muito tempo ainda ficou gente nas proximidades do Santos Dumont. Discutia-se a propósito do futuro do Rio. Fala-se muito em turismo como fonte de renda; alguns chegam a entusiasmar-se, mas sempre aparece alguém para dizer que Brasília terá muito mais turista. E o desapontamento é geral."[274] Com esse testemunho de um jornalista de *O Estado de S. Paulo*, eis que agora estamos no centro do acontecimento, no momento em que o Viscount presidencial levantou voo do Rio, naquele 20 de abril de 1960, por volta das dez horas da manhã. Mas devemos admitir de imediato: tais detalhes que lembram o teor das discussões no exato momento da partida, assim como o clima emocional no qual foi vivido esse ato, são raros e difíceis de exumar. No entanto, é importante saber: como os cariocas, já que foram convidados oficialmente a dizer adeus ao presidente, viveram esse momento? Será que isso foi, dentro da escala de suas preocupações naquele dia, um "acontecimento"?

Essas perguntas nos desafiam. Dar uma resposta clara não é tão simples. Inicialmente, vamos lembrar que, apesar da propaganda

---
274. *O Estado de S. Paulo*, 21 de abril de 1960.

d'*O Globo*, o acontecimento maior com que os cariocas se defrontaram foi a partida da capital (no dia 20), e não a criação do estado da Guanabara (no dia 21), que não passava de uma consequência do anterior. Como dissemos, a data reservada para a inauguração da nova capital não havia sido escolhida ao acaso: esse dia 21 de abril, altamente simbólico, é feriado desde a lei n. 1.266, de 8 de dezembro de 1950, para permitir a "glorificação de Tiradentes e anseios de independência do país e liberdade individual". Naquele ano de 1960, o dia 21 de abril caía numa quinta-feira; o governo deu, então, aos brasileiros a possibilidade de emendar o 22 de abril. Mas nada havia sido previsto para os cariocas na quarta-feira, 20 de abril. Portanto, estamos diante de um dia relativamente comum, um dia banal de trabalho que, no entanto, seria marcado por um acontecimento extraordinário: a partida (tanto real quanto simbólica) dos representantes do poder federal.

Erguer o véu desse dia quase como outro qualquer, relatar o que aconteceu para avaliar a maneira como a partida da capital foi vivida, esse é o nosso problema. Para dizer a verdade, o historiador não sabe como abordar um dia especial, como distingui-lo de outro e como tratá-lo para falar sobre a sua substância[275]. Querer se apoderar de um dia é como querer guardar nas mãos um pouco da água de uma fonte: de nada adianta fechar os dedos o mais apertado possível, a água escapa inexoravelmente. No entanto,

---

275. Podemos destacar aqui a experiência do historiador Ray Huang: "Na verdade, nada de particularmente significativo se passou em 1587, o ano do porco [...]. No entanto, podemos omitir esse ano dos livros de história?" (*1587: a year of no significance. The Ming Dynasty in decline*, New Haven, London, Yale University Press, 1981). Agradeço a Carlo Ginzburg por ter me assinalado essa referência.

ela está lá, nós a vemos, mas é impossível agarrá-la. Alain Corbin mostrou as dificuldades, para não dizer a impossibilidade, de descrever a atonia de uma existência comum[276]. Não poderíamos fazer as mesmas observações para um dia comum? Pois o comum nos remete a um cotidiano feito de gestos banais e repetitivos, marcado pela rotina e pelos hábitos; ele nos remete a uma realidade "raramente articulada"[277], sobre a qual é difícil construir uma intriga e um relato, procedimentos sem os quais o discurso do historiador fica inaudível. Do acontecimento que singulariza um dia, nós caímos no longo período tão caro a Fernand Braudel, esse "barro", no qual os homens estão com "os pés enfiados"[278]. Para sair dessa cilada, o historiador não é o mais bem equipado. O escritor, por exemplo, pode passear seu personagem durante 24 horas pelas ruas de uma cidade, alternando descrições, diálogos e monólogos interiores – como Bloom, testemunha e ator de Dublin, naquele 16 de junho de 1904[279]. O cineasta também dispõe de uma vantagem incontestável: ele pode, como Ettore Scola, pôr, como fundo sonoro da estranha história de amor que acontece durante algumas horas entre uma mãe de família abandonada pelo marido e

---

276. Alain Corbin, *Le monde retrouvé de Louis-François Pinagot: sur les traces d'un inconnu (1798-1876)*, Paris, Flammarion, 1998.
277. Bruce Dégout, *La découverte du quotidien*, Paris, Allia, 2005, p. 229.
278. Fernand Braudel, *Civilização material, economia e capitalismo, séculos XV-XVII*, trad. Maria Antônia Magalhães Godinho, Rio de Janeiro, Cosmos, 1970, p. 15.
279. James Joyce, *Ulisses*, trad. Antônio Houaiss, 15. ed., Rio de Janeiro, Civilização Brasileira, 2005. Para Milan Kundera, "o verdadeiro rosto da vida, da prosa da vida, só se encontra no presente. Mas como contar acontecimentos passados e restituir-lhes o tempo presente que perderam? A arte do romance encontrou a resposta: apresentando o passado em cenas. A cena, mesmo contada no passado gramatical, é ontologicamente o presente; nós a vemos e ouvimos; ela acontece diante de nós, aqui e agora" (Milan Kundera, *A cortina: ensaio em sete partes*, trad. Tereza Bulhões Carvalho da Fonseca, São Paulo, Cia. das Letras, 2006, p. 19-20).

um escritor homossexual, o relato radiofônico do desfile de Hitler e Mussolini pelas ruas de Roma, em 9 de maio de 1938[280]. É preciso, então, que o historiador tente encontrar um desses guias ou inventar uma dessas artimanhas para se aventurar no coração de um dia especial? Felizmente, não! O pintor Géricault, magistralmente traduzido em palavras por Louis Aragon, não se reconhecia inteiramente vencido diante desse desafio – ele, que havia testemunhado a fuga de Luís XVIII: "Eu gostaria de ter sido o pintor daquilo que muda, do momento específico... ninguém jamais pintará isso. É preciso desistir. Antecipadamente. Algum dia, os pintores tornar-se-ão sábios. Eles conseguirão se contentar com uma compoteira e algumas frutas. Eu morrerei antes. Por Deus, eu morrerei antes..."[281].

## Um dia enterrado

Uma primeira maneira de abordar o impacto desse dia em que tudo mudou é se perguntar se ele ainda está presente na memória daqueles que o testemunharam. Tive a oportunidade de encontrar pessoas do povo, intelectuais ou pessoas próximas do governo que estavam presentes no Rio naquele dia. Tive desses trinta testemunhos – tenho consciência de que é uma ninharia para essa metrópole de 3 milhões de habitantes na época! – uma primeira impressão: o esquecimento puro e simples. Raros foram aqueles que, de imediato, responderam que se lembravam desse momento, a exemplo de

---
280. Ettore Scola, *Um dia muito especial*, 1977.
281. Louis Aragon, *La Semaine sainte*, Paris, Gallimard, 1958, p. 514.

Jacques, um jovem francês casado com a secretária do chefe de gabinete de Juscelino Kubitschek:

> *Eu me lembro que aterrissei no Santos Dumont no dia 20 de abril. Eu chegava de Paris. Minha mulher já estava em Brasília e havia conseguido para mim um lugar no voo da Panair às 11 horas da manhã. Havia um movimento fantástico no Santos Dumont naquele dia: a cada quinze minutos saía um avião para Brasília.*[282]

Evidentemente, as testemunhas diretas da partida foram as mais prolixas, mesmo que tivessem esquecido a maior parte dos detalhes. Vamos pegar o caso da filha do presidente Kubitschek, Maria Estela. Quando ela relembrou aquele dia, foi quase se desculpando: "Nós estávamos tão mobilizados com essa mudança que não me lembro mais nada do dia da partida. Para dizer a verdade, já estávamos com a cabeça em Brasília". Porém, aos poucos as lembranças foram voltando:

> *Havíamos arrumado as nossas malas no Palácio das Laranjeiras, pois meu pai queria que déssemos o exemplo nos mudando para Brasília. Nós nos despedimos, muito emocionadas, dos empregados do palácio e dos funcionários. Uma grande agitação reinava naquele dia. Uma tensão também: estávamos divididos entre a tristeza da partida e a expectativa da inauguração. E meu pai também estava*

---

282. Entrevista com Jacques B., Rio de Janeiro, 12 de fevereiro de 2007. Jacques e a esposa haviam sido encarregados de cuidar da mãe do presidente Kubitschek, dona Júlia, durante a cerimônia de inauguração de Brasília. Por isso, eles foram para Brasília em 20 de abril.

> *preocupado com a reação dos cariocas: como a população iria recebê-lo? Ele seria vaiado? Eu me lembro de algumas cenas no Palácio do Catete, especialmente a entrega das chaves do palácio a Josué Montello. E, depois, ainda ouvi meu pai dizer: "Agora nós todos vamos descer e fechar as portas". Então nos dirigimos para o alto da escada para descer em direção à porta. O que eu posso lhe dizer é que a foto da escada marcou muito as pessoas. Eu me lembro que saímos juntos do Catete e que o povo o aplaudiu e cantou "Peixe vivo". Depois que estávamos no avião, meu pai nos explicou, a minha irmã e a mim, que ele queria fechar uma página da história para abrir outra, que isso era mais importante do que a transferência de Salvador para o Rio.*[283]

O desejo de saber mais sobre o que havia se passado no interior do Catete naquele 20 de abril me levou a Brasília, para um encontro com o coronel Affonso Heliodoro, amigo e conselheiro do presidente Kubitschek, e que, na época da entrevista, tinha 93 anos. Antes de me responder com paixão, arrebatamento e entusiasmo, ele fez questão de ligar para a mulher. "Acha que eu posso contar para ele? Está bem." E ele começou o relato:

> *Juscelino queria fazer uma saída solene e fez questão de fechar as portas pessoalmente. Porém, naquele dia, mesmo estando no Catete, fugi das solenidades: eu estava apaixonado por uma jovem secretária*

---

[283]. Entrevista com Maria Estela Kubitschek, Rio de Janeiro, 25 de maio de 2007.

*— que depois se tornou minha mulher — e desapareci com ela numa sala [risos]. No último momento, vieram me buscar para descer a escada. Eu também estava no avião presidencial que saiu do Rio naquele 20 de abril, mas é melhor lhe dizer: eu estava absorvido por esse amor que nascia. Nós nos instalamos no fundo e não sei muito bem o que se passou [risos].*[284]

Se passarmos das testemunhas próximas do poder, diretamente implicadas na partida, para as testemunhas comuns, as lembranças se embaralham. Durante as minhas investigações, me vi na presença de dona Vanna, proprietária da livraria Leonardo da Vinci. Com 34 anos na época, ela morava em Copacabana, e sua livraria, situada na avenida Rio Branco, já era ponto de encontro da intelectualidade carioca: "Era uma livraria de vanguarda e, lá, conversávamos muito. Comentamos muito sobre o assunto, mas, sobretudo, depois, eu acho. Num primeiro momento, eu não tinha realmente consciência do que significava"[285]. Tentando fazer voltar à memória alguns fragmentos daquele dia, dona Vanna me apresentou a dois arquitetos que conversavam entre as estantes da livraria: Italo Campofiorito e Jayme Zettel. Ambos moravam em Brasília na época; o primeiro trabalhava com Oscar Niemeyer e o segundo, com Lúcio Costa. "Embora tenha nascido em Paris, sou carioca de coração", explicou-me Italo. "Eu não me lembro desse dia. Eu estava em Brasília e não senti nada de especial. Para mim, a transferência era um erro, mas eu estava feliz com a inauguração

---

284. Entrevista com o coronel Affonso Heliodoro da Fonseca, Brasília, 14 de fevereiro de 2007.
285. Entrevista com Giovanna Piraccini, Rio de Janeiro, 13 de agosto de 2007.

de Brasília, pois representava um forte gesto arquitetônico."[286] Jayme, mais reservado, me explicou que também não estava no Rio na época: "Eu estava instalado em Brasília desde setembro de 1958". Mas eis que, de repente, quando a conversa seguia seu rumo, o rosto dele se iluminou:

> *Ah, sim, eu estava no Rio naquele dia! Ao ouvi-lo falar desse dia, eu me lembrei de que tinha voltado de propósito de Brasília. Eu queria por toda lei passar aquele dia no Rio, seu último dia como capital. Como haviam anunciado que haveria uma comemoração, eu fui, com minha mulher e alguns amigos, para a avenida Rio Branco para ver o carnaval [de despedida]. Eu estava diante do Teatro Municipal, na esquina da rua que passa pelo museu de Belas Artes. Não me lembro muito bem do que aconteceu naquele momento, mas sei que tive a impressão de me despedir do Rio.*[287]

Finalmente, uma testemunha do Carnaval do Adeus! Isso significava que a propaganda do governo tinha tido certo eco? Então fui à escola de samba Portela, que desfilou naquela noite, para me encontrar com os antigos da escola – a velha guarda. E lá, preciso confessar, uma bela decepção me esperava – ninguém se lembrava do Carnaval do Adeus. Tia Doquinha me mostrou uma foto dela no carnaval de fevereiro de 1960... mas não tinha nenhuma lembrança do desfile de 20 de abril[288].

---

286. Entrevista com Italo Campofiorito, Rio de Janeiro, 13 de agosto de 2007.
287. Entrevista com Jayme Zettel, Rio de Janeiro, 13 de agosto de 2007.
288. Entrevista com tia Doquinha, Rio de Janeiro, 15 de agosto de 2007. Cheguei a falar por telefone com o presidente de outra grande escola de samba do Rio, a Mangueira, que desfilou no Maracanã naquela noite a convite do presidente do Clube de Regatas do Flamengo. Ele também não se lembrava de nada...

Foi meio por acaso que descobri o testemunho de Manoel Armando, publicado no boletim do Centro Excursionista da Guanabara em abril de 1963 e que descreve uma noite comum de uma cidade que não parecia se preocupar com o que estava acontecendo:

> *Naqueles dias de 1960, aproximava-se a data da mudança da Capital do Brasil da cidade do Rio de Janeiro para Brasília, aproximava-se o dia 21 de abril.*
>
> *Enquanto um político afixava cartazes pela cidade dizendo: "O carioca deixou de ser escravo – Salve o estado da Guanabara", um vespertino, antes da mudança, patrocinou campanha cujo tema era: "O Rio será sempre o Rio" e em que se conclamava o povo a saudar o nascimento do novo estado da Federação. Assim é que, além da saudação que cada habitante deveria fazer, foram organizadas comemorações como desfiles de escolas de samba na Avenida Rio Branco e a "Alvorada do apito", mediante a qual, à meia-noite, os guardas-noturnos trilariam seus apitos. Dentro desse espírito, o CEG programou um espetáculo pirotécnico – soltaria fogos do alto do Perdido do Andaraí à meia-noite do dia 20.*
>
> *Entretanto, de modo geral, as alterações se voltaram para Brasília. Já ia além das 23 horas, quando pude sair de Botafogo para assistir a nossa programação no Grajaú. Ao passar pelo Centro, observei parte da Avenida Rio Branco, onde não me pareceu haver muito movimento, mas apenas muita luz.*
>
> *O lotação andava devagar e as horas depressa. Eu estava impaciente. Quando o relógio marcava meia-noite, entramos na Avenida 28 de*

*Setembro. Apenas uns poucos fogos, esparsos, davam ideia de algum acontecimento. No mais, o mesmo ambiente da Vila Isabel noturna – silêncio e alguns transeuntes. Na condução, os poucos passageiros pareciam indiferentes; nem os fogos os despertavam, nem a aguda loquacidade do carioca, sempre viva nos grandes momentos, nem ela apareceu. Tudo era indiferença: até a noite estava um pouco nublada apesar do tempo seco.*[289]

Como Bouvard e Pécuchet, poderíamos coletar infinitamente essas pequenas lembranças individuais, depois enfeitá-las com fatos corriqueiros, esperando reconstituir aquele dia 20 de abril: as decolagens incessantes de aviões, a história de amor do Catete, a festa da noite do dia 20 e a indiferença da cidade... Todos esses detalhes alimentam o estranho sentimento de se aproximar do "real". No entanto, como sabemos bem, eles não passam de migalhas esparsas que recolhemos, sem nenhuma coerência[290]. Da mesma maneira, o homem não é inteiramente envolvido na trama inflexível de um acontecimento: parte dele, maior ou menor, escapa dessa necessidade. Os escritores insistiram bastante nesse ponto, a exemplo de Tolstói ao descrever o príncipe André atingido no peito em plena batalha de Austerlitz, e cujo olhar é repentinamente atraído pela beleza do céu: "Que calma! Que paz! Que majestade!... Que diferença entre a nossa corrida louca entre os gritos e a batalha, que diferença entre a raiva estúpida dos dois homens que se disputavam o

---

289. Boletim n. 40 do CEG, abril de 1963. Ver: <http://www.guanabara.org.br/bol_antigos/indexboletim.asp>.
290. Arlette Farge, "De l'opinion", em *Des lieux pour l'histoire*, Paris, Seuil, 1997, p. 97-117.

soquete e a marcha lenta dessas nuvens neste céu profundo, infinito!"[291]. Essa coleta de "fragmentos ao acaso"[292] não tem a ambição de reconstituir aquele dia 20 de abril, como um quebra-cabeça esquecido. Em compensação, partindo do que Stendhal chamava de "pequenos fatos reais", é possível "tornar presentes as sensações"[293] e, assim, articular o individual e o coletivo, o singular e o plural. Os fatos ínfimos, explica Merleau-Ponty, "nada provam, mas são a vida"[294]. E é isso que nos importa, pois essa multiplicidade de experiências vividas também desenha o que pode ter sido a textura daquele dia.

Foi Maurício, o primeiro de todos os testemunhos que pude recolher, que me pôs no caminho: "Eu tinha onze anos na época e morava no Leblon. Eu me lembro muito bem desse dia, mesmo que não saiba mais o que eu fiz. Sei apenas que eu estava triste, pois o Rio não seria mais a capital"[295]. Com essa recordação da criança triste, eu toquei no que Gilles Deleuze chamou de "a essência do tempo localizado"[296]. Fania, com oito anos na época, relembrou também a sua tristeza:

> *Eu morava numa rua ao lado do Palácio do Catete. Lembro-me muito bem de que todas as segundas-feiras de manhã, exatamente às*

---

291. Liev Tolstói, *Guerra e paz*, trad. Oscar Mendes, Belo Horizonte, Itatiaia, 1983, v. 1, p. 302.
292. Louis Aragon, *La Semaine sainte*, p. 205.
293. Stendhal, *CLX petits faits vrais choisis et présentés par Jean-Louis Audoyer*, Paris, La Colombe, 1946, p. 10.
294. Maurice Merleau-Ponty, *Signos*, trad. Maria Ermantina Galvão Gomes Pereira, São Paulo, Martins Fontes, 1991, p. 27.
295. Entrevista com Maurício A., Rio de Janeiro, 23 de junho de 2006.
296. Gilles Deleuze, *Proust e os signos*, trad. Carlos Piquet e Roberto Machado, Rio de Janeiro, Forense Universitária, 1987, p. 72.

> *onze horas, escutávamos da escola a fanfarra presidencial e Juscelino saía na sacada para saudar a multidão. Então, tudo o que posso dizer é que, como criança, ao pensar em Brasília, eu ficava meio triste, pois sabia que não ouviria mais a fanfarra e não veria mais o presidente.*[297]

Jacques, recém-casado na época, explica esse sentimento:

> *Nas semanas que precederam a partida, os cariocas estavam de cara feia. Eles sabiam que, com o tempo, o Rio ia perder muito. O que resultava era mais uma sensação desagradável, como a de uma mulher enganada, cujo marido vai embora com outra. Isso vinha desses sentimentos ocultos dos quais não se fala.*[298]

Beatriz, jovem mãe de família, menciona outra sensação: "Entre o povo, o que resultava era o desprezo em relação a Brasília: 'Como nós, uma cidade tão bonita, somos abandonados pelo cerrado?'. Os cariocas chamavam Juscelino de 'Mané Fogueteiro': aquele que solta fogos de artifício, aplaude freneticamente, se entusiasma e, em seguida, a alegria desaparece"[299]. Maurício também se lembrava do contexto tão particular daquele momento. Ele tinha 23 anos em 1960, era ferroviário na Central do Brasil, sindicalizado e militante do Partido Comunista: "Não me lembro daquele dia. O que

---

297. Entrevista com Fania F., Rio de Janeiro, 4 de junho de 2007.
298. Entrevista com Jacques B., Rio de Janeiro, 12 de fevereiro de 2007.
299. Entrevista com Beatriz M., Brasília, 14 de fevereiro de 2007.

eu sei é que ele foi muito comentado na época. Em compensação, o que posso dizer é que nos sentíamos abatidos, desanimados"[300].

Tristeza, amargura, desânimo, desprezo, essa parece ser a composição psicológica daquele momento, embora seja bem difícil dizer que ela se refere apenas ao dia 20 de abril. Evidentemente, sempre podemos encontrar algumas testemunhas, sobretudo no meio popular, que não desejavam se sobrecarregar com tais sentimentos: para elas, tudo parecia resultar de uma simples combinação política. Foi assim com Manoelina, que tinha 25 anos em 1960. Ela era garçonete numa pequena lanchonete na época e morava na zona norte, em Sena Madureira: "Nós, o povo, não participávamos desses negócios de políticos. Eu batalhava para criar meus filhos"[301]. Existem também os militantes políticos, como Salomon e seu irmão, então na faixa dos trinta anos e donos de uma empresa, os quais, apesar de não terem nenhuma lembrança desse dia, fizeram questão de explicar: "Não tínhamos nenhuma razão para ir àquela festa organizada por Juscelino. Esses subterfúgios para as massas não funcionavam conosco. Éramos politizados e sabíamos que tudo aquilo era resultado de uma desonestidade política"[302]. Encontramos também alguns cariocas felizes, sobretudo no dia da inauguração de Brasília. Foi o que aconteceu com Beatriz e Milton, jovens artistas, recém-saídos da Escola de Belas Artes e que na época moravam na Tijuca – hoje, moram em Brasília. Diz Milton:

---
300. Entrevista com Maurício C., Rio de Janeiro, 11 de fevereiro de 2007.
301. Entrevista com Manoelina de J., Rio de Janeiro, 11 de fevereiro de 2007.
302. Entrevista com Salomon F., Rio de Janeiro, 14 de agosto de 2007.

> *Para mim, que estudei com Ceschiatti, Atos Bulcão, que conheci bem Portinari, artistas que participaram da construção da capital, Brasília sempre representou uma coisa de única, de fantástica. Eu me lembro que recortava todas as notícias da imprensa na época. Eu estava feliz no dia da inauguração de Brasília. Mas, no entanto, não pensava em deixar o Rio. Agora, o que eu fiz no dia 20? Não tenho a menor ideia...*[303]

Beatriz conta que seu filho, Cláudio, que tinha seis anos na época, chegou a escrever para Juscelino para pedir uma passagem de avião, porque queria visitar Brasília. "E eu me lembro que a assessoria dele respondeu que ainda não havia um aeroporto realmente em funcionamento, mas assim que houvesse ele seria convidado, pois era uma honra conhecer o entusiasmo de um carioca tão jovem. É claro que, depois, eles esqueceram o pedido"[304].

É evidente que esse dia especial, marcado por um acontecimento pouco comum, não foi assimilado com facilidade, mesmo pelas testemunhas mais próximas. À distância, ele nos parece até mesmo enterrado, como se tivesse sido esvaziado pela história:

> *É como se um mecanismo maligno escamoteasse o acontecimento no instante em que ele acaba de mostrar o rosto, como se a história exercesse censura nos dramas de que ela é feita, como se gostasse de*

---
303. Entrevista com Milton R., Brasília, 14 de fevereiro de 2007.
304. Entrevista com Beatriz M., Brasília, 14 de fevereiro de 2007.

*se esconder, só se entreabrisse para a verdade em breves momentos de confusão e no restante do tempo se esforçasse para frustrar as "superações", em reproduzir as fórmulas e os papéis do repertório e, em suma, nos persuadir de que nada se passa.*[305]

## Como um véu de tristeza

Se o acontecimento nos escapa e "não se localiza [...] em toda a extensão de um documento"[306] é que, na hora em que ocorreu, resultou menos de uma física do que de uma metafísica, diz Michel Foucault. É por isso que, "a esse acontecimento-sentido, é preciso uma gramática centrada de maneira diferente"[307], uma gramática que não tenha mais pretensões à ressurreição integral desse famoso dia, e sim, mais modestamente, à expressão de seu estilo, de sua "fisionomia"[308]. Alexandre Dumas, testemunha dos três dias da revolução de 1830, sentiu, desde as primeiras horas de 27 de julho, uma espécie de *frisson* tomar conta da população parisiense: "Ninguém andava a passo normal – todo o mundo corria. Ninguém falava como se fala habitualmente; lançavam palavras entrecortadas"[309]. São pequenos detalhes que fazem com que um dia não se pareça com nenhum outro. Portanto, se não podemos dizer como a partida foi vivida

---

305. Maurice Merleau-Ponty, *Signos*, trad. Maria Ermantina Galvão, São Paulo, Martins Fontes, 1991, p. 1.
306. Michel Foucault, "Theatrum philosophicum", em *Dits e écrits* (1954-75), Paris, Gallimard, 2001, t. 1, p. 950.
307. *Ibid.*
308. Walter Benjamin foi mais longe, ao reconhecer que "escrever a história significa dar às datas a sua fisionomia", Charles Baudelaire, *Um lírico no auge do capitalismo*.
309. Alexandre Dumas, *Ma révolution de 1830*, Paris, Horizon de France, s. d., p. 52.

pelos cariocas naquele 20 de abril de 1960, ao menos parece possível esboçar o contexto psicológico em que foi recebida[310].

Assim, encontramos no *Diário da Noite*, não na primeira página, mas discretamente inserido no miolo do jornal, um pequeno desenho, uma dessas caricaturas que às vezes dizem mais do que um longo discurso. A cena se passa na baía do Rio, dominada pelo Pão de Açúcar e pelo Corcovado. Em primeiro plano, com os pés na água e os punhos levantados, praguejando, protestando, maldizendo o avião presidencial que voa diante de seus olhos, está uma mulher em farrapos. Quem é essa maltrapilha? Simplesmente a Cidade Maravilhosa. E, ao passar o avião, ela grita: "Vai, vai para sua Brasília de uma vez, ingrato... Mas dor de barriga não dá uma vez só!"[311].

Essa raiva toda parece ser uma reação espontânea, descontrolada, à sensação de abandono que os cariocas sentiram no momento da decolagem do avião. Aliás, é o título de uma crônica d'*O Estado de S. Paulo*, "A cidade abandonada":

> *Não é de estranhar, assim, que a grande maioria da população brasileira tenha neste momento os olhos postos na velha urbe, cujas grandezas e misérias, ao longo de dois séculos, andaram indissoluvelmente ligadas ao destino do Brasil como Nação [...]. Não exageramos*

---

310. Buscando definir o sentido antropológico dessa categoria psicológica que é a saudade, o antropólogo Roberto DaMatta observou com perspicácia que "a saudade qualifica socialmente eventos, coisas, gostos, pessoas, lugares e relações, independendo obviamente da experiência direta e empírica com ele". Roberto DaMatta, "Antropologia da saudade", em *Conta de mentiroso, sete ensaios de antropologia brasileira*, Rio de Janeiro, Rocco, 1993, p. 22.
311. *Diário da Noite*, 20 de abril de 1960.

*afirmando que assume aspectos constrangedores o descaso a que está sendo levado o Rio de Janeiro.*[312]

Aos poucos, a raiva cedeu lugar ao abatimento: "Adeus, Velhacap!" é o título do *Correio da Manhã*. "Apesar das festas com que deve ser saudado o novo Estado de Guanabara, não podemos fugir à melancolia deste dia de hoje, o último do Rio de Janeiro como Capital Federal."[313] E a melancolia mergulhou a cidade numa estranha letargia. Naquele dia, disse o jornalista Pedro Dantas, a cidade do Rio foi vítima de uma maldição: como a Bela Adormecida, ela entrou num sono profundo, à espera do príncipe encantado que a traria de volta à vida com um doce beijo. Um véu de tristeza parecia cobrir a cidade e suspender o tempo. Na vida comum desse dia, essa sensação talvez tenha passado despercebida para o carioca comum, mas não escapou ao observador atento que é o nosso jornalista: "Quem, mas quem acordará um dia a Bela Adormecida?"[314].

Raiva, constrangimento, perplexidade, abatimento, melancolia: esses sentimentos e seu complexo emaranhado foram especialmente bem traduzidos pelo poeta Álvaro Armando, que publicou n'*O Globo*, naquele 20 de abril, um longo poema cujo título fez eco à campanha do jornal: "O Rio será sempre o Rio (carta a Nova York)"[315]. Eis as primeiras estrofes:

---

312. *O Estado de S. Paulo*, 20 de abril de 1960.
313. *Correio da Manhã*, 20 de abril de 1960.
314. *O Estado de S. Paulo*, 20 de abril de 1960.
315. Álvaro Armando era, na verdade, o pseudônimo de Helena Ferraz, que escolheu o subterfúgio de um nome masculino para desenvolver com mais liberdade seu gosto pela sátira e pela ironia. Depois de publicar no *Correio da Manhã*, ela escrevia crônicas para O Globo. A coluna se intitulava "Na boca do Globo" (embora a tipografia fosse idêntica à do título O Globo, o "G" riscado dava outro sentido: "na boca do lobo").

## As lágrimas do Rio

*Meu caro Ciro, hoje venho,*
*Na voz simples do meu verso,*
*Tratar de assunto diverso,*
*Assim logo, de começo*
*O principal desta carta*
*Eu vou dizer, na verdade,*
*É mandar com brevidade,*
*Daqui, meu novo endereço.*

*Mudei de endereço, é certo,*
*É a verdade nua e crua,*
*Sem ter mudado de rua*
*Nem de casa! (É original)*
*Pois quem mudou, meu amigo*
*Não fui eu, digo-o ligeiro:*
*Foi meu Rio de Janeiro*
*Que não é mais – Capital.*

*O Rio mudou de estado*
*É estado... da Guanabara.*
*A cidade se prepara*
*À "bossa-nova", afinal:*
*Fingindo que não se importa,*
*Esconde as mágoas do rosto*
*Disfarçando seu desgosto.*

Escrito em tom brincalhão, o poema alterna humor leve, ironia zombeteira e reflexão séria. Ele se apropria de um problema com que os cariocas certamente se depararim a partir do dia seguinte da partida da capital. No Brasil, os endereços postais indicam sistematicamente o estado de residência: como o Rio não era mais Distrito Federal, e sim estado da Guanabara, os cariocas mudariam de endereço "sem ter mudado de rua, nem de casa". Foi a partir desse fato pitoresco que Álvaro Armando construiu sua narrativa poética.

Essa mudança de estado era, antes de tudo, diz o poeta, uma mudança de "estado" – estado de alma e estado de espírito. E foi nesse momento que, do humor, passamos para a ironia zombeteira. É verdade que "o carioca leva tudo no brinquedo", mas é preciso reconhecer, apesar do ar fanfarrão, que ele teve dificuldade para dissimular a "dor" que esse rompimento gerava e também o "desgosto". De certa maneira, o carioca estava pagando por sua incredulidade: "Ninguém levou muito a sério a tal capital de lá". Esse "sonho", essa "fantasia" não passava de um "boato distante". Mas "de repente", de modo quase inesperado, ousaríamos dizer (excessivo, para um acontecimento tão anunciado), a realidade da "mudança" se impôs ao carioca: "Virou presente o futuro que tão longe parecia".

Diante de um governo que, "num grande pulo", abandonou o litoral, o carioca parecia meio perdido, confuso, desconcertado. E para não ceder a essa impressão de desorientação na cidade subitamente desnudada, nosso poeta fez questão de lembrar – com certeza ele não foi o primeiro, mas a repetição é sempre útil nesses momentos – a inalienabilidade das belezas e dos encantos naturais do Rio: "de mudar, não é capaz". Já não era o carioca orgulhoso que falava, um pouco arrogante, e sim um carioca receoso, que procurava se tranquilizar sobre o futuro da cidade: "Cristo, toma conta dela".

Aos poucos, com essa mudança de estado de espírito, a "confiança" poderia voltar. Mas como esse laço ainda estava frágil! Tão vulnerável e efêmero quanto as lágrimas desse "mar [que] chora de emoção" diante da cidade de "caminhos incertos". No entanto, talvez fosse ele, esse mar que havia séculos protegia a cidade com suas águas indulgentes, que mostraria o caminho do renascimento: era preciso aceitar as frágeis incertezas da "Cidade Maravilhosa". Seus "defeitos" muitas vezes não passam de simples ilusão... Que venha a noite, por exemplo, e a impressão mudará, como acontece nas "favelas": "Na hora que o sol morre, pelo morro o samba escorre, qual sangue do coração...". Eis porque esse Rio que "não foi feito no compasso [...] conserva a louca flama que o faz boêmio e feliz".

Álvaro Armando descreve aqui, com talento, a profusão de emoções que se atropelam no momento da partida, que se comunicam ou se ignoram, se chocam ou se misturam: amargura, incredulidade, perplexidade... Naquele 20 de abril, parecia que esses sentimentos coexistiam, como se estivessem presos momentaneamente nas dobras do véu de tristeza que cobriu a cidade. Pouco importava a multiplicidade das experiências vividas naquele dia: parecia que, naquela data especial, a partida havia sido recebida com esse estado de espírito.

## 12. Nas brumas do dia seguinte

> Até a cidade, que tinha dois centros de gravidade:
> o polo real e o polo magnético de sua personalidade;
> e, entre os dois, o temperamento de seus habitantes
> irrompia e esgotava-se em vãs descargas elétricas.
> *Lawrence Durrell*

E agora? "Agora, acabadas as festas de despedida – sentimentos e emoções dando lugar à realidade do cotidiano –, uma pergunta se arma em todas as bocas: 'E agora, Velhacap?'"[316]. Em todos os lábios? Até...

Vamos retomar o fio da enquete. Estamos no dia seguinte da partida do poder federal. A representação estava totalmente terminada. A cortina já havia descido sobre o palco, agora sem os atributos de capital. Os atores tiraram as máscaras. Na cidade nua, só restavam os cariocas. Mas que sentimentos podiam tomá-los no dia seguinte?

Os testemunhos que tínhamos à nossa disposição nos permitiram delinear duas tendências. A primeira resultaria da vontade do novo poder de assumir a responsabilidade da emoção pública para conjurar e superar a partida: vamos abrir com alegria a porta para o amanhã. A segunda parece mais íntima: teria a forma ainda confusa de um desejo de volta, de reviravolta... Mas não nos

---
316. *Visão*, 22 de abril de 1960.

deixemos enganar: essas duas leituras sensíveis do acontecimento não são tão contraditórias assim; elas coexistem de maneira mais ou menos harmoniosa, como os cacos de uma coerência fissurada, de uma "lembrança detonada no espaço" (Apollinaire).

**Abrir a porta para o amanhã**

Vamos, então, observar os responsáveis pelo jovem estado da Guanabara em suas primeiras horas de vida. É preciso destacar para eles um desafio inicial que poderíamos enunciar em três atos preliminares: marcar simbolicamente a mudança, tranquilizar os habitantes (para que a mudança não fosse sentida como uma ruptura brutal) e criar novas esperanças. Trata-se, mais uma vez, de uma passagem. E para não deixar as dúvidas se insinuarem nem se instalar a sensação de vazio, eles precisavam agir rápido. Para isso, poderiam contar com a poderosa intermediação da imprensa carioca, que havia se mobilizado para que o povo carioca recebesse o novo estado "na alegria"[317].

Para acolher o estado da Guanabara, importantes encenações haviam sido previstas: na noite de 20 para 21 de abril, as escolas de samba desfilariam na avenida Rio Branco ("Cariocas, todos à avenida amanhã para saudar o novo Estado")[318]; à meia-noite, todos os cariocas haviam sido convidados a cantar em coro "Cidade Maravilhosa"; para esperar o amanhecer, os guardas-noturnos

---

317. *O Globo*, 21 de abril de 1960.
318. *O Globo*, 19 de abril de 1960.

tocariam, a cada dez minutos, os seus apitos; os principais locais públicos da cidade seriam iluminados e engalanados com as cores do Brasil e do Rio; às cinco horas da manhã, do arsenal da Marinha, 26 tiros de canhão saudariam o nascimento do 26º estado da Federação; depois, a bandeira do novo estado seria içada no alto do Palácio Pedro Ernesto, sede do novo poder legislativo[319]; e, às nove horas, uma missa celebraria a inauguração do novo estado, na igreja do Rosário, a igreja dos Negros, a mesma em que compareceu o príncipe regente dom João quando chegou ao Rio, em 8 de março de 1808. Todos os sinos das igrejas da cidade soariam na ocasião[320].

Decoração, iluminação, sonorização, tudo contribuiu para demarcar e dar um novo sentido a esse espaço que havia deixado de ser Distrito Federal para se tornar estado da Guanabara: "Ninguém escapa à vibração do momento histórico da cidade"[321], trouxe orgulhosamente como título *O Globo*. Mas a passagem ao ato teve algumas falhas, como observou, não sem uma ponta de ironia, o jornalista da *Tribuna da Imprensa*: "Sem os 26 tiros prometidos e sem a missa campal, que estava marcada para as nove horas, foi comemorada ontem às cinco horas a criação do estado da Guanabara, ao som de oito clarins da Polícia Federal"[322]. No entanto, pouco importava que certas manifestações não saíssem do papel: o anúncio entusiasmava tanto quanto a realização.

---

319. Em 21 de abril, os vereadores do Rio viram seus mandatos serem transformados: desse dia em diante, eles seriam deputados do estado da Guanabara. Dois vereadores pediram demissão, recusando esse simulacro de democracia.
320. *Correio da Manhã*, 15 de abril de 1960.
321. *O Globo*, 21 de abril de 1960.
322. *Tribuna da Imprensa*, 22 de abril de 1960. Referência à missa campal que estava programada para ser realizada na praia do Russel ou nas escadarias do Palácio Pedro Ernesto.

E anúncios eram mesmo com a imprensa, que rivalizava em imaginação para destacar a mudança. Assim, o *Diário da Noite* publicou, em página dupla e com fotos, uma reportagem sobre o último bebê que nasceu no Distrito Federal e o primeiro bebê do estado da Guanabara:

> *Às 23h59 de ontem nasceu Mônica, filha de Ercília e Valdemiro Martins de Araújo, que moram na estrada do Tindiba (Jacarepaguá). Última a nascer no Rio-DF.*
> *Francisco de Assis nasceu no primeiro minuto do dia 21, filho de Neide e Edgard – rua 28, lote 32, Jardim Mérito. Francisco é o primeiro a nascer no Rio-Guanabara. [...] Segundo Maria do Carmo, essas crianças nasceram sob os melhores auspícios, sob o signo de Leão (sic), já que a constelação estava entre a Lua e Júpiter: serão inteligências sensíveis, enérgicas e dominantes.*[323]

A boa estrela dessas crianças talvez tenha sido o fato de terem sido escolhidas pelo *Diário da Noite*, propriedade do magnata da imprensa e embaixador Assis Chateaubriand[324]. Aliás, o pequeno Francisco de Assis "recebeu esse nome em homenagem ao fundador dos *Diários Associados*". Essas duas crianças tiveram padrinhos de prestígio: o de Mônica foi o prefeito do Rio e o de Francisco, o governador provisório da Guanabara. E o jornal ainda acrescentou que a mãe de

---

323. *Diário da Noite*, 22 de abril de 1960.
324. Os outros jornais não estavam de acordo com a escolha. Para o *Correio da Manhã*, seria Tânia Maria (21 de abril de 1960); para *O Globo*, "o título de primeiro guanabarino deveria ser dividido" entre Dilze Helena, Jorge, Tânia Maria, um outro Jorge, sem falar dos primeiros gêmeos nascidos à 0h30 e de Marco Aurélio, o gordo bebê nascido à 0h40 (22 de abril de 1960). Quanto à *Última Hora*, Jorge Luis, Washington Luiz e Francisco de Assis é que deveriam dividir o título (22 de abril de 1960).

Francisco de Assis ficou ainda mais feliz porque, "sendo preta, seu filho nasceu branco, apresentando assim traços característicos do seu pai, sr. Edgar Caetano". Mas as surpresas não pararam por aí:

> *A Assembleia Legislativa do Estado da Guanabara lhes oferecerá uma bolsa de estudos do jardim de infância até a faculdade; enxovais serão oferecidos pela esposa do deputado Rubem Cardoso; leite e alimentação infantil por tempo indeterminado e dois copinhos de prata com seus nomes gravados pela Cia. Nestlé; dois carrinhos, gentileza do Sr. e da Sra. Eduardo de Souza Campos; dois jogos de louças, com nome gravado, entregues pelo ex-craque Aldemir de Menezes; dois cobertores de fina lã argentina do produtor de TV Carlos Thiré; quatro caixas de fraldas do radialista César Ladeira; cadernetas na Caixa Econômica com 2.500 cruzeiros, oferecidas pelo movimento autonomista da terra carioca; dois berços oferecidos pelas Casas de Banho; 10.000 cruzeiros, oferta do Banco Financial Novo Mundo, através do Senhor Georges Fernandes, além de dois berços e todo o suprimento necessário de talco oferecidos pela Senhora Georges Fernandes.*

Parecia que o *Diário da Noite* havia escolhido com muito cuidado os recém-nascidos: o último do Distrito Federal era uma menina e o primeiro da Guanabara, um menino. Esse conto moderno parece uma releitura do Novo Testamento: o fundador e anunciador de um novo tempo só podia ser um menino; para realizar essa missão, Francisco de Assis teve o nome escolhido pelo jornal, e não pelos pais (depois de receber a revelação de Cristo, Paulo não recebeu outro nome?)[325]; os reis magos foram chamados à beira de seu berço para cobri-lo de presentes; e ele também realizou milagres, transformando o preto em branco! O ranço racista tem muito pouca importância a essa altura da narrativa.

Nesse jogo do último e do primeiro, marcos do fim de um ciclo e começo de outro, a *Última Hora* trouxe uma assombrosa contribuição, com o título de sua edição de 22 de abril: "Último crime da Velhacap":

> *O servidor do Hospital Curicica, Agenor Soares (solteiro, 35 anos, Estrada dos Bandeirantes, K9, Vila Sapé), foi a vítima. O criminoso Marcelino Dioniso, interno do Hospital Santa Maria, em Jacarepaguá, deu várias facadas em Agenor Manoel Soares, que morreu antes de receber os primeiros socorros.*
> *Não foi sem motivo que Marcelino apunhalou várias vezes Agenor. Interno no Hospital Santa Maria, Marcelino deixara em casa sua companheira, Maria de tal, que semanalmente ia visitá-lo. Na última visita, Maria disse para o Marcelino:*
> *– Fale com o Agenor, homem. O Agenor não pode me ver sem querer abusar de mim. Sem querer me dizer as coisas mais baixas.*
> *Quando, porém, Maria lhe disse, baixando a voz, que por duas vezes, ameaçada de morte, se vira obrigada a atendê-lo, Marcelino gritou:*
> *– Chega!*

---

325. Sobre esse assunto, consultar o belo estudo de Giorgio Agamben, *Le temps qui reste. Un commentaire de l'Épitre aux Romains*, Paris, Rivages, 2004.

*Ontem, chegando em casa, no km 9 da estrada dos Bandeirantes, onde vive também Agenor, Marcelino ouviu novas queixas de Maria:*
*– Outra vez o Agenor atracou-se comigo. Tive que gritar, tive que arranhá-lo para ele me largar.*
*Marcelino olhou para Maria e disse:*
*– Esse não comemora o nascimento de Brasília. Esse não pertencerá ao Estado da Guanabara.*
*E saiu apertando o cabo do punhal. Parece que Agenor ficou surpreendido, ao vê-lo no caminho, e disse:*
*– O que que há?*
*Marcelino falou de Maria, das queixas de Maria. Agenor desafiou:*
*– E daí?*
*Sem dizer uma palavra, Marcelino abraçou Agenor e começou a apunhalá-lo. Até que viu o Agenor cair no chão como uma trouxa. Vingado, enfim, Marcelino seguiu por um atalho, perdendo-se de vista. Faltavam duas horas para Brasília nascer.*[326]

História? Realidade? Isso tem alguma importância quando se trata simplesmente de fornecer alguns pontos de referência? Com seu humor azedo, o famoso autor de teatro Nelson Rodrigues, numa de suas crônicas semanais ("A vida como ela é"), contou esta espantosa história, que podemos imaginar inspirada na de Marcelino:

*No Rio, um homem queria matar sua esposa, adúltera, e depois se matar...*

---
326. *Última Hora*, 22 de abril de 1960.

> *De repente, ele vê passar um carro apinhado. Por fora, uma faixa: "Cabral e JK descobriram o Brasil!". E súbito tem uma espécie de inspiração. Decide instantaneamente: "Vou pra Brasília! Levo Heleninha e vou pra Brasília! [...] Em Brasília, mato Heleninha e me mato!".*
>
> *Seria o primeiro crime e, ao mesmo tempo, o primeiro suicídio de Brasília.*
>
> *[...] Pouco a pouco [na nova capital] o casal começou a se tomar de paixão pela cidade. E era um deslumbramento recíproco e total. Ele perdia-se em exclamações delirantes:*
>
> *– Diante disso, Heleninha! Olha! Diante disso, um adultério não vale nada! Que importa ser enganado, que importa enganar? O que importa é o Palácio do Congresso! O que importa é Brasília!*
>
> *O que ele queria dizer, sem achar a formulação exata, é que a beleza dá vontade de perdoar, que a beleza salva as adúlteras, redime os enganados.*[327]

Muitas outras iniciativas foram tomadas, como a de eleger, o mais cedo possível, uma Miss Guanabara! Em 21 de abril, já havia várias candidatas para a eleição, que seria realizada em 4 de junho. Depois, a eleita faria brilhar a estrela da Guanabara no firmamento do concurso de Miss Brasil. Pois, naquele 21 de abril, também havia a questão de uma estrela: a bandeira brasileira havia adquirido mais uma estrela, e toda a imprensa publicara um croqui da bandeira nacional,

---

327. *Última Hora*, 27 de abril de 1960.

explicando a localização da nova estrela. Em cima da divisa *Ordem e Progresso*, nenhuma modificação estava prevista: uma única estrela representa o Distrito Federal – o Rio cedeu esse lugar a Brasília. Mas o Rio-Guanabara conseguiu um novo espaço, bem em cima do Cruzeiro do Sul – "um lugar privilegiado, bem junto ao dístico sugerido pelos positivistas"[328], explicou *O Estado de S. Paulo*.

Jornal de oposição ao governo, a *Tribuna da Imprensa* não perdeu a chance de zombar dessas encenações exageradamente demonstrativas. Assim, no dia 21 de abril, a desenhista Hilde publicou uma caricatura intitulada "Nasce uma estrela"[329]. Nela se vê uma mulher (nem muito jovem nem muito velha) em farrapos, de cabelos desgrenhados e ar estarrecido, de pé no meio de um terreno baldio. Ao longe, barracos e emaranhados de fios elétricos, alguns prédios. Apoiada no ombro direito, cingindo seu peito e amarrada no quadril com um belo e largo laço, uma faixa com a inscrição *Velhacap*. Ao lado dela, de casaca, Juscelino Kubitschek põe em sua cabeça uma coroa de três pontas, encimada por uma estrela: o estado da Guanabara. Pela posição, atitude e elegância do traje, ele não parece mais combinar com essa cidade, que parece feita de qualquer maneira, toda remendada, como o vestido da mulher. Visivelmente, entre a satisfação de um e a estupefação da outra, há uma incompreensão mútua.

E para lutar contra esse sentimento que poderia se insinuar e se instalar para sempre é que foi preciso tranquilizar os cariocas: em

---
328. *O Estado de S. Paulo*, 21 de abril de 1960.
329. *Tribuna da Imprensa*, 20 de abril de 1960.

suma, a vida continuava e a nova situação também tinha o seu charme, como tentou mostrar o caricaturista do *Diário da Noite*, numa nova encenação de Adão e Eva no Paraíso. Sentado contra o tronco de uma árvore, um homem, que imaginamos estar nu, observa uma mulher jovem, esbelta e também nua. Ela parece experimentar tapa-sexos, mas hesita e espera a opinião dele. Com a mão direita, segura uma folha tão pequena que cobre apenas o púbis e, com a mão esquerda, uma folha enorme, que acabou de tirar da sua frente e que lhe cobre até o peito. O companheiro anuncia orgulhosamente apontando o tapa-sexo escolhido: "Prefiro o tamanho pequeno"[330]. Em outras palavras, ele prefere a capital do estado da Guanabara à capital do Brasil.

Mas tranquilizar também é responder às dúvidas que não deixariam de surgir sobre a identidade desse novo estado e, consequentemente, de seus habitantes. O *Diário da Noite* perguntou a quatro filólogos como deveria se chamar o novo estado: Estado do Guanabara (masculino), da Guanabara (feminino) ou de Guanabara (indeterminado)? Reconhecendo que, no fim das contas, "é o povo que faz a lei", os filólogos se decidiram pela forma indeterminada: Estado de Guanabara[331]. E os habitantes do estado, que nome teriam? O poeta Manuel Bandeira não escondeu sua preferência por "guanabarense", porque "'guanabarino' lembrava o crítico musical Oscar Guanabarino, de quem ele não gostava. Quanto ao professor Antenor Nascentes, ele achava que o certo seria 'guanabarense', pois caracteriza mais

---

330. *Diário da Noite*, 22 de abril de 1960.
331. *Diário da Noite*, 21 de abril de 1960.

o pátrio. Contudo, já que foi decidida a adoção do termo 'guanabarino', disse-nos que é melhor ficar assim mesmo" [332].

Além do mais, o título de Velhacap, que havia sido associado rapidamente ao Rio, em comparação com a Novacap (Brasília), não lhe assentava bem: não valorizava suas qualidades. Não, se havia um título de capital com que o Rio poderia se ataviar era o de capital da beleza. Aliás, esse foi o título de um samba ("Capital da beleza") escrito pelo compositor José Messias para ser cantado na primeira apresentação do auditório da Guanabara, no dia 22 de abril. A letra foi publicada no *Correio da Manhã* de 21 de abril:

> *Rio*
> *Ó meu Rio de Janeiro*
> *O teu céu, o teu mar...*
>
> *Foi Deus quem te deu*
> *Ninguém pode levar*
> *A terra carioca não pode perder*
> *A majestade*
> *Cidade Maravilhosa*
> *Maravilhosa cidade*

---

332. *Tribuna da Imprensa*, 22 de abril de 1960. Num pequeno panfleto, publicado em 1965, o jurista Jonas Porciúncula de Moraes chegou até a anunciar o desaparecimento do Rio de Janeiro: "O estado da Guanabara é constituído apenas pela extinta cidade do Rio de Janeiro, que por força da Constituição Federal, a partir de 21 de abril de 1960, deixou de existir com esse nome e como cidade, passando a ser um estado e a chamar-se, obrigatoriamente, Guanabara e não mais Rio de Janeiro. Isso é o que determina o § 4º do Ato das Disposições Constitucionais Transitórias. Diga-se e repita-se que no estado da Guanabara não existe cidade nenhuma, nem com o nome de Rio de Janeiro, nem com outro qualquer nome. [...] Assim pode-se dizer: Guanabara, antiga cidade do Rio de Janeiro, mas nunca: Guanabara, capital Rio de Janeiro" (Jonas Porciúncula de Moraes, *Guanabara, antiga cidade do Rio de Janeiro. Notinhas para a história*, Rio de Janeiro, São José, 1965, p. 6).

> *Paquetá, Pão de Açúcar,*
> *Corcovado, Guanabara,*
> *Essa Copacabana de beleza tão rara*
> *Saberá impor sua nova bandeira*
> *E fará de ti*
> *Capital Real*
> *Da beleza brasileira*

E eis que, então, surgiu o novo nome do Rio: Belacap. O cronista José Carlos de Oliveira até se arriscou a propor uma definição, referindo-se à praça dos Três Poderes de Brasília, que causou admiração no mundo inteiro:

> BELACAP – *capital da beleza. Aqui os três poderes são, pela ordem, o mar, o sol e a alegria. Vivemos na mais linda paisagem deste planeta e sabemos gozar a vida. As coisas que tornariam insuportável a existência para qualquer outro povo, para nós, são coisas de que a gente ri. Falta água? Rimos. As ruas estão esburacadas? Inventamos divertidas anedotas sobre isso. Não há nada capaz de quebrar o nosso otimismo, e é por isso que, atualmente, não há neste país outra comunidade mais capacitada do que nós a construir a mais agradável cidade do mundo, uma cidade à altura de seu panorama.*[333]

Em resumo, tranquilizar era mostrar que, apesar de tudo, a vida continuava. "E o Rio continua..." foi o título da revista semanal *Visão*, com uma foto de página inteira de um pequeno engraxate con-

---
333. *Jornal do Brasil*, 20 de junho de 1960.

templando a praia de Copacabana[334]. E a vida voltou logo ao normal: "Domingo, o carioca foi à praia sob o sol da Guanabara [...]. A alegria voltou a tomar conta, ontem, das praias"[335]. Foi por isso que o cronista da *Última Hora*, J. B. Teixeira, lançou uma "mensagem de confiança ao povo carioca, à mais brasileira das cidades brasileiras!"[336]. O *Diário Nacional*, por sua vez, publicou um "guia para o carioca que fica":

> *Na realidade, leitor, esta "Cidade Maravilhosa", antigo Distrito Federal, não é bem estado, nem município, nem Distrito, agora, no instante em que Brasília se inaugura como a capital do país. É um pouco de tudo isso. [...] Você, tão cedo, não sentirá a mudança política e administrativa que se operou em sua cidade.*[337]

Então, com a confiança restabelecida, o futuro podia começar: "Perde o Rio a categoria da capital da União? Pouco importa; como capital do estado da Guanabara, tem pela frente um grande futuro"[338]. E esse futuro tinha um nome: turismo. Os projetos se multiplicaram para fazer do Rio a capital do turismo. "Hoje nasce um Estado bem bossa-nova, com ares de principado de Mônaco, à beira-mar, entre montanhas, acalentando sonhos de turismo"[339]; "o Rio poderá agora ser a cidade do turismo"[340]; "um

---

334. *Visão*, 22 de abril de 1960.
335. *Última Hora*, 25 de abril de 1960.
336. *Última Hora*, 21 de abril de 1960.
337. *Diário Nacional*, 21 de abril 1960.
338. *O Globo*, 22 de abril de 1960.
339. *Diário de Notícias*, 21 de abril de 1960.
340. *Correio da Manhã*, 21 de abril de 1960.

novo horizonte para um novo estado: turismo da Guanabara"[341]; "turismo é meta de Guanabara"[342]. E esse tema estava tão na moda quando foi inaugurado o hotel Hilton em Copacabana que "até senhoras da nossa sociedade aparecem como técnicas do turismo"[343].

Que capacidade esse discurso voluntarista teria para despertar um sentimento real de otimismo, confiança e alegria, uma vez que essa era a palavra de ordem? O impacto foi difícil de avaliar. Digamos apenas que tanto o governo quanto parte da imprensa carioca redobraram os esforços para atingir esse objetivo, como a *Última Hora* e *O Globo*, que publicaram, nos dias 22 e 23 de abril, uma série de entrevistas com pessoas do povo para fornecer provas vivas do entusiasmo popular que envolveu o nascimento do Rio-Guanabara:

> *Que espera você do estado da Guanabara?*
> *O vendedor ambulante José Guilherme dos Santos: "Só penso em melhorar de vida. As dificuldades do pobre são muitas, e existem em qualquer parte. Contudo, votei em JK e estou com ele. Para mim, tudo que ele fizer será bem feito".*
> *O ceguinho Pedro Sérgio de Mendonça: "Acho que isso não vai fracassar, mas caminhará para a frente, durante muito tempo. Deus é brasileiro e não vai abandonar o poder das autoridades nem a boa vontade da população. Agora, o que jamais farei é deixar o Rio de Janeiro. Daqui não saio nunca".*

---

341. *Joia*, n. 58, 2ª quinzena de maio de 1960.
342. *Diário da Noite*, 22 de abril de 1960.
343. *Diário da Noite*, 21 de abril de 1960.

*A comerciária Maria José Cardoso: "Acredito que tudo vai melhorar com a autonomia concedida ao povo carioca. Todavia, não deixo de sentir uma certa tristeza ao pensar que a capital já voou para Brasília. De qualquer modo, cariocas ou guanabarinos, ainda temos o Rio de Janeiro para viver. Isto já é um consolo, não acha?". O condutor do bonde Penha n. 5344, antes de deixar o Largo de São Francisco: "O que quero agora é ser funcionário estadual, com todos os direitos assegurados. De resto, a vida é dura, mesmo Capital Federal ou Estado, as coisas andam pretas para todo mundo. Mas a meu ver, agora, pelo menos, existe uma esperança a mais"* [344].

*"Quem foi rei sempre será majestade", repetiram dezenas de populares ouvidos pela reportagem de O GLOBO, manifestando uma despreocupada confiança na continuidade do prestígio do Rio de Janeiro e uma expectativa otimista quanto ao futuro do estado da Guanabara. "Ainda não houve tempo para sabermos o que é que vai ser diferente, agora que a cidade não é mais capital da República", comentou, entre ironia e nostalgia, a sra. Dinorá de Castro Araújo, funcionária da Rádio Roquete Pinto.*
*A aeromoça Carla Stevenson: "Estive em diversos países. Em toda parte é familiar e inconfundível a paisagem carioca, objeto de admiração unânime. A visão do Rio, sua atração irresistível em nada se alteram com a saída do Governo Federal. Essa terra tem alma de metrópole, eterna capital da alegria e da solidariedade".*

---

344. *Última Hora*, 22 de abril de 1960.

> *O estudante Dilermando Nonato da Costa Cruz: "Jamais me habituarei a responder: Brasil, capital Brasília".*
> *Os dois PMs encontrados na rua: "Quem viaja no Brasil e não para no Rio não tem nada que contar"* [345]

É evidente que aqui e ali, como que escapando da vigilância dos jornalistas, afloravam palavras incongruentes (tristeza, saudade...) que contrastavam com a alegria proclamada e pareciam indicar que um sentimento mais profundo, porém de contornos ainda dificilmente identificáveis, tomava o povo do Rio.

## As lágrimas do Rio

Na página quatro da edição de 23 de abril de 1960 de *O Estado de S. Paulo*, vemos, no alto da página, um pouco à direita, uma caricatura. O título é simples e lacônico: "Velhos amores". Uma mulher mais velha, gordinha, usando um vestido remendado, está de pé diante de um baú aberto: nele vemos lembranças acumuladas ao longo dos anos, das quais seria preciso se separar um dia. Com a mão direita, ela segura a foto de uma mulher jovem, com uma faixa em que está escrito em letras maiúsculas: "CIDADE MARAVILHOSA". A mulher ia guardá-la, mas a emoção é muito forte e ela não consegue impedir que as lágrimas escapem de seus olhos inchados. Lágrimas que ela tenta enxugar, num gesto embaraçado.

---

345. *O Globo*, 23 de abril de 1960.

O tempo das lágrimas estava de volta! Depois das lágrimas do Catete, lágrimas rituais que acompanharam a partida do presidente, correm outras lágrimas, "as que parecem cair dos olhos no coração, por trás da máscara do rosto"[346] – as lágrimas do Rio. Mas que lágrimas são essas? De onde vêm? E o que ocultam? Vamos tentar descrever com palavras, palavras de historiador, o que significa essa água nos olhos[347] nesse momento da história do Rio.

Para retomar a bela fórmula de Baudelaire, o Rio tem "o charme profundo e complicado de uma capital idosa"[348]. A maneira como seus habitantes reagem a este ou àquele acontecimento não é fácil de ser compreendida. No entanto, já que estamos no campo das singularidades, não podemos esquecer que as emoções, por mais individuais que sejam, são modos de afiliação a uma comunidade e também têm lugar nas lógicas sociais que as ultrapassam[349]. Marcel Mauss, por exemplo, fala da "expressão obrigatória dos sentimentos"[350], para descrever esses sentimentos que impregnam o indivíduo sem que ele perceba e o amoldam às expectativas do grupo. É exatamente desse modo que quero medir a repercussão emocional da partida da capital. Devemos acrescentar que, no universo luso-brasileiro, há uma noção que serve para qualificar socialmente um acontecimento e descrever certa maneira de recebê-lo: a saudade. Essa noção "não é senão uma nova forma, polida pelas

---

346. Valéry Larbaud, *Enfantines*, Paris, Gallimard, 1918.
347. Arlette Farge, "L'eau des yeux", em *La chambre à deux lits et le cordonnier de Tel-Aviv*, Paris, Seuil, 2000.
348. Charles Baudelaire, *Curiosités esthétiques*, Paris, Michel Lévy Frères, 1868, p. 335.
349. David Le Breton, *Les passions ordinaires. Anthropologie des émotions*, Paris, A. Colin, 1998.
350. Marcel Mauss, "L'expression obligatoire des sentiments", *Journal de Psychologie*, n. 18, 1921, p. 425-34.

lágrimas, da palavra *soledade*, solidão"³⁵¹, é intraduzível, a não ser que seja concebida na confluência de vários sentimentos: nostalgia e melancolia, mas também amor e felicidade. E essa saudade também se apresenta, segundo o antropólogo Roberto DaMatta, como a expressão obrigatória de um sentimento³⁵².

Munidos dessas precauções, vamos tentar avançar na resolução do nosso problema. Inicialmente, como disse Lúcia Benedetti, jornalista e autora de peças infantis, houve uma grande incompreensão do que estava acontecendo: "Alguns ficaram alegres. Era uma alegria tão proclamada que dava para desconfiar. Outros saíram em campo anunciando um ressentimento claro. Outros pareciam entorpecidos, sem acreditar, vendo sem entender e entendendo sem aceitar. E assim passamos a ser Rio de Janeiro, simplesmente"³⁵³.

Manuel Bandeira, sem dúvida um dos poetas mais admirados e respeitados no Brasil de 1960, ao lado de seu colega mais novo Carlos Drummond de Andrade, traduziu de maneira original essa angústia, numa pequena nota publicada no *Jornal do Brasil*: "Na manhã do 21 de abril, eu, natural do Recife, pernambucano dos quatro costados, mas cidadão carioca honorário, senti a necessidade sentimental de me comunicar com um carioca da gema sobre a mudança da capital para Brasília". Depois de eleger "uma figura ilustre da ex-capital", o professor Antenor Nascentes, Bandeira telefonou para ele:

---
351. Joaquim Nabuco, citado por Roberto DaMatta, "Antropologia da saudade", em *Conta de mentiroso: sete ensaios de antropologia brasileira*, Rio de Janeiro, Rocco, 1993, p. 28.
352. *Ibid.*
353. *Joia*, n. 59, 1ª quinzena de junho de 1960.

— *Devo lhe dar os parabéns ou os pêsames?*
— *Os pêsames.*
— *Então você acha que o Rio vai perder com a mudança?*
— *Com o tempo tem que perder, mas não será para os nossos dias!*
— *Mas até hoje Nova Iorque não perdeu para Washington?*
— *Isso é verdade. Cultura não se improvisa.*
*Acabamos concordando que o Rio será sempre o Rio.*[354]

Alguns minutos depois, o telefone de Manuel Bandeira tocou. O homem que lhe telefonava, Onestaldo Penafori, era poeta e carioca nativo. Então, Manuel Bandeira repetiu a pergunta. E a resposta não tardou a espocar: "Parabéns!". E Onestaldo acrescentou: "Só sinto é que eles não tenham ido todos embora daqui".

E então: pêsames? O título do editorial do *Correio da Manhã* de 22 de abril foi: "Velório". Parabéns? Pode ser... mas por trás do entusiasmo inicial escondia-se também uma angústia, muito bem explicada pelo cronista e poeta Pedro Dantas: "Não seriam sinceros os cariocas se dissessem que a perda do título e da condição de capital não lhes afeta em nada a vida da cidade e os deixa indiferentes. Na verdade, o carioca sente, o carioca sofre a separação"[355]. O que os cariocas viveram foi uma história de amor que acabou, "com os diversos tipos de reação que o abandono suscita. Entre essas reações não falta a do coração que se faz de forte e indiferente, apto a extrair vantagens e tirar partido da nova situação, embora, no fundo,

---
354. *Jornal do Brasil*, 22 de abril de 1960.
355. Pedro Dantas é o pseudônimo de Prudente de Morais Neto. *Maquis*, n. 151, 6 de maio de 1960.

transpareça certa melancolia". E o poeta procurou na cultura popular "velhos exemplos" para ilustrar essa confusão de sentimentos. O primeiro em que pensou foi um samba composto nos anos 1930 por Alcebíades Barcelos (Bide): "Agora é cinza".

> *Música e letra, neste caso, ajustam-se em lamento e declarada desolação que vai até a confissão das lágrimas:*
> *"Você partiu,*
> *Saudade me deixou*
> *Eu chorei..."*
> *O amor foi uma chama, agora é cinza. O tom dolente, ou dolorido, mostra que sob a cinza permanecem algumas brasas capazes, quem sabe, de reacender a chama.*

Em contraposição a esse sentimento, continuou nosso poeta, estava a reação sarcástica: "[...] o abandono, longe de ser deplorado, celebra-se num cântico de vitória" – a exemplo do samba de Ismael Silva, "Liberdade": "O meu amor foi embora/ pensando deixar saudade.../ Eu nunca fui tão feliz/ Agora sou eu quem diz/ Foi uma felicidade!".

> *Entre esses dois sentimentos e esses dois tipos de reação vacila a opinião carioca, hesitante entre o que mais lhe convém, entre a euforia de um desafogo e a lamentação de uma "boca" perdida* [356].

---
356. *Ibid.*

Se a opinião pública vacilava, talvez fosse porque o equilíbrio havia sido rompido, uma fenda havia sido aberta. Alguns – como os poetas – sentiam plenamente esse transtorno e tentavam, muitas vezes às cegas, colocar em palavras as emoções que os perturbavam. Mas não devemos procurar uma coerência de sentimentos. Nas primeiras horas do novo dia, o poeta, semelhante a Benjy, o herói de Faulkner, era incapaz de contar os acontecimentos de que havia sido testemunha de maneira ordenada[357]. Outros – a grande maioria, não há como esconder – ainda não tinham avaliado esse transtorno nem mesmo sentido seus efeitos. Simplesmente evoluindo num clima emocional "artificialmente criado pela propaganda governamental"[358], foi, na melhor das hipóteses, um sentimento de incompreensão que caracterizou a primeira reação do povo do Rio. A não ser que acreditemos em David Nasser: "Nesta manhã [...] o carioca fica à espera como quem espera o dilúvio ou o eclipse"[359]. Vamos tentar avançar nessas brumas do dia seguinte ao acontecimento, juntando-nos aos poetas. Na cidade do Rio, no mês de abril de 1960, nenhum Platão havia desejado bani-los da cidade. Ao contrário, eles ocuparam um lugar de destaque no espaço público carioca e, mesmo não sendo cronistas, as colunas dos jornais lhes foram abertas e "[seus] pensamentos com pés de lã são os que dirigem o mundo"[360].

---

357. William Faulkner, *O som e a fúria*, trad. Paulo Henriques Britto, São Paulo, Cosac & Naify, 2008. Ver a excelente análise proposta por Pierre Bergonioux, *Jusqu'à Faulkner*, Paris, Gallimard, 1998.
358. *Correio da Manhã*, 21 de abril de 1960.
359. *O Cruzeiro*, 7 de maio de1960.
360. Friedrich Nietzsche, *Assim falava Zaratustra*, trad. José Mendes de Souza, EBooks Libris, 2002, p. 234.

Estranhamente, o que se sentiu num primeiro tempo talvez tenha sido uma espécie de libertação, como conta o dramaturgo Henrique Pongetti, cronista de *O Globo*:

> *Eles se foram. [...] Ficamos só nós, os citadinos, os verdadeiros donos da casa. Como falava alto o Governo Federal e como ocupava lugar! Abriu-se um silêncio largo no nosso coro cotidiano e ficou um vazio vistoso no nosso espaço doméstico. Podemos agora conversar em família sem cerimônias nem salamaleques. Tiremos o paletó. Senhoras, podeis desfazer a maquilagem e vestir o quimono.*[361]

"L"[362], cronista do *Diário de Notícias*, fala sobre a sua "alegria pela libertação do Rio de Janeiro. Nosso 'carioquismo' exulta. [...] 'O Rio é nosso', não é mais deles, dos que o ocupavam, dos que o exploravam, dos que o arruinavam. Repitamos em coro, neste 21 de abril, a divisa lendária: 'LIBERTAS QUÆ SERA TAMEN'"[363]. Um belo fiau a Juscelino, pois essa divisa ("Liberdade ainda que tardia") é a mesma da Inconfidência Mineira, o primeiro movimento independentista da história do Brasil, sob cujos auspícios Kubitschek escolheu pôr a inauguração de Brasília[364]. Sim, do ponto de vista do nosso cronista, a partida da capital era sinônimo de libertação –

---

361. *O Globo*, 21 de abril de 1960.
362. Pode se tratar do jornalista, professor e político Hermes Lima, nascido na Bahia em 1885.
363. *Diário de Notícias*, 22 de abril de 1960.
364. Sobretudo marcando a inauguração para 21 de abril, aniversário da execução de Tiradentes (21 de abril de 1792), herói da Inconfidência.

não do Brasil (ou ainda não), mas do Rio. Adail, o caricaturista do *Maquis*, traduziu bem esse sentimento em seus desenhos. Em 30 de abril, ele pôs em cena um "malandro", essa figura dos subúrbios e das favelas, popular e venerada pelos sambistas, que vive de bicos e pequenas negociatas. Usa chapéu de palha, camisa riscada e sapatos que supomos ser de couro (preto e branco); cigarro na boca e olhos maliciosos, segura uma vassoura[365] e, com um gesto firme e enérgico, expulsa Juscelino Kubitschek da cidade do Rio. E a revista *Maquis* pôs o seguinte título: "Guanabara começou a limpeza. Agora, deve concluir"[366]. No dia 28 de maio, Adail desenhou uma cena de rua que poderia muito bem ser essa conclusão[367]. Nela, mulheres velhas e jovens (algumas com filhos nos braços), vestindo roupas de faxina e empunhando vassouras, pás e espanadores, limpam a rua, as calçadas e os postes de iluminação, nitidamente irritadas. Latas de lixo recebem a poeira e o lixo recolhidos. Parece que, depois de uma longa permanência do poder, era preciso fazer uma grande limpeza.

No entanto, os funcionários públicos ainda estavam lá, como escreveu o jornalista Hélio Fernandes: "Dos 96 mil funcionários públicos que trabalham no Rio de Janeiro, apenas 980 foram para Brasília"[368]. Além do mais, no dia 28 de abril, Carlos Drummond de Andrade usa essa situação como pretexto para escrever uma crônica acerba, "Contra o invasor":

---

365. Em 1960, a vassoura era o símbolo usado pela UDN, partido da oposição, para mostrar a vontade de acabar com a delonga do parlamentarismo.
366. *Maquis*, n. 150, 30 de abril de 1960.
367. *Ibid.*, n. 154, 28 de maio de 1960.
368. *Diário de Notícias*, 21 de abril de 1960.

> *O Estado da Guanabara faz sete dias que nasceu, e já precisamos tomar medidas para protegê-lo contra invasões de outros povos. Nas ruas, nos lugares de trabalho ou de vadiação, o que menos se vê são cariocas. Os brasilianos ou brasilienses estão lotando a nossa província, para surpresa dos ocupantes legítimos da terra. Como é que uma capital se inaugura e se desinaugura logo em seguida como fizeram com Brasília? Sim, porque quase todo o povo que saiu do Rio para constituir o elemento humano do novo DF voltou ou está voltando às carreiras... e era uma vez a calma provincial de que carecíamos para botar em ordem nosso barraco.*
>
> *Ó gente, pois vocês não disseram que estava tudo pronto, que a cidade era um brinco, uma teteia etc. e tal, e agora deixam essa pasárgada para vir respirar o mau oxigênio, o vil carbono da cidade que não servia para capital do país porque era cheia de vícios babilônicos?* [369]

O que significava esse sentimento de libertação? Se ele não traduzia uma realidade, como se podia justificá-lo, ainda que confusamente? Havia um ressentimento na pena de Drummond, assim como na do editorialista do Maquis: "Nós ficamos no Rio, a Cidade Maravilhosa na canção, a Cidade Sacrificada na realidade"[370]. Parece que deparamos aqui com outro sentimento, certamente mais difícil de assumir, porque gerava angústia e medo: o sentimento de aban-

---

369. *Correio da Manhã*, 28 de abril de 1960. Em maio, Drummond foi a Brasília e escreveu uma crônica sobre a viagem: "De Brasília: comprei um jornal de Brasília para sentir o cheiro dos novos tempos. Tive um choque: proclama-se a República parlamentarista do dr. Pila. [...] O resto é boletim de notícias cariocas, inclusive o possível desmontamento de um edifício da Cinelândia, que o jornal registra com um clichê, anunciando: 'Amarelinho vai cair'. Calma pessoal, a queda ainda não foi resolvida, apesar da nossa intenção de tudo fazer para salientar de novidades a solidão de vocês aí no Planalto" (*Correio da Manhã*, 10 de maio de 1960).

370. *Maquis*, n. 150, 30 de abril de 1960.

dono. Henrique Pongetti se referiu a uma impressão de vazio e de silêncio que teria se abatido sobre a cidade.

A inquietação surda nessas horas indecisas: "Eu me sinto tomado de uma sensação de desconforto e abandono"[371], reconheceu o escritor Maurício de Medeiros, membro da Academia Brasileira de Letras. E Thiago, cronista do *Correio da Manhã*, falou de uma cidade enjeitada: "Enjeitada é bem o termo indicado para exprimir a sensação dos que contemplam a situação de abandono a que foi relegada a cidade que por dois séculos foi a nossa capital"[372]. Mas a análise não parou por aí: a "cidade renegada" havia sido tomada por um sentimento de culpa. "Culpa do povo carioca?", perguntava-se o cronista. Não, claro que não, mas às vezes é duro lutar contra certas impressões, como a de se sentir repentinamente deslocado e até desenraizado.

E aí reside uma nova disposição: do dia para a noite, os cariocas passaram a levar uma vida simples de província, como mostra a frase espirituosa em moda na alta sociedade: "Não vou morar em Brasília, pois meu marido não tem cargo público. Ficarei aqui, levando vida de província"[373]. Uma espécie de torpor melancólico parecia ter tomado conta da cidade e de seus habitantes, no momento em que "um ar de província desabava sobre a velha capital"[374]. Parecia que a mudança de natureza do espaço havia mudado a natureza do próprio tempo.

---

371. *Diário Carioca*, 22 de abril de 1960.
372. *Correio da Manhã*, 23 de abril de 1960.
373. *Diário de Notícias*, 21 de abril de 1960.
374. *Correio da Manhã*, 22 de abril de 1960.

Alguns, como Manuel Bandeira e seu amigo Onestaldo, desfrutaram plenamente "na manhã histórica [...] a delícia de se sentir provinciano":

> *Porque o dia foi de feriado, o movimento urbano era quase nenhum, o silêncio parecia afirmar a condição de província. Pelo menos naquela manhã o Rio, para o irredutível simbolista e verlainiano Onestaldo, era como Bruges-a-morta...*
> *Penso e sinto como Onestaldo, Rio querido! Conheci-te ainda provinciano, embora capital. Num tempo em que as cidades não se construíam em três anos nem os homens enriqueciam em três dias. Foi em 1896. Contando não se acredita: nas Laranjeiras de minha infância, sossegado arrabalde (já sem laranjas), os perus se vendiam em bandos, que o português tocava pela rua com uma vara, apregoando:*
> *– "Eh, peru de roda boa!"*
> *À porta de casa tomava-se leite no pé da vaca. Não havia ainda automóveis. O Rio tinha ainda 500 ou 600 mil habitantes. E os brasileiros invejavam os argentinos porque Buenos Aires já tinha 1 milhão. Como éramos ingênuos!* [375]

A maioria dos poetas do Rio, não podemos esquecer, não era nativo da cidade: era carioca de adoção. Essa mudança de estado fez aflorar as lembranças de outrora, quando ainda não passavam

---
375. *Jornal do Brasil*, 22 de abril de 1960.

de jovens provincianos. Foi isso que aconteceu com Guima, que só precisou atravessar a baía da Guanabara para chegar ao Rio. Mas não deixou de ser uma viagem, feita havia muito tempo:

> *As primeiras lembranças falam de uma rua do fim do Engenho Novo com pretensões de pertencer à Tijuca. A casa sem qualquer pretensão: ao mesmo jeitão das outras, com a fachada caiada frente ao passeio [...]. A vizinhança formava como que uma família, todos se dando da melhor maneira e comunicando-se através de uns tapas nas paredes comuns, significando como que um toque de chamada para a conversa de janela para janela.*
> *— Espero não incomodar, dona Joana, mas eu posso utilizar-me do seu telefone?... Um instantinho só... Para a repartição do Julinho... O coitado está com uma enxaqueca que a senhora nem imagina...*
> *Era assim a minha rua simples, assim era a minha cidade das primeiras lembranças e dos primeiros sonhos [...]. Havia água e lavava-se roupa em casa. Cozinheiras e arrumadeiras e copeiras desfilavam pela porta, à procura de emprego. Vendeiro e açougueiro, quitandeiro e padeiro surgiam sorridentes, em competição, cada um tentando servir melhor e mais barato.*
> *Era assim a minha rua simples, assim era a minha cidade.*
> *Um dia, porém, a picareta de um prefeito arremessou-se rasgando a Rua Nova, como ficou sendo chamada até mesmo depois de batizada oficialmente. E a minha rua sofreu a influência da vizinhança maior, outras ruas novas vieram sendo abertas, a minha cidade veio mudando.*

*E eu próprio mudei, mudei de casa, mudei de rua, vim por aí mudando tanto e tanto.*

*A minha cidade ficou diferente. Cresceu desordenadamente apertada entre o mar e o morro, tirando terra daqui para cobrir ali, subindo e aumentando em uma violência desmedida. Os vizinhos são estranhos, não há empregos domésticos, não se encontram os comerciantes do bairro batendo à porta. [...]*

*Sim, que minha cidade cresceu e cresceu, tornou-se adulta e hoje recebe um marco: deixa de ser a Velhacap para transformar-se em estado da Guanabara. Livra-se dos que quase a degradaram e promete voltar à condição de cidade aberta e amável e simpática, sempre líder, com sua alegria de sempre, com seu jeitão inconfundível. Para o que terá a ajuda de todos nós que aqui continuamos gozando dos seus encantos, que realmente as outras terras não têm...*[376]

Aqui não se trata de uma volta ao passado, mas de uma superação do presente. Ao convidar à lembrança dos bons tempos, a saudade assume um caráter dinâmico: é uma maneira de escapar desse claro-escuro, dessas horas confusas em que se zanza no lusco-fusco. Encontramos uma bela ilustração disso numa crônica intitulada "Província", cujo autor assinou com as iniciais CM[377]:

---

376. *Correio da Manhã*, 21 de abril de 1960.
377. *Correio da Manhã*, 21 de abril de 1960. As iniciais CM podem ser da poetisa e cronista Cecília Meireles, que colaborava com o *Correio da Manhã* nessa época. É bem verdade que ela nasceu no Rio e, nessa pequena história, descreve uma pessoa vinda da província. Mas pode se tratar de licença poética.

*Várias pessoas têm chegado a mim:*
*– E então?*
*– Então o quê?*
*– Menos de vinte anos depois, hein?*
*– Hein o quê?*
*– Estás de novo na província! O Rio deixou de ser metrópole... Tanto sonho... e agora?*

Assim interpelado, quase agredido, nosso cronista teve de baixar a guarda e reconhecer que, na província, Rio e capital federal constantemente se confundem. Mas o Rio não era isso:

*O Rio essencial é irreproduzível, o Rio do alto do céu serpenteando em praias e morros, esse Rio luminoso e eterno, atlântico e desabrochado como uma flor de haste longa. O Rio daqui, dali e dacolá, serrano e oceânico, notívago e suburbano, rural e asfaltado [...]. Rio cosmopolita de Leme e de Copacabana [...]. O Rio das ilhas que o mar comunica [...].*
*Ah! tempo, no Rio intemporal!*

Portanto, era mesmo um tempo diferente que parecia começar no dia seguinte à partida, não necessariamente o tempo engomado de uma velha cidade de província, mas o tempo de uma cidade eterna e jovial, que dá viravoltas e recupera seu ar de infância quando encontra a liberdade. Nesse Rio de 21 de abril de 1960, as ondulações do tempo, longamente reprimidas pelo poder central, recuperaram um pouco de sua desenvoltura e podiam se expressar com mais liberdade. Tudo isso ainda estava confuso – e poderia ser de outro modo? –, mas havia uma efervescência, um ar em movimento. "A sensibilidade e os sentimentos da população"[378] foram postos à prova por essa nova experiência do tempo, entre o apelo de um futuro ainda invisível – e, no entanto, tão real – e a recordação emocionada de uma felicidade despreocupada, de uma doce intimidade[379]. E se o relógio do tempo ficou desregulado, talvez seja porque a perda do título de capital também arrastasse consigo o desaparecimento de um centro, de um eixo em torno do qual as identidades haviam se articulado de forma duradoura. Era preciso encontrar pontos de referência a partir dos quais um novo equilíbrio pudesse ser definido. Nesse caminho caótico, Carlos Drummond de Andrade pediu à estrela que ajudasse os cariocas:

> *Hoje à noite, fitarei o céu com insistência, para ver se descubro nele uma nova estrela."Quando uma capital morre, uma estrela aparece..."*[380]*. Na bandeira, mandaram pintá-la, mas é no alto, nesta primeira noite de outono dos cariocas estadualizados, que desejaria vê-la brilhar, não muito rutilante, porque não devemos ser demasiado ambiciosos, mas em todo caso anunciadora e amiga. Estrelinha, estrelinha, brilha um instante sobre o confuso destino*

---

378. *Jornal do Comércio*, 21 de abril de 1960.
379. Sobre esse assunto, consultar Gaston Bachelard, *Poética do espaço*, trad. Antônio da Costa Valle Leal e Lídia do Valle Santos Leal, São Paulo, Abril Cultural, 1979; François Hartog, *Régimes d'historicité. Présentisme et expérience du temps*, Paris, Seuil, 2003.
380. Trata-se de uma paráfrase de um verso do poeta carioca Olavo Bilac: "Quando uma virgem morre, uma estrela aparece" ("Virgens mortas", 1905).

> *dos cariocas [...] ilumina os homens e mulheres de boa vontade que de certo modo começam hoje a viver uma vida nova, menos vaidosa e mais livre.*[381]

Nessas horas incertas, a saudade que envolve pouco a pouco a alma dos poetas incita a busca do ser profundo do Rio: "O Rio está com saudades de si mesmo, da sua natureza verdadeira. Pois os hóspedes haviam ficado mais importantes do que ele próprio"[382]. Oswaldo Waddington procurou, então, descrever como o carioca amava: "Apenas trago aqui um roteiro sucinto de como o amoroso povo desta terra conjuga o verbo [amar] nas plagas hoje passadas a estado"[383]. E Mister Eco reconheceu que "ser carioca [...] é estado d'alma, doce estado d'alma"[384].

Da alma dos habitantes à alma da cidade, só há um passo que a revista *Manchete* não hesita em dar ao enviar um fotógrafo e um jornalista a bordo de um helicóptero para "um longo passeio aéreo sobre a cidade do Rio de Janeiro. Uma cidade de roupa nova". Mas, sobretudo, uma cidade com pressa de que "o espírito da capital federal acabe de se desintegrar definitivamente"[385]. Isso porque, depois da partida desses hóspedes imponentes e barulhentos, para não dizer invasores, era preciso recuperar os limites do espaço – agora um espaço dela. E existiria melhor maneira do que uma visão do alto?

---

381. *Correio da Manhã*, 21 de abril de 1960.
382. *Visão*, v. 16, n. 17, 22 de abril de 1960.
383. *Joia*, n. 59, 1ª quinzena de junho de 1960.
384. *Diário Carioca*, 22 de abril de 1960.
385. *Manchete*, n. 423, 23 de maio de 1960.

Carlos Drummond de Andrade, que tanto pintou a alma carioca, confessou que, naquele instante, gostaria de ter escrito uma "corografia sentimental do Rio de Janeiro"[386]. De certo modo, foi isso que fez o famoso repórter David Nasser, querendo "ver a diferença [...] agora que o Rio não é mais capital". Então, nessa cidade "velha, enrugada [...] nesta manhã chuvosa, quase fria, neste dia cinzento"[387], ele foi fazer a *ronda da saudade*:

> *O dia amanhece igual. Muita confusão, a princípio, muito natural, numa cidade que se enviúva de repente. Os jornais não mudam de fisionomia, mas passam a falar de certas pessoas como de gente que está longe.*
>
> *Faço a minha ronda da saudade. O Palácio Tiradentes está no mesmo lugar, do mesmo jeito. Que farão do Palácio Tiradentes? E do Senado, no fim da avenida? Espio aquele monstro que é o Palácio da Fazenda. De que servirá, depois que todo o Ministério se transferir realmente para Brasília? E o ministério da Guerra, o palácio da Guerra, o que será feito desse enorme edifício depois da mudança? O Catete, já se sabe, vira museu. O Ministério do Trabalho, o da Educação, que Portinari ilustrou como um livro de azulejos? Qual será o destino disso tudo?* [388]

---

386. *Correio da Manhã*, 10 de maio de 1960. Em 1965, em colaboração com Manuel Bandeira, ele publicou um volume intitulado *Rio de Janeiro em prosa e verso*, na coleção que a editora José Olympio lançou pelo quarto centenário da fundação do Rio de Janeiro.
387. Trata-se realmente do dia 21 de abril? Para aquele feriado, os meteorologistas previam tempo instável, com melhora ao longo do dia, vento sul fraco e temperatura entre 20 e 28,7 °C.
388. *O Cruzeiro*, 7 de maio de 1960.

No tremor desse amanhã incerto e opaco, as perguntas se atropelam e, no essencial, continuam sem resposta. Novas feridas aparecem, outras mais antigas ressurgem. O acontecimento – agora podemos avaliar bem – foi menos vivido (na consciência) que sentido (pelo corpo e pelos sentidos). A sua percepção dependia das camadas de experiência em que oscilava a consciência, mas também das paixões, das emoções e dos desejos que formavam a superfície daquele momento. Foi isso o que os poetas do Rio pareciam indicar em suas crônicas, que eram como um reflexo inteligível daquilo que escapa a qualquer um quando um acontecimento ocorre ou acabou de ocorrer.

Então, o que eram essas lágrimas? As do povo no dia seguinte à partida? Não temos certeza. Essas lágrimas, nem envergonhadas nem dissimuladas, poderiam muito bem ser as lágrimas dos poetas que, no claro-escuro dessas horas conturbadas, puseram em palavras os sentimentos que tomaram o povo do Rio, sem que ele ainda tivesse consciência disso. Lágrimas de saudade (sem esquecer a melancolia e a nostalgia), lágrimas de incompreensão ou impotência (como as crianças que choram diante de uma situação que não dominam), lágrimas de abandono ou recolhimento... Mas essas lágrimas não eram a expressão de um desespero; nessa bruma do dia seguinte, elas eram sobretudo "a consciência íntima, na primeira pessoa, de uma aprendizagem social e de uma identificação com os outros"[389]. Em torno delas se reafirmou a identidade carioca, em torno delas se reconstruiu a geografia íntima do Rio. Nas lágrimas do renascimento...

---

389. David Le Breton, "La construction sociale de l'émotion", *Les Nouvelles d'Archimède*, n. 35, 2004, p. 5. Consultar, do mesmo autor, *Paixões ordinárias. Antropologia da emoção*, Petrópolis, Vozes, 2009.

# Epílogo

## Cânticos do Rio novo

> Sua alma é uma paisagem seleta.
>
> *Paul Verlaine*

Então, nessa bruma, cânticos se elevaram. Cânticos de reconciliação: da dor com a esperança, do silêncio com a palavra, das lágrimas com o riso. Cânticos de magia: para a alma e a paisagem, para o mar e o amor, para o tempo passado e o tempo futuro. Cânticos de celebração pela criação (renovada) do Rio e dos cariocas. Inseridos na tradição milenar dos aedos, dois poetas fizeram a grande narrativa do Rio, o relato sublime da "beleza do acontecimento [...] que termina com nossa espera"[390]. No dia 23 de abril, Homero Homem ofereceu aos leitores do *Correio da Manhã* uma "cantata carioca" e, no dia seguinte, no mesmo cotidiano, Carlos Drummond de Andrade propôs um "Canto do Rio em sol". Cantata e canto, poesias de circunstância feitas para serem musicadas e cantadas e que, naquele momento, pareciam ecoar[391].

---

390. Paul Valéry, "Primeira aula do curso de poética", em *Variedades*, (trad. Maíza Martins de Siqueira, org. João Alexandre Barbosa, São Paulo, Iluminuras, 1999, p. 188.

391. Segundo o *Larousse du XXᵉ siècle*, a cantata é em geral uma poesia de circunstância, feita para ser musicada e cantada. Os pequenos poemas a que damos o nome de cantata contam uma ação galante ou heroica. São compostos de narrativa e árias: a narrativa expõe o tema; a ária expressa o sentimento que o tema inspira. Originalmente, a cantata só tinha uma narrativa, seguida de uma única ária em rondó; posteriormente, ela passou a ter três narrativas

Mas vamos ouvi-los. Ouçamos os primeiros versos da cantata de Homero Homem[392]:

> *No céu da Cinelândia, escadaria da Penha,*
> *transversal bem no centro de Manguinhos,*
> *Amor*
> *Amar*
> *são formas tão ardentes de pesquisa*
> *são formas tão doentes*
> *tão pungentes*
> *que geram Amoramar.*
> *Também em minha Remington, engenho simples,*
> *de uns tempos para cá*
> *se bato amor*
> *amar*
> *em seu teclado*
> *salta logo da fita um anjo berbere*
> *vestido de papel*
> *chamado Amoramar.*

---

e três árias: a primeira narrativa expunha o tema, a segunda apresentava a cena principal e a terceira continha um pensamento moral ou preceito. Mais tarde, a cantata foi reduzida a duas narrativas. Para Dante, a *canzone* deve "cantar a direção da vontade". O canto (liter.): versos líricos destinados inicialmente ao canto (cantos de Píndaro); qualquer composição em versos de estilo nobre: *o canto do poeta*; cada uma das divisões de um poema épico (cantos da *Ilíada*); *canto real*, na antiga poesia, peça de cinco estrofes de onze versos, mais uma balada de oito versos, em que estrofes e balada terminam com os mesmos versos.

392. Homero Homem, poeta nascido em 1921 no Rio Grande do Norte, fundou a seção carioca da União dos Escritores Brasileiros.

> *Chegado é assim teu tempo, Amoramar,*
> >  *pura entidade, escudo áureo-armilar,*
> >  *lord-mayor, babalão, grande orixá*
> >  *desta leal cidade.*
> *Se bato a fita azul Amoramar*
> *ou em rubra maiúscula AMORAMAR*
> >  *por que não inscrever, eu, lagartixa*
> *no pico da Tijuca,*
> >  *alto zimbório da igreja dos Inválidos*
> >  *a giz*
> *perfuratriz*
> >  *quentone*
> >  *piche*
> *seu puro nome azul subversivo?*

E agora ouçamos os versos do canto de Drummond:

> *GUANABARA, seio, braço*
> *de a-mar:*
> *em teu nome, a sigla rara*
> *dos tempos do verbo mar.*
>
> *Os que te amamos sentimos*
> *e não sabemos cantar:*
> *o que é sombra do Silvestre*
> *sol da Urca*
> *dengue flamingo*
> *mitos da Tijuca de Alencar.*

*Guanabara, saia clara
estufando em redondel:
que é carne, que é terra e alísio
em teu crisol?*

*Nunca vi terra tão gente
nem gente tão florival.
Teu frêmito é teu encanto
(sem decreto) capital.*

*Agora, que te fitamos
nos olhos,
e que neles pressentimos
o ser telúrico, essencial,
agora sim, és Estado
de graça, condado real.*

A cantata de Homero Homem é uma sinfonia que se eleva no ar, uma epifania que celebra o encontro dos sentidos: ela possui nada menos do que 272 versos, organizados em dois recitativos e oito cantos – oito, o número da perfeição e do renascimento. O canto de Drummond, mais breve, é organizado em torno de três sequências e se apresenta na forma de uma busca – a do ser profundo do Rio.

Esses dois poemas parecem relatos da criação – sensações e imagens se atropelam numa verdadeira algazarra. E, primeiro, foi um verbo, ou seja, um princípio primeiro, a indicação de uma ação, que nossos dois poetas buscaram identificar: "o verbo mar" para Drummond e "Amoramar" para Homem, que ele apreende "pelas caladas/ a conjugar bem alto". Esses verbos operam a síntese dos elementos, produzindo em Drummond, por exemplo, uma nova harmonia entre os homens e a natureza: "Nunca vi terra tão gente/ nem gente tão florival". Aliás, o poeta celebra verdadeiras núpcias: "Rio-tato-vista-gosto-risco-vertigem", "Rio, milhão de coisas/ luminosardentissuavimariposas". Núpcias celebradas sob o signo do amor nos cantos de Homero Homem: "[o] entardecer amor", "amor fora da lei", "tempestuoso amor", "amor colegial", "o puro amor na praia de Ipanema", "feérico amor adolescente", "o pranteado amor". Um amor que se apossou da cidade: "Na Fonte da Saudade à seis da tarde/ amor escorre em canto de pardal", "na Guanabara/ ó aves da baía/ amor come no bico". E esse amor une as paisagens: de Ipanema, na "zona sul", onde o amor é sussurrado nas suaves melodias da bossa-nova, à Vila Isabel, na "zona norte", ou em Irajá, no subúrbio", onde o amor era contado em palavras melancólicas, nos ritmos alegres do samba ou nos mais langorosos do bolero.

Essas núpcias, como um canto do mundo, marcam a aurora de um novo tempo: "Chegado é assim teu tempo, AMORAMAR". E os nossos dois poetas foram os seus apóstolos[393]. Depois da partida da capital, dessa "cidade montagem de presépio", eles anunciam a ressurreição[394] do "Rio novo": "Agora, que te fitamos/ nos olhos,/

---

393. Sobre a diferença entre apóstolo, profeta e messias, consultar as belas páginas que Giorgio Agamben dedica ao tema (*Le temps qui reste: un commentaire de l'Épitre aux Romains*, Paris, Rivages, 2004, p. 105 ss.).
394. Aliás, esse foi o título de um artigo de Carlos Lacerda na *Tribuna da Imprensa*: "A ressurreição de uma cidade" (22 de abril de 1960).

e que neles pressentimos/ o ser telúrico, essencial,/ agora sim, és Estado/ de graça, condado real". Esse novo tempo não se confunde com o tempo mecânico do relógio (os decretos, as constituições não têm espaço nele): é um tempo encantado[395], "mágico", no qual passa em "cabriola" a "correnteza esperta do tempo/ o tempo que humaniza e jovializa as cidades". Essas emoções forjam a nova identidade do Rio: um "rio-rindo", de um riso dionisíaco[396]; um Rio que estremece: "teu frêmito é teu encanto/ (sem decreto) capital". E é assim que nasce, renovada, uma "pura entidade" dotada de um "puro nome azul subversivo"[397]. É isso que Homero Homem canta ("ó Velhacap [...] este é meu canto à furta madrugada"), é isso que sente Carlos Drummond de Andrade, que não sabia cantar.

Ambos, como apóstolos do amor, do mar e do Rio ressuscitado, anunciam a síntese dos tempos, com a reintegração do tempo da origem no tempo do futuro. Essa reconstrução do passado indígena da cidade é uma das marcas desse novo tempo. Logo de início, no primeiro verso, Drummond relembra a origem tupi de "Guanabara, seio, braço", e Homem insiste: esse estado "nascido carioca, Ajuru-yúba"[398]. Drummond "chama pelos tamoios errantes em suas pirogas", enquanto Homem evoca "taba tamoia índia deflorada/ em sortida de lua". E então anuncia a volta de Amoramar, "grande

---

395. Consultar o artigo de Gilberto Freyre, "On the Iberian concept of time", *American Scholar*, 1963, p. 415-30.
396. Evidentemente, aqui pensamos em Zaratustra de Nietzsche, cujo riso mostra uma "corrente de excesso, de vitalidade criadora" (Jean Duvignaud, *Le Don du rien*, Paris, Tétraède, 2007, p. 2006).
397. Stéphane Mallarmé explica que o trabalho do poeta consiste em "dar um sentido mais puro às palavras da tribo" ("Le tombeau d'Edgar Poe").
398. Segundo o historiador Francisco Adolfo de Varnhagen, "Guanabara" significa "seio de mar, braço de mar". Lembramos que "carioca", palavra de origem tupi, significa "a casa (oca) dos brancos (cari)"; "Ajuru-yúba" designa os brancos de barba ruiva ou louros (franceses da Normandia ou da Bretanha, alemães, holandeses e ingleses).

capitão/ primeiro donatário deste estado", doravante "lord-mayor, babalão, grande orixá/ desta leal cidade".

* 
* *

Talvez tenha sido assim que as primeiras lágrimas do Rio brotaram: da obra dos poetas. Como Demódocos, que provocou as lágrimas de Ulisses com sua lira e seus cantos, lágrimas da lembrança que permitiram que ele recordasse seu nome e o litoral de Ítaca, ou Virgílio, cuja *Eneida* evoca as lágrimas que nascem dos acontecimentos[399], ou ainda Aragon, que se pergunta se devemos "esperar ou viver/ as lágrimas dançarinas do riso"[400].

Na turba quente e fecunda do acontecimento, os poetas, homens do começo, buscam costurar palavras inacabadas, "iluminando a marcha cega, o fluxo tumultuoso, confuso, de atos e de afetos ao qual a história logo se assemelha"[401]. Esse é o seu privilégio sobre as testemunhas: Nietzsche não se enganou quando escreveu que "é

---

399. *Sunt lacrimae rerum et mentem mortalia tangunt* ("há lágrimas para o infortúnio, e os sofrimentos dos mortais tocam o coração". Ver Virgílio, *Eneida*, trad. Tassilo Orpheu Spalding, São Paulo, Nova Cultural, 2003, livro 1, p. 23.
400. Louis Aragon, *La route de la révolte*, 1925.
401. Pierre Bergounioux, *L'invention du présent*, Paris, Fata Morgana, 2006, p. 103. Roger Caillois especifica o papel dos poetas no conhecimento do presente: "Os poetas estabelecem os estados de espírito. Eles os encerram em palavras nas quais cada um deles permanece encarnado por longo tempo. Uma união de sílabas dá uma forma, um nome, um sentido às emoções mais evasivas. Por esse intermédio, o poeta lhes concede uma existência menos fugaz. Naturalmente, esse nome, essa forma, esse sentido não têm nada de preciso nem de acabado. A forma é indecisa, o nome aproximado, o sentido ambíguo. Se pudesse ser diferente, a poesia não teria objeto e a ciência seria suficiente para tudo. Mas só se trata de uma espécie de sinalização que mostra o caminho para o espírito e que o convida a encontrar por conta própria o que o poeta se esforça para expressar com a nitidez permitida, com a exatidão acessível" (*Approches de la poésie*, Paris, Gallimard, 1978, p. 115).

preciso dar tempo para as ações, mesmo quando efetuadas, serem vistas e entendidas"[402]. Mais tarde virá o tempo dos historiadores: de um lugar distante e protegido, com uma segunda compreensão, mais calma, alisando as asperezas do tempo e buscando continuidades e coerências, eles explicam o que aconteceu[403]. Ouvirão eles ainda esses cantos (os cantos do possível), que na agitação do acontecimento encantaram o tempo e queriam fazer surgir as lágrimas da lembrança e do renascimento?

---

402. Friedrich Nietzsche, *A gaia ciência*, trad. Paulo César de Souza, São Paulo, Cia. das Letras, 2001. Também devemos lembrar Proust, ao constatar a morte da avó: "Não era senão naquele instante, mais de um ano após o seu enterro, devido a esse anacronismo – que tantas vezes impede o calendário dos sentimentos – que eu acabava de saber que ela estava morta" (Marcel Proust, *Sodoma e Gomorra*, trad. Mário Quintana, 9. ed., São Paulo, Globo, 1989, p. 154).
403. Muitas obras foram publicadas por ocasião do quarto centenário da fundação do Rio de Janeiro, em 1965. E é evidente que a partida da capital mudou o olhar sobre essa história. O historiador José Honório Rodrigues reconhece em dois longos artigos que ele dedicou na ocasião "às características históricas do povo carioca" e ao "destino nacional da cidade do Rio de Janeiro" que, embora o Rio tenha contribuído para a difusão de uma mentalidade nacional do Brasil (contra as tendências regionalistas), a perda do título de capital fez com que esse espírito nacional corresse o risco de se perder, o que representaria um verdadeiro "prejuízo cultural para o Brasil" (José Honório Rodrigues, *Vida e história*, Rio de Janeiro, Civilização Brasileira, 1966, p. 111-48). Também devemos notar que outros poemas foram escritos na ocasião, como "Louvação à cidade do Rio de Janeiro", de Manuel Bandeira, e "Rio Quatrocentão", de Cassiano Ricardo. Todos esses poemas foram publicados na obra de Manuel Bandeira e Carlos Drummond de Andrade, *Rio de Janeiro em prosa e verso* (Rio de Janeiro, José Olympio, 1965).

# CADERNO DE POEMAS

## CANÇÃO DO FICO

Carlos Drummond de Andrade
*Correio da Manhã*, 21 de fevereiro de 1960

*Minha cidade do Rio,*
*Meu castelo de água e sol,*
*A dois meses de mudança*
*Dos dirigentes de prol;*

*Minha terra de nascença*
*Terceira, pois foi aqui,*
*Em êxtase, alumbramento,*
*Que o mar e seus mundos, vi;*

*Minha fluida sesmaria*
*De léguas de cisma errante,*
*Meu anel verde, meu cravo*
*Solferino, mel do instante;*

*Saci oculto nos morros,*
*Mapa aberto à luz das praias,*
*Códice de piada e gíria,*
*Coxas libertas de saias;*

*Favelas portinarescas*
*Onde o samba se arredonda,*

*E claustro beneditino,
Sal de batismo na onda;*

*Cinemeiro Rio, atlético,
Flamingo ou vasco, porosa
Urna plena de noivado
De uísque com manga-rosa;*

*Meu terreiro de São Jorge,
Meu parlamento das ruas,
Andaraís, méiers, gáveas,
Sob a unção de oitenta luas;*

*Cristo em névoa corcovádica,
Bondinho do Pão de Açúcar
E pescarias na barra
– Louca rima – da Tijucar (!);*

*Rio de ontem: Rui Barbosa,
Na rua de São Clemente,
Mantendo acesa a candeia,
Ciceronianamente;*

*Dr. Campos Porto, no horto
Botânico, em meio a palmas
Imperiais, que ao crepúsculo
São aves mineiras, calmas;*

*Minha igrejinha de Outeiro,*
*Que Rodrigo zela tanto,*
*E entre cujos azulejos*
*Esvoaça o Espírito Santo;*

*Meus livros velhos nos "sebos",*
*Meu chafariz do Lagarto,*
*E esse tostão de paisagem*
*Da janela de meu quarto;*

*E a tarde, imensa, pairando;*
*Lá, longe, o Dedo de Deus;*
*Calor, e sorriso, e brisa*
*Que alisa os cuidados meus;*

*Cidade que tantos bens*
*Deste a todos, e tão pouco,*
*Em gratidão e carinho,*
*Agora te dão em troco;*

*Malvestida, malcomida,*
*Descalça, "dependurada",*
*E conservando no rosto,*
*Como cristais de orvalhada,*

*Não sei que beleza infante,*
*Gosto de viver, e graça:*
*Pouco importa que te levem*
*O que, no fundo, é fumaça.*

*Rio antigo, Rio eterno,*
*Rio-oceano, Rio amigo,*
*O governo vai-se? Vá-se!*
*Tu ficarás e eu contigo.*

# RIO, CAPITAL ETERNA DO SAMBA

Escola de samba Portela<br>
Samba-enredo do carnaval de fevereiro de 1960

*Cidade de São Sebastião do Rio de Janeiro*
*Rainha das paisagens*
*Maravilha do mundo inteiro*
*O teu cenário histórico*
*Passamos a ilustrar*
*O sonho do teu fundador Estácio de Sá*
*Simbolizando em cânticos alegres*
*Hoje vieram exaltar*
*Estão consumados*
*Cidade, teus ideais*
*Apologia a teus vultos imortais*
*Rio dádiva da natureza*
*Aquarela universal*
*Os sambistas te elegeram ao som da música*
*A nova Guanabara, eterna capital*
*De encantos mil*

*Lá, lá, lá, lá, lá...*
*Orgulho do meu Brasil*

# RIO DE JANEIRO

Stella Leonardos
*Rio Cancioneiro*, 1960

*Que não sejas Capital.*
*Ninguém roubará teu sol.*
*Ninguém levará teu sal.*
*Teu sorriso mago atol*
*De fluido marfim-coral,*
*De alegria tornassol,*
*De beleza ao natural.*
*Graça de ondas, cumes, sol*
*— Tua graça capital.*

## GUANABARA

Carlos Drummond de Andrade
*Correio da Manhã*, 17 de abril de 1960

*Distinto doutor Sette Câmara,*
*JK lhe deu uma tâmara*
*por sua festa Natalícia?*
*Uma embaixada pontifícia*
*ou um Volkswagen de 60,*
*souvenir gracioso, que tenta*
*o cidadão, e que sempre há de*
*provar a perfeita amizade?*
*Não foi antes abacaxi,*
*perna faltosa de saci,*
*brasa na mão, caixa de espantos,*
*capaz de infernizar os santos?*
*É seu amigo ou é da onça*
*quem, dessa maneira esconsa,*
*numa bandeja, de presente,*
*lhe oferece tal dor de dente*
*ou de cabeça, melhor dito?*
*Claro, não vai ser infinito*
*seu governo, mas mesmo breve,*
*bonequinho, esculpido em neve,*
*que fios de cabelo branco*
*lhe custará, para ser franco!*

*Ficamos livres de Falcão,*
*de Peixoto e da multidão*
*de solertes paraquedistas*
*a tocaiar novas conquistas.*
*Mas será que ficamos mesmo?*
*Meu pensamento salta a esmo...*
*Tudo escuro. Sem almenara,*
*nasce o Estado de Guanabara.*
*Filho sem pai, mas com padrasto,*
*é logo presa fácil, pasto*
*de quantos, por trás da cortina,*
*tão mão-boba com vista fina.*
*(Esses governos provisórios*
*se parecem como suspensórios*
*de elasticidade tamanha*
*que esticam a poder de manha*
*e encolhem quando necessário*
*evitar qualquer comentário.)*
*Governo assim, todo o programa*
*consiste em preparar a cama*
*bem quentinha, em colchão de molas,*
*para ilustríssimos cartolas.*
*Mas salve, Guanabara! Pobre*
*terra, porém bravo, nobre*
*povo que agora recomeças,*
*desiludido de promessas,*

*foros de capital, sursans,*
*e mais lorotas maganãs,*
*teu caminho entre destroços,*
*dívidas, dúvidas e ossos.*
*Deputados, teus vereadores?*
*Cristo sofreu maiores dores,*
*teu orago São Sebastião*
*foi flechado no coração,*
*e o que aconteceu a Estácio*
*de Sá não cabe num posfácio.*
*Entre sombras e vis desgostos*
*que fazem pender tantos rostos,*
*entre provas de desamor*
*dos que, sob pífano e tambor,*
*passam a outra freguesia,*
*abandonando – quem diria –*
*estas paragens tão amigas*
*que lavravam como formigas,*
*– ó Rio velho, sempre novo!*
*junta o riso e a força do povo,*
*e compõe teu próprio destino,*
*Guanabara, estado menino!*

## O RIO SERÁ SEMPRE O RIO
## (CARTA PARA NOVA IORQUE)

Álvaro Armando
O *Globo*, 20 de abril de 1960

*Meu caro Ciro, hoje venho,*
*Na voz simples do meu verso,*
*Tratar de assunto diverso,*
*Assim logo, de começo:*
*O principal desta carta,*
*Eu vou dizer, na verdade,*
*É mandar com brevidade,*
*Daqui, meu novo endereço.*

*Mudei de endereço, é certo,*
*É a verdade nua e crua,*
*Sem ter mudado de rua*
*Nem de casa! (É original)*
*Pois quem mudou, meu amigo*
*Não fui eu, digo-o ligeiro:*
*Foi meu Rio de Janeiro*
*Que não é mais – Capital.*

*O Rio mudou de estado*
*É estado... da Guanabara.*
*A cidade se prepara*

*À "bossa-nova", afinal:*
*Fingindo que não se importa,*
*Esconde as mágoas do rosto*
*Disfarçando seu desgosto*

*Confessemos sem mistério:*
*Ninguém levou muito a sério*
*A tal capital de lá.*
*A gente achava, no fundo,*
*que essa história de Brasília*
*Era negócio em família*
*De Israel e JK.*[404]

*Era um boato distante,*
*Ameaça sem perigo,*
*Muito longe, meu amigo,*
*Que jamais fosse vingar.*
*E, depois, o carioca*
*Leva tudo no brinquedo.*
*E comentava, sem medo:*
*– É pretexto para voar!*

---

404. Trata-se de Israel Pinheiro, diretor da Novacap (companhia que construiu a nova capital), e de Juscelino Kubitschek, ambos nascidos no mesmo estado da Federação: Minas Gerais.

*Mas, de repente, que surge?*
*Surge a mudança, no duro.*
*Virou presente o futuro*
*Que tão longe parecia.*
*Lá se vai todo o governo*
*Num grande pulo, num grande salto,*
*Do litoral ao planalto*
*Como um sonho ou fantasia.*

*Cada qual vai como pode:*
*Quem pode mais, vai de fato.*
*Os outros vão mais barato,*
*De caminhão, vai-se, até!*
*Marinheiro vai por terra,*
*O Exército vai por cima*
*E, não sei, se por pinima,*
*Fuzileiro vai... a pé!*

*Mas o Rio, o nosso Rio,*
*Este será sempre o Rio.*
*Pelo menos, eu confio,*
*de mudar, não é capaz.*
*Cidade Maravilhosa,*
*É o Rio Maravilhoso*
*Que o canto de Ari Barroso*
*Não deixa ficar para trás.*

## As lágrimas do Rio

*De certo, ele tem defeitos*
*Mas tem tanta qualidade*
*Que não existe cidade*
*Mais linda no mundo inteiro.*
*Com seus aspectos diversos*
*De praia, asfalto e montanha,*
*A mistura mais estranha*
*fez o Rio de Janeiro.*

*Tem buracos pelas ruas,*
*Nos morros, tem favela,*
*Tão ruim mesmo é tão bela,*
*Que o mar chora de emoção,*
*Tem favela, sim, nos morros,*
*Mas na hora que o sol morre,*
*Pelo morro o samba escorre,*
*Qual sangue do coração...*

*Cidade do Pão de Açúcar,*
*De Gávea, Leblon e Tijuca,*
*Que põe a gente maluca*
*Por seus caminhos incertos.*
*Nunca igual, mas sempre a mesma,*
*Mundana ou mulher donzela,*
*Cristo, toma conta dela*
*No alto, de braços abertos...*

*Não foi feita no compasso,*
*Não teve plano piloto,*
*Nem possui nenhum douto*
*Para dar-lhe diretriz.*
*Nada disso. Foi crescendo*
*Ao Deus dará. Sem programa.*
*Mas conserva a louca flama*
*Que a faz boêmia e feliz.*

*Bem, não vou para Brasília,*
*Fico no Rio encantado*
*E, daqui do novo Estado,*
*Um grande abraço lhe mando*
*Ou Capital, ou província,*
*Louro de sol ou sombrio,*
*RIO SERÁ SEMPRE RIO.*
*Seu amigo,*
*Álvaro Armando.*

## CAPITAL DA BELEZA

José Messias
*Correio da Manhã*, 21 de abril de 1960

*Rio*
*Ó meu Rio de Janeiro*
*Ó teu céu, o teu mar...*
*Foi Deus quem te deu*
*Ninguém pode levar*
*A terra carioca não pode perder*
*A majestade*
*Cidade Maravilhosa*
*Maravilhosa cidade*

*Paquetá, Pão de Açúcar*
*Corcovado, Guanabara,*
*Essa Copacabana de beleza tão rara*
*Saberá impor sua nova bandeira*
*E fará de ti*
*Capital Real*
*Da beleza brasileira*

## CANTATA CARIOCA

Homero Homem
*Correio da Manhã*, 23 de abril de 1960

*No céu da Cinelândia, escadaria da Penha,*
    *transversal bem no centro de Manguinhos,*
*Amor*
*Amar*
*são formas tão ardentes de pesquisa*
*são formas tão doentes*
    *tão pungentes*
*que geram Amoramar.*
    *Também em minha Remington, engenho simples,*
*de uns tempos para cá*
    *se bato amor*
    *amar*
    *em seu teclado*
    *salta logo da fita um anjo berbere*
    *vestido de papel*
    *chamado Amoramar.*
*Chegado é assim teu tempo, Amoramar,*
    *pura entidade, escudo áureo-armilar,*
    *lord-mayor, babalão, grande orixá*
    *desta leal cidade.*

*Se bato a fita azul Amoramar*
*ou em rubra maiúscula* AMORAMAR
  *por que não inscrever, eu, lagartixa*
*no pico da Tijuca,*
  *alto zimbório da igreja dos Inválidos*
  *a giz*
*perfuratriz*
  *quentone*
  *piche*
*seu puro nome azul subversivo?*


*(Inscrevo):*


*E se me saio assim pelas caladas*
*a conjugar bem alto* A M O R A M A R
*por que não inventar eu, aprendiz*
*de heráldica e armaria,*
*seu principal brasão de duas palas?*


*(Invento):*


*Acima da coroa mural, signo de guerra,*
*carnavalesco rancho de cupidos*
*cruza a radial oeste disparando*
  *rodouro lança-chamas*
*sobre o corso de moças e rapazes*

*que por verde pavuna pavuna vão cantando.*
    *Na banda sul,*
*garra armilar, patinha de concliz,*
*disca um número de rede telefônica*
*ligado à loteria do Natal*
*quando vai dar (quando dá) à ilha Rasa;*
*(quando não dá, aos fortes, contrafortes*
*Raiz de Serra, Morro do Vintém)*
    *Finalmente*
*¼ abaixo*
*de um infratriste céu cinza fabril*
*avança de uma flotilha de golfinhos,*
*formação de destróieres*
    *quebra-gelos*
    *que vão partindo argolas,*
    *erguendo pontes,*
*recolhendo marmitas, palavrões,*
*trocando um ódio nu por claras vestes.*

    *Isto posto,*
    *a gosto*
    *muito a gosto*
*eu, amador de seresta e de cantata*
    *tiro meu canto.*

*Canto*

*No entardecer amor, doce voleio*
*muito mais carioca que o bretão*
*à hora rubro-negra mais flamenga*
*que invade Zona Sul*
    *Subúrbio*
    *Zona Norte*
*Depois de um 3x2 em alambrado*
*Maracanã de beijo e de arrebol.*

*Canto*

    *amor fora da lei, desavisado*
*idílio de punguista e borralheira*
*no escondido sopé, trilho da lua,*
*roleiflex que opera em rolimãs*
*pelas caves do Morro da Mangueira.*

*Canto*

*tempestuoso amor puxado a grogue*
*nos cortiços do porto. Bater. Duro*
*bater de estaca Franki*
*em portuário peito fustigado*
*de pelos, tatuagem;*

   *a navalheira*
*inscrição de posse em mole talhe*
*de uma subaçuena cuja base*
   *do sexo, bolandeira,*
*congesto conta-gotas irisado*
*de pólen lacrimal,*
*se estiola, em doida viração*
*pela Saúde, Estácio, Livramento,*
*biroscas do Caju,*
*Ladeira do Pavão.*

*Canto*

*amor colegial*
*tempo de burla*
   *e invento:*
*cola em latim na barra do vestido;*
*telefone anotado com batom,*
*raiz de Pi no rabo de cavalo,*
*provinha às três no cine Ricamar;*
*provão às seis no cinema Leblon;*

*Canto*

*o puro amor na praia de Ipanema*
*à sombra conivente das palmeiras*

*a dois apenas passos*
*— não transpostos —*
*da faixa comercial do amor.*
*"Amor"?*
*Pois sim:*
*subdaninho orgar,*
*hígido elixir,*
*registradora máquina de afligir*
*com seu sonido triste,*
*ao pé do mar.*

*Canto*

*feérico amor adolescente*
*deflagrando entre luzes e*
*sacos de pipocas,*
*nos mafuás;*
*convalescente amor hospitalar,*
*tossir enluarado na suéter*
*à prova de sereno*
*nos bancos remanchões,*
*caramanchões*
*do hospital de Jacarepaguá.*

*Canto*

*o pranteado amor já suicida
no laudo cadavérico e a despedida
em forma de bilhete
atrás de etager;*
    *big retrato
em folha vespertina;*
    *flamejante
parábola de um disparo
à nona casa-conjunção de Capri-
córnio em ângulo sagitário
no signo Taurus,*
    *calire 32;*
*(aqui, Noel
valei-me neste breque,*
    *vai de valsa,*
    *rebote*
    *xingação*
    *contra o
radiofrequente velório em cadeia
de éter e tevente
em maratona de amor-desafeição:)*
    *a*
    *(só concedida)*
    *extrema-unção*

> *depois da demorada exposição*
> *do Telefinado em seu caixão*

*de vídeo que vai à transmissão*
*retransmissão*
*e quando deixa o ar e baixa ao chão*
*sob auspício da goma de mascar*
*da pasta dentifrícia*
*da mola de colchão*
*não é sequer maria*
*ou joão;*
*é ex-notícia.*


*Na Fonte da Saudade à seis da tarde,*
*amor escorre em canto de pardal.*
*Na Guanabara*
*ó aves da baía*
*amor come no bico: flecha-peixe*
*no cio, recatado bicar de penas brancas*
*na verde poça de águas do mangal.*
*Na estrada da Gávea*
>*na Tijuca*

*no largo do Machado*
>*no Encantado*

*amor circula em anca de lambreta*
*banco de trem*
*apito de sirena*

*espasmo pré-natal.*
*Assim o vejo, assim o canto: Amor:*
*rubra maiúscula*
*entrelaçada letra*
*em lençol de percal, fronha de linho,*
*rocio de um império em desalinho*
*a desabar na cama,*
*no arco-íris*
*por cima do baralho*
         *da História*
*pequeno Menelau, rei Caporal*
*banhado de um remorso de cem dias*
*em retorno ao bivaque conjugal*
*depois de possuir Margô e Troia.*

*Por isso canto amor, azulotérica*
    *fração*
    *de saia a roçagar*
    *por liso tornozelo,*
    *ágeis pernas*
*que batem vias ápias*
    *pérgulas*
    *pontes*
    *28/*
    *setembro/*
    *bulevard/*

*e ao ir do sol descansam acasaladas
nos bancos de mil praças, varas cíveis
libérrimas de outro selo ou petição
salvo a pública-forma primeva,
decalque e comunhão
do chiclete no beijo, casta entrega
de um afilado anel ao dedo de ouro,
anular mais legal que o Indicador
desta cidade, paq hera humanizada
que muito enlaça enflora noiva casa,
  e (se) descasa,
de novo, Santa Madre, monta casa,
  a casa gera um filho
batizado nas pias de dezembro
com água da Colônia
de Cascata
fluorizado pingo de torneira
ou saliva paterna, com seu sal.*

*Por isso canto amor
Fruir de chafariz em qualquer Parque
Guinle,
travessa,
lúdica pardieira
de águas portuguesas que se elevam
em céu avestrelado*

*caem como setas de sereno*
*nas feridas de Estácio, talho seco*
*de São Sebastião,*
  *ases, goleiros,*
  *pontas de lança,*
  *zaga, artilheiros,*
  *leiloeiros,*
  *grileiros, engenheiros*
*desta cidade montagem de presépio*
*na haste do Alto Lírio que mais dia*
*menos dia certeira exigirá*
*Sapucaia Gamboa Querosene*
*em traçado de amor e vidro plano.*

  *Sinaleiro*
  *pingente*
  *alcaguete*
*nas asas de um rasante teco-teco*
*avisto a barlavento das Cagarras*
*hierático transporte em que retorna*
*AMORAMAR, meu grande capitão,*
*Primeiro donatário deste Estado*
*nascido Carioca, Ajuru-yúba*
*taba tamoia índia deflorada*
*em sortida de lua e vinho tinto*
*nas guerrilhas del rei pelos 500.*

*Por isso canto amor, meu Guia Rex,*
*Petit Larousse, mapa na varanda*
*de sol e Ilha Rasa, ó Velhacap,*
*de velho tenho eu, que não tens nada,*
*este é meu canto à furta madrugada,*
*ensanguentada listra de um escudo —*
*pavilhão que é preciso desfraldar*
*em ti Forte São João, em ti janela*
*aberta de manhã, que ao meio meio-dia*
*o sol da Guanabara na Esplanada,*
*já estala a vidraça do meu canto,*
*orfeão a dois furos do bequadro,*
*modulado argolinha de fumaça*
*em trem da Rio d'Ouro,*
*bandinha pequenota a ensaiar*
*nos playgrounds do mar, pela tardinha.*

## CANTO DO RIO EM SOL

Carlos Drummond de Andrade
*Correio da Manhã*, 24 de abril 1960

*GUANABARA, seio, braço*
*de a-mar:*
*em teu nome, a sigla rara*
*dos tempos do verbo mar.*

*Os que te amamos sentimos*
*e não sabemos cantar:*
*o que é sombra do Silvestre*
*sol da Urca*
*dengue flamingo*
*mitos da Tijuca de Alencar.*

*Guanabara, saia clara*
*estufando em redondel:*
*que é carne, que é terra e alísio*
*em teu crisol?*

*Nunca vi terra tão gente*
*nem gente tão florival.*
*Teu frêmito é teu encanto*
*(sem decreto) capital.*

*Agora, que te fitamos
nos olhos,
e que neles pressentimos
o ser telúrico, essencial,
agora sim, és Estado
de graça, condado real.*

*II
Rio, nome sussurrante,
Rio que te vais passando
a mar de estórias e sonhos
e em teu constante janeiro
corres pela nossa vida
como sangue, como seiva
— não são imagens exangues
como perfume na fronha
... como pupila do gato
risca o topázio no escuro.
Rio-tato-
-vista-gosto-risco-vertigem
Rio-antúrio*

*Rio das quatro lagoas
de quatro túneis irmãos
Rio em ã*
    *Maracanã*
    *Sacopenapã*

*Rio em ol em amba em umba sobretudo em inho*
    *de amorzinho*
*benzinho*
*dá-se um jeitinho*
*do saxofone de Pixinguinha chamando pela Velha*
*Guarda*
*como quem do alto do Morro Cara de Cão*
*chama pelos tamoios errantes em suas pirogas*
*Rio, milhão de coisas*
*luminosardentissuavimariposas:*
*como te explicar à luz da Constituição?*

*III*
*Irajá Pavuna Ilha do Gato*
*— emudeceram as aldeias gentílicas?*
*A Festa das Canoas dispersou-se?*
*Junto ao Paço já não se ouve o sino de São José*
*pastoreando os fiéis da várzea?*
*Soou o toque do Aragão sobre a cidade?*

*Não não não não não não não*

*Rio, mágico, dás uma cabriola,*
*teu desenho no ar é nítido como os primeiros grafismos,*
*teu acordar, um feixe de zínias na correnteza esperta*
*do tempo*

*o tempo que humaniza e jovializa as cidades.*
*Rio novo a cada menino que nasce*
*a cada casamento*
*a cada namorado*
*que te descobre enquanto, rio-rindo,*
*assistes ao pobre fluir dos homens e de suas glórias pré-*
*-fabricadas.*

**1ª edição** março de 2012 | **Diagramação** Valéria Sorilha
**Fonte** Garamond | **Papel** Offset 75g/m² | **Impressão e acabamento** Corprint